KB042264

용병 생활백서

용병생활백서 6

초판 1쇄 인쇄일 2016년 7월 19일 | **초판 1쇄 발행일** 2016년 7월 22일

지은이 주작 | **펴낸이** 곽중열 | **담당편집 팀장** 이범수
편집부 신연제 이윤아 홍현주 김유진 임지혜

펴낸곳 (주) 조은세상 | 출판등록 제 2002-23호
주소 경기도 연천군 미산면 청정로 1355
TEL 편집부 02)587-2966 | FAX 02)587-2922
e-mail bukdu@comics21c.co.kr

ISBN 979-11-5832-588-6 | ISBN 979-11-5832-500-8(set) | 값 8,000원

주작 판타지 장편소설

NEO FANTASY STORY & ADVENTURE

용병생활백서

傭兵生活白書

6

CONTENTS

용병생활백서

1. 팬텀.

1. 팬텀.

용병이라는 삶을 살다보면, 실로 다양한 경험들을 할 수 있었다.

기본적인 상단의 호위 임무를 시작으로 산적 및 몬스터 토벌 그리고 영지전을 비롯한 각종 세력들의 전쟁까지, 피가 끓고 살이 썰리는 경험들이 그득했다.

뿐만 아니라 업계의 가장 낮은 진창에서 구르다 보면, 마치 숙명처럼 지저분한 사건 사고와도 엮이는데, 이 시기를 통해 치가 떨리는 삶이 어떤 것인지 절실히 느끼며, 여러모로 눈이 뜨이는 게 보통이었다.

[언데드!]

그들은 무수히 많은 경험들 속에서도 굳이 비유를 하자면,

치 떨리는 영역 쪽에 속할 것이다.

이미 삶의 영역에서 벗어난 망자이기에, 베고 또 베어도 죽음과는 거리가 먼 풍경이 끊임없이, 지긋지긋하게 쫓아오는 까닭이었다.

그 때문일까?

언데드와의 만남은 그 어느 때보다 치열하고, 또 가혹한 경험으로 남을 수밖에 없었다.

어제의 전우가 오늘의 적이 되는 건 특히 치명적이었다.

죽어버린 동료가 좀비가 되어 비척거리며 다가오는 걸 보고 있노라면, 머리가 뜨거워지고 심장이 따가워지는 감각에, 절로 구역질이 치밀고는 했다.

여러모로 좋지 않은 경험이며 기억이었다.

'최악이었지!'

에던은 인상을 와락 구기며 옛 악몽들을 밀어냈다.

특히, 업계에 발을 들이고 겨우 신입 딱지를 떼어낼 즈음에 겪었던 사건인 까닭에, 더더욱 기분이 좋질 못했다.

그런 이유로 그를 둘러싼 이들의 존재자체가 불쾌할 수밖에 없었다.

'…썩을, 시체들!'

저들에게서 살아있는 자들의 숨결이 비치질 않았다.

분명, 대기의 흔들림과 들썩이는 가슴 그리고 어깨의 움직임을 보자면, 그들이 호흡을 하고 있는 건 틀림없었다.

'하지만… 진짜로 숨을 쉬는 건 아니야.'

거짓이었다.

위장이며 기만이었다. 그러나 이 간단한 행동으로 인해, 저들이 실제 사람처럼 보이는 것도 사실이기는 했다.

'뭐지?'

어떻게 저토록 사람에 가까운 언데드가 존재할 수 있단 말인가. 그를 포위하기위해 다가오던 움직임이나 순간순간 보여주는 간단한 손짓, 그리고 눈빛을 교환하는 동작들이 너무도 자연스러웠다.

만약, 그가 삶과 죽음의 경계를 볼 줄 몰랐더라면, 그 역시도 이상한 부분을 알아채지 못했을 게 분명했다.

언데드를 경험했다고는 하나, 그가 겪은 종류는 그리 많지는 않았다.

기본적인 좀비들을 비롯하여 상당한 전력을 지닌 구울과 스켈레톤 그리고 가장 최악이었던 목 없는 기사 듀라한까지.

그렇게 딱 네 종류의 언데드만이 그가 경험한 전부였다. 그나마도 스켈레톤과 듀라한의 경우에는 당시 토벌을 하던 영지의 기사들이 처리를 한 까닭에, 직접적으로 부딪친 건 아니었다.

하지만 먼발치에서 바라본 것만으로도 충분히 오금이 저리고 사지가 흔들리게 하는 위압감이 있었다.

어찌되었건 그처럼 악몽과도 같은 경험으로 인해, 나름 언데드에 대한 공부도 작게나마 했었고, 덕분에 언데드에 대한 지식을 제법 쌓아둔 상태였다.

허나 그 지식 속에는 눈앞의 존재들을 정의할 만한 답안이 마련되어있지 않았다.

"살아있는 시체라…."

그의 상념과 혼잣말이 이어지는 와중에도, 불청객들은 꾸준히 그와의 거리를 좁혀오고 있었다.

벌건 대낮이건만 깊은 밤 묘지에 서 있는 기분이랄까?

"오싹하네."

한 차례 몸서리를 친 에던이 슬쩍 왔던 길을 되돌아봤다.

'이럴 줄 알았으면 같이 오는 건데.'

럭셀을 비롯한 마른가지들에게 마차의 호위를 맡긴 채, 그 홀로 달려온 게 새삼 후회가 됐다.

엘프들이 지니고 있는 정화의 힘이라면, 성직자의 신성력과 마찬가지로 언데드에게는 상당한 타격을 줄 수 있을 것이기에, 새삼 마른가지들의 존재가 아쉬웠다.

물론, 그들이 어둠의 축복을 받았기에 얼마나 큰 효과를 발휘할지는 모르겠으나, 그래도 없는 것보다는 나았을 거란 생각이 들었다.

"그래. 일단 간 좀 보자!"

에던이 그 말과 함께 검을 뽑아들었다.

스릉!

악몽과도 같았던 언데드의 등장이지만, 마치 망자들을 상대하듯 선명하게 비치는 죽음의 궤적 덕분일까? 손끝에 자신감이 깃드는 걸 느낄 수 있었다.

검을 뽑아드는 순간, 마치 그게 신호라고 되는 듯, 불청객들이 일제히 달려들기 시작했다.

'기사?'

동시에 에던의 눈에 불빛이 번뜩였다. 별 것 아닌 행동인 듯 보였으나, 그들이 간격을 좁히며 다가오는 걸음걸이나, 지금의 이 급작스런 돌격 속에서, 실로 숨 막힐 듯 아찔한 절도를 엿본 것이다.

오랜 세월 단련된 기사들의 공부를 떠올리게 만들었다. 하지만 생각을 길게 이어나가기는 어려웠다.

카카카캉!

눈 깜빡할 사이에 거리를 좁힌 그들이 일제히 검을 뻗어온 까닭이었다. 에던의 눈가에 옅은 주름이 새겨졌다.

'…합격진!'

게다가 상당한 수준인 듯, 사방을 옥죄듯 펼쳐지는 갑갑한 흐름으로 인해, 죽음의 궤적을 쫓아갈 기회조차도 잡기가 어려웠다.

'그래도 당하기만 하면 억울하지!'

꾸역꾸역, 마치 억지를 부리듯 궤적 속으로 검격을 쑤셔넣었다.

핏!

하지만 이게 웬일?

'그걸, 피해?'

냉정하게 이야기 하자면 피했다고 하기는 어려웠다.

목 언저리에 선명히 남아있는 검격의 흔적을 본다면, 치명상이라는 말도 아깝지가 않았다.

하지만 상대는 사람이 아니었다.

'빌어먹을 언데드!'

숨이 넘어가도 이상하지 않을 상처건만, 아무렇지도 않다는 듯 그대로 검을 휘둘러 오고 있었다.

검격이 더 깊이 들어갔더라면, 궤적을 온전히 그려낼 수 있었더라면, 그랬더라면 문제가 없었을 것이건만, 생각이상으로 상대의 반응속도가 좋았다.

얼핏, 스페렌의 최강자이자 숨겨진 초월자, 국왕 리베이트와 대결하던 당시를 연상시키게 만들 정도라고나 할까?

억지로 만든 기회였던 까닭에, 실패는 즉각 위기로 이어졌다.

빠악!

짜릿한 타격성과 함께 에던의 신형이 허공으로 떠올랐다. 가까스로 검격은 피했으나, 그 대신 강렬한 발차기에 노출되어 버린 것이다.

과할 정도로 허공 높이 솟구친 건, 밀려드는 충격을 최소화하기 위해 그가 스스로 뛰어오른 이유도 컸다.

그럼에도 불구하고 팔뚝이 저릿한 것이, 한동안 왼팔을 제대로 사용하기란 어려울 듯싶었다.

'후읍!'

검을 왼 겨드랑이에 끼운 뒤, 그대로 오른손을 어지러이 흔들었다.

카카카캉!

동시에 밑에서 그를 기다리던 불청객들이 이리저리 검을 휘두르며 물러나는 게 보였다.

앞서, 세릴이 레일라를 상대로 사용했던 쇠구슬이 어지러이 바닥에 떨어졌다. 가볍고 괜찮은 암기라는 생각에 몇 개 주워놨던 것으로써, 그 양이 적어서인지 한 번 휘두르니 동이 나버렸다.

하지만 그 덕분에 안전하게 착지할 공간은 확보할 수 있었다.

물론, 그렇다고 해서 쉴 수 있다는 의미는 아니었다.

촤촤촤악!

땅에 발이 닿기가 무섭게 날아드는 검격이 사납게 허공을 찢어발기며 날아들었다.

'쉴 틈이 없네!'

그렇게 바삐 피하고 또 피하며 이리저리 몸을 빼내는 와중에, 에던은 기이한 부분을 몇 가지 발견해냈다.

'검식이 달라?'

대략 7~9명 정도 단위로 다른 형식의 검술을 사용하는 느낌을 받은 것이다.

'게다가… 흐름도 다른 것 같은데.'

뿐만 아니라 하나의 합격진이 아닌, 다양한 합격진이 움직이고 있다는 느낌이 들었다.

그래서일까?

'미묘하게 합이 안 맞아!'

각각의 합격진들이 겹쳐지는 지점에서 작게 작게 틈이 생기는 걸 발견한 것이다.

'어긋나는 느낌… 같은 패거리가 아닌가?'

그 미묘한 비틀림을 잘 이용한다면, 이 상황을 타개할 수 있을 것 같았으나, 아쉽게도 그게 생각보다 쉽지가 않았다.

'고위 기사!'

눈앞의 상대들은 하나같이 그 정도의 실력을 지닌 '기사' 들이었다.

게다가 직접 검을 섞으며 느낀 결과, 암전이 내보였던 망자들과 달리, 이들은 진짜배기 실력자들이라는 걸 알 수 있었다.

거기에 더해 언데드라는 특성 때문일까? 지닌바 실력 이상의 능력을 발휘하는 게 가능했다.

말인 즉,

'경계를 걷는 자!'

별의 끝자락에 닿아있다고 봐도 과언이 아니었고, 이는 초월자라 할지라도 섣불리 상대할 수 없는 위협적인 존재라고 할 수 있었다.

아슬아슬하니 궤적에서 벗어나던 저들의 움직임이 이해되는 순간이기도 했다.

감각이 위기라며 비명을 질러댔다.

'젠장!'

새삼스럽다고 해야 할까?

'정말로 지리겠네!'

왠지 뒤가 묵직해지는 기분이었다.

❖ ✣ ❖

망자 탈혼!

암전이 오랜 시간 공들여온 실험의 결정체였다.

'그렇지만… 아직 완성된 건 아니지.'

브락셀은 망자라 불리는 그들 암전의 새로운 전력이, 실상은 기존의 완성품을 따라서 만든 것임을 잘 알고 있었다.

그래서인지 분명한 차이점이 있기는 했다.

기존 완성품 하나를 만들 연구비와 재료라면, 일백의 망자를 생산하고도 남는다는 점이었다.

[팬텀!]

완성품들을 부르는 명칭으로써, 그들은 각기 국가의 정점을 찍었다고 알려진 기사들로 이뤄져 있었다.

왕실 기사단의 단장이나 그와 비슷한 위치의 실력자들을 중심으로, 강제적으로 죽음의 굴레를 벗겨내 완성시킨 존재들이었다.

사자의 향기가 짙게 깃드는 걸 방지하고자, 그들의 장례가 치러지고 난 뒤, 사람들의 시선이 흐려지는 순간, 그들의 관을 열고 망자 회귀의 주문을 거는 것이다.

그렇다고 해서 언데드를 만들려는 건 아니었다.

저주받은 존재가 함께한다는 건, 성국을 비롯하여 여러 왕국과 세력들의 표적이 되기에 충분한 까닭이었다.

살아 숨 쉬던 당시의 실력 그대로 다시 일으키고, 거기에 더해 산자의 기운이 깃들게끔 해야 하며, 개별적인 생각이나 행동도 할 수 있게 만드는 것이다.

물론, 많은 생각을 허락하지는 않았다. 배신과 배반은 결코 용납될 수 없는 까닭이었다. 만에 하나라는 가정이 있기에, 나름의 금제 역시도 걸어두었다.

엉터리 실력자들의 생명력을 폭발시켜, 강제적으로 그 수준을 높인 망자들과 달리, 저들은 이미 완성된 실력자였다.

'망자들과는 차원이 다르지.'

게다가 결정적인 차이라면, 망자는 삶에 죽음을 강제하는 것이라면, 팬텀의 경우에는 죽은 자에게 삶을 부여하는 것이다.

게다가 그들을 탄생시키기 위해 들어간 재료의 특별함으로 인해, 팬텀의 중요도는 암전에서도 최상으로 놓을 수밖에 없었다.

'현자의 돌!'

또는 불사의 비약 혹은 괴력의 숨결 등, 다양한 이름으로 불리는 그 전설적 재료가 팬텀을 이루는 결정적인 요소였다.

'겨우 티끌만한 양이지만….'

그것만으로도 저들 팬텀은 더욱 강한 불사의 군대가 되어 깨어났다.

'키메라 따위와는 비교할 수가 없지!'

그들 암전뿐만이 아니라, 수많은 왕국들이 초월자를 상대하기 위해 비윤리적인 실험들을 자행하고 있었다.

상당수가 키메라를 비롯한 인체실험을 기본으로 두고 있었는데, 브락셀이 보기에는 어느 곳도 팬텀에 비할 바가 못된다고 여겼다.

'현자의 돌이 필요하지만 않았더라도….'

진정 최고의 전력이 되어주었을 것이건만, 안타깝게도 재료적인 한계에 부딪치면서, '망자 탈혼' 이라는 실험으로 변경될 수밖에 없었다.

때문에 사신이라는 존재가 거슬리는 것이기도 했다.

'겨우 실험이 완성단계에 이르렀건만….'

뜬금없이 튀어나온 망자의 천적으로 인해 그간 실험들 전부가 물거품이 될 위기에 처해버렸다.

중요하고 또 중요한 팬텀이었으나, 더는 아끼기만 하기가 어려운 순간임을 알았기에, 이번 추격대에 팬텀을 투입시키기로 결정한 것이다.

'그나마도 일부는 숨겨놓았겠지.'

하지만 그렇게 모인 숫자가 무려 세 자릿수를 찍었다.

일천 정예!

좀 더 정확히는 구백의 사냥개와 일백의 팬텀이었다.

실패?

생각할 수도 없는 단어였다.

❖ ✣ ❖

이런 치열함이 얼마만일까?

"쿨럭!"

기침에 섞여 나오는 비릿한 피비린내가 내장 상태가 어떤지 이야기해주고 있었다.

'짜릿…하네!'

에던은 소매를 들어 입가에 묻은 핏물을 닦아내며 주변을 돌아봤다.

불청객들 상당수가 본연의 모습으로 돌아가 싸늘한 시체의 정석을 보여주고 있었다.

하지만 그 이상으로 많은 수의 불청객들이 그의 주변을 에워싼 채, 날카롭고도 예리한 칼날을 번뜩이며 서늘한 안광을 흩뿌리고 있는 게 보였다.

"아… 사내놈들의 뜨거운 시선은 별로 달갑지가 않은데. 쿨럭! 큼, 크흠!"

짤막한 한마디에 불청객들이 눈살을 찌푸리며 검격을 날려 왔다.

파파파팟!

최소한의 절제된 움직임으로 그 거센 검광의 파도 위를 헤엄쳐 봤으나, 그 격한 물살에 젖지 않고 빠져나온다는 건 불가능에 가까웠다.

"으음…."

나직한 신음성과 함께 에던의 신형이 흔들렸다. 팔과 다리 그리고 옆구리에서 짜릿한 통증이 느껴졌다.

치명상은 아니었으나 분명한 건, 저들의 칼날에 베였다는 것이다. 그리고 이 같은 상처가 어느새 전신 곳곳으로 번져가고 있다는 점이었다.

'가랑비에 옷 젖는다는 게 이런 건가.'

어딘가에서 들은 격언을 떠올리며 애써 자세를 바로잡았다. 어느새 그의 전신은 핏물에 절여놓은 것 마냥, 시뻘겋게 물들어 있었다.

'크으… 이런 경험도 오랜만이네.'

경계를 넘고 별의 영역에 이른 이후, 지금처럼 힘에 겨웠던 적이 과연 있었던가?

'아… 쫄린다!'

고위기사 급의 강자들이 '사자생환'의 비술을 받아, 최소 반걸음 이상 나아간 실력으로 그를 압박하고 있으니, 그야말로 최악의 상황이라 할 수 있었다.

아마도 언데드에 대한 기존의 악몽은 오늘 이 순간을 기점으로 새로이 기억될 것 같았다.

특히, 죽음의 궤적이 연달아 비틀리는 감각은 절로 욕지거리가 터져 나올 만큼 불쾌했다.

저들이 언데드가 아니었다면 충분한 궤적을 그렸다고 할 수 있겠으나, 안타깝게도 사자생환의 비술을 받은 저들은 성공이라 여긴 시점에서 한 차례 더 깊게 찔러 넣어야만 궤적의 완성을 허락해줬다.

'얼추… 서른 정도는 쓰러트린 것 같은데.'

상당한 숫자였으나, 여전히 그득한 불청객들의 숫자를 보고 있노라면, 왠지 하늘이 노래지는 기분이었다.

'죽은 척이라도 할까?'

거기까지 생각하다 이내 고개를 저을 수밖에 없었다.

괜히 죽은 척 바닥에 드러누우면, 확인을 한다며 사지를 찢어놓을 것 같았다.

쓸데없는 생각도 길게 이어나가기는 어려웠다. 쉴 새 없이 이어지는 검격들이 그로 하여금 정신적인 여유마저 앗아간 까닭이었다.

"흡… 후욱… 훅…."

가볍게 호흡을 고르면 금세 체력이 회복되고는 했는데, 이번만큼은 그럴 여유가 없었던 까닭인지, 쉴 새 없이 체력이 깎여나가고 호흡이 흐트러질 수밖에 없었다.

행여나 숨을 고를 기회가 생기더라도, 워낙 소모된 기력이 많았던 탓에, 겨우 한 두 호흡만 가지고서 여유를 얻기는 어려울 듯싶었다.

확실히 그의 회복력이 남다른 점이 있기는 했다. 하지만 거기에도 적정선이라는 게 있었는데, 지금은 그 선 아래에서 한참을 떨어져 내린 상황이었다.

물론, 그마저도 약간의 시간만 더 허락된다면, 특출난 회복력으로 빠르게 정상화할 수 있겠지만, 지금은 상황 자체가 이를 허락하지 않았다.

'애초에 전력으로 뛰는 게 아니었어!'

숨넘어갈 정도로 열정적으로 두 여인을 쫓아 달렸던 게 결정타였다는 걸 부정하기가 어려웠다.

호흡이 흐트러지며 시야가 어지러워지는 와중에, 날카로운 검광이 눈앞을 스쳐가는 게 보였다.

마치 숨이 막히고 정신이 흐트러져 환상을 보듯, 그 번뜩이는 잔상이 시야 가득 채워지며, 시각적인 부분을 크게 흔들어 놨다.

그 때문이라고 해야 할까?

다시금 전신을 뜨끔하게 만드는 통증을 느껴야만 했다. 그 와중에도 감각적으로 몸을 비튼 덕분인지, 치명상은 피할 수 있었다.

게다가 그 짜릿한 고통이 어지럽던 정신을 다시금 바로잡으며, 재차 전장에 집중할 수 있는 채찍질이 되어주었다.

조금은 오만했다고 해야 할까?

'단검 몇 개 정도는 챙겨서 다닐 걸….'

경계를 넘고 몸 안에 주렁주렁 달고 다니던 암기들 대부분을 처분했다. 철저하게 사신을 연기하려던 이유도 제법 컸다.

어쨌든 그로 인해서 지금과 같은 상황에 시간벌이를 위해 내어놓을 만한 암기들이 없었다.

앞서 세릴의 쇠구슬을 사용하던 게, 그나마 지닐 수 있었던 여유시간의 전부였다.

'젠장! 이렇게까지는 안 하려고 했는데.'

할 수 없다는 듯, 아랫입술을 잘근 깨물던 에던이 이리저리 몸을 빼내던 와중에 돌연 상의를 벗었다.

이미 넝마나 다름없이 되어버렸던 까닭에, 찢어냈다는 표현이 더 어울릴 것이다.

파라라라라락!

그러더니 마치 깃발이라도 휘두르는 것 마냥, 사방을 향해 두서없이 휘두르는데, 그 모습이 그야말로 머리 한쪽에 꽃 하나 정도는 꽂아줘야 할 것 같은 착각을 불러일으켰다.

하지만 의외의 효과가 있었다.

너풀거리는 옷가지로 인해 잠시나마 시야가 차단되면서, 불청객들의 진입이 반 박자씩 늦어졌고, 그로 인해서 작게나마 여유 공간이 생긴 것이다.

"후읍… 하…."

그렇게 긴 시간은 아니었으나, 작게작게 두어 번의 호흡이 폐부에 허락되었고, 일부 정신이 깨어나는 효과를 얻을 수 있었다.

물론, 말 그대로 그 여유는 길게 이어질 수 없었다.

저들이 비록 언데드라고는 하나, 살아 숨 쉬는 존재를 연기할 정도로 뛰어났고, 거기에 더해 살아생전의 실력 자체도 고위기사 급에 이를 정도로 남달랐다.

말인 즉, 전장에서의 판단력 역시 특출나다는 의미였다.

쫘아아악!

아니나 다를까.

'젠장!'

당황하여 물러나던 것도 잠시, 결국 시야를 가리고 있는 게 천 쪼가리일 뿐이라는 걸 깨닫자마자, 그들의 검이 사정없이 베어 들어왔다.

"비싼 옷이다. 썩을 것들아!"

그 외침과 함께 옷가지를 내던지며 그 사이로 푸욱 파고들었다. 찢겨나가는 천 조각과 번뜩이는 검광 속으로 몸을 담그며, 시야가 차단된 불청객의 전방으로 훌쩍 뛰어들었다.

빠악!

그야말로 정직할 정도로 올곧은 찌르기였으나, 차단된 시야로 인해 정통으로 들어갔다. 가장 정석적인 자세에서 나온 만큼, 그 파괴력도 남달랐던 까닭일까?

섬뜩한 감각과 함께 고개가 꺾일 수 없는 방향까지 돌아가는 게 보였다.

그 상태에서 내질렀던 손으로 턱을 잡고 전신을 돌리며, 손 안의 턱을 기준점으로 그대로 내던졌다.

빠드득…

목뼈가 어긋나다 못해, 박살이 나는 소음과 함께 새로운 시체 하나가 허공을 날았다.

합격진이란 건, 기본적으로 예정된 동료들 간의 합이 잘 이뤄져야만 완성될 수 있는 것이다.

'자리 하나가 비면 빌수록 그만큼의 완성도도 떨어질 수밖에 없지!'

에던은 그 빈자리에 대뜸 몸을 던지더니, 맞물려 돌아가는 합격진의 틈을 이리저리 흔들며, 크고 넓게 찢어발긴 뒤, 또 한 번 꼭두각시들의 춤사위를 멈춰주었다.

끈 떨어진 시체들이 다시금 대지의 일부로 돌아가고자 바닥에 너부러질 때, 에던 역시도 결국에는 한 쪽 무릎을 땅 위에 붙일 수밖에 없었다.

잠시 여유를 얻어 한줌 호흡과 약간의 체력을 회복하긴 했지만, 하나의 합격진을 와해시키며 전부 쏟아내 버린 까닭이었다.

"정말, 이렇게까지는 하고 싶지 않았는데…."

쉴 틈을 주지 않으려는 듯, 여전한 기세로 사납게 달려드는 불청객들의 모습에, 에던이 인상을 한껏 구기며 꺾여버린 무릎에 전신을 기대듯, 그대로 전방을 향해 몸을 굴렸다.

데구르르…

그가 지나간 자리 위로 떨어져 내리는 검격들에 땅거죽이 패여 나가는 소리가 들렸다.

팍. 파팍… 팟!

전해지는 소리들의 간격을 통해, 저들이 또 한 번 당황했다는 걸 알 수 있었다.

옷가지가 날아가고 몸뚱이가 넝마가 될 만큼 부딪치며 깨달은 거라면, 불청객들이 그야말로 순도 높은 기사들이라는 점이었다.

바닥을 구르며 전투를 치른다는 건, 여러모로 그들의 근본적인 가르침과 어긋나는 경향이 있을 터였다.

그 같은 부분이 저들의 동작을 일부 굼뜨게 만드는 것이었다.

'기사들이란….'

하지만 저들은 생전에 다양한 경험을 겪은 뛰어난 실력자들이기도 했다.

바닥을 내리치는 검격에 예리함이 깃드는 건 그리 오래 걸리지 않았다. 하지만 그들의 검이 향하는 방향이 바뀐 것으로 인해, 저들의 합격진에는 새로운 틈이 발생하기 시작했다.

'구렁이 한 마리 잡으려고 만드는 합격진이 어디 있겠어.'

말인 즉, 저들의 연격이 무릎 아래를 목표로 완성되었을 리가 없다는 것이다.

그렇잖아도 전혀 다른 합격진들이 어색하게 맞물려 돌아가던 와중인 만큼, 새롭게 만들어진 균열은 기존의 틈을 더욱 자극하는 효과를 가져왔다.

그리고 이 같은 자극은 에덴으로 하여금 새로운 여유 공간이 되어주며, 그의 호흡에 작은 안식을 찾아주었다.

단지, 그 안식의 터전이 먼지투성이라는 게 자그마한 문제였지만, 땅바닥을 열정적으로 구르고 있는 만큼, 어쩔 수 없는 사항이었다.

'빌어먹을! 카악… 퉤!'

입 안 가득 들어오는 흙먼지를 뱉어내면서도 이 공간을 최대한 활용하고자, 열심히 검을 휘두르고 또 휘둘렀다.

서걱… 서걱…

평소처럼 죽음의 궤적을 따라 뻗은 건 아니었다. 하지만 저들에게 치명적일 수 있는 발목 부위만을 노린 검격이었다.

대부분이 가벼운 상처 정도로 끝을 맺었지만, 땅바닥을 구르고 기어 다니며 내던지는 변칙적이면서도 조금은 지저분한 공격들이, 분명한 효과를 내고 있다는 건 틀림없었다.

그 증거로 여유 공간이 점차적으로 넓어지고 있었다.

하지만 그것도 잠시였을까?

문득, 하늘이 어두워지는 게 보였다.

"끄응…."

앓는 소리가 절로 나왔다. 상황 타개를 위한 결정인 듯, 몇몇 불청객들이 훌쩍 몸을 던지며 그를 덮쳐오고 있었다.

"저게 여자였으면…."

이렇게까지 비참하지는 않았으리라.

"염병…!"

나직한 중얼거림과 함께 에던이 힘차게 몸을 굴렸다.

"크윽!"

한 박자 늦었던 것일까? 느낌이 좋지 않기는 했건만, 결국 저들에게 발목을 잡혀버렸다. 그리고 이어지는 무게감이 차곡차곡 그의 육신을 짓누르기 시작했다.

이대로라면 오래지 않아 저들과 동류가 될 지도 모르는 상황인 만큼, 마치 발악을 하듯 몸을 흔들며 손발을 움직였다.

'난전 경험은 내가 선임이다. 이 쉐끼들아!'

많은 공간을 잡기는 어려웠지만, 관절이 활동할 수 있는 공간이면 충분했다.

일단 가까이에 있는 얼굴을 잡고 손가락을 뻗어 그 동공에 쑤셔 넣었다. 고통을 느끼지 못하는 저들 특성을 생각한다면, 치명적인 여파를 낳지는 못할 것이다.

에던 역시도 그 정도는 알고 있었다. 그럼에도 그 불쾌한 느낌 속에 손가락을 들이민 건, 아주 간단한 이유였다.

'한 손으로 잡을만한 게 이것뿐이니까.'

목적에 충실하기 위해, 나머지 손가락이 콧구멍으로 들어가며 질척한 느낌을 전해졌다.

'지랄 같네!'

그대로 손을 비틀자 목뼈가 부러지는 소리와 함께 위를 덮치고 있던 시체의 방향이 어긋났다.

'…하나씩 하나씩!'

상황이 어지럽다고는 하나, 당황해서 한 번에 해결하려고 해서는 안 된다. 오히려 더 어지럽혀질 수 있기에, 최대한 침착하게 순서를 나눠 해결하는 게 최선이었다.

덮치고 있는 이들을 이리저리 비틀고 그 와중에 생겨나는 공간으로 침착하게 몸을 빼냈다.

중간중간 위에서 내리꽂히는 검격에 그를 덮치고 있던 이들과 함께 통째로 꿰뚫릴 뻔 했지만, 착실히 만들어놓은 공간 덕분에 이리저리 허리를 비틀고 고개를 꺾으며 치명적인 위기들은 피할 수 있었다.

"악!"

물론 중간중간 그의 어깨나 발목을 물어대는 저들의 행동에, 정말 이들이 기사일까? 하는 의문을 한 번씩 가지기도 했지만, 어쨌든 중요한 건 생각보다 짧은 시간에 그들 속에서 빠져나왔다는 것이다.

'난전은 내가 위라니까!'

시체더미 사이를 파헤치며 헤엄치던 경험이 제법 도움이 되었다.

물론, 그렇다고 해서 상황이 끝난 건 아니었다.

냄새나는 사내들과 부대끼던 경험 덕분에, 겨우 채워졌던 체력이 한 방에 날아가 버린 상황인데다가, 여전히 그를 에워싸고 있는 불청객들은 팔팔한 모습으로 그를 노려보는 중이었다.

"포기하면 편하다던데…."

자꾸 떠오르는 어딘가의 격언인지 망언인지 모를 무언가를 중얼거리며 힘겹게 무릎을 바로 세웠다.

'아… 정말 때려치면 안 되나.'

한숨을 푸욱 내쉬는 그때였다.

콰앙…

불청객들의 후미에서 한 줄기 폭음이 터져 나오는가 싶더니, 불길이 솟아오르는 것이 아닌가.

피로에 찌들어가던 에덴의 동공에 불빛이 번뜩였다.

'…레일라?'

아니나 다를까. 저 멀리 허공중에 다가오는 인영이 하나 보였다.

"오… 오오!"

저도 모르게 터져버린 탄성과 함께 새로운 인영이 그의 시야로 파고들었다.

'셰릴!'

불청객들 사이를 파헤치며 다가오는 그녀의 모습에 양손이 살포시 겹쳐졌다.

"델. 리아. 데!"

나직하니 읊조리는 기도문이 그의 기분을 고스란히 대변해주고 있었다. 상황만 된다면 눈물도 흘릴 수 있을 것 같은 기분이었다.

2. 침묵의 숲!

2. 침묵의 숲!

소문이란 통제할 수 없다?

"충분히 통제할 수 있지!"

그럼에도 불구하고 통제되지 않는 소문이란?

"우리의 통제력을 벗어난다는 의미겠지!"

감히, 그들을 앞서나갈 만한 세력이 어디일까?

"레드문!"

짐작하고 있던 일이지만, 아직 확신으로 굳히지는 않고 있었다. 하지만 이번 사건을 통해 그간의 의문을 날려 보냈다.

"그들만이 우리와 어깨를 나란히 할 수 있지!"

따로 국가를 세운 건 아니다.

하지만 어둔 밤하늘 아래, 붉은 달빛의 보호를 받는 영역은 실로 광대하게 펼쳐져 있었다. 그들을 따로 모아둔다면 대륙에 새로운 깃발을 세우고도 남으리라.

게다가 그들은 '역사' 까지 있었다.

감히, 그 기간을 추측컨대, 현존하는 어떠한 왕국이나 세력도 그들에게 비견할만한 단체는 없을 터였다.

"우리가 암전이라는 이름으로 함께하기 시작하고 나름 역사를 쌓았지만, 레드문에 비할 바는 못 되는 게 사실이니까."

내심 속이 쓰리지만, 그래도 인정할 건 인정해야만 했다.

"그래도 이번 일은 쉬이 용납하기가 어렵군."

어쩔 수 없었다. 그도 그럴 게 이번 소문에 희생된 제물들이 무엇이던가.

"사냥개 정도야 얼마든지 다시 키울 수 있어."

또한 채울 수도 있었다.

"하지만 팬텀이 소모된 건, 좀 심각하지."

그 자체만으로도 완성품이라는 의미에서 특별했고, 전력적인 부분에서도 충족감을 줬으며, 결정적으로 그들이 지닌 현자의 돌의 가치가 남달랐다.

"망자들의 실험만 완벽해지면, 언제든지 회수할 수 있었을 텐데… 쯧!"

그들의 죽음과 함께 사용되었던 현자의 돌 역시도 회수할 수 없는 먼지가 되어버렸다.

비록 티끌만한 돌의 일부분일지라도, 다시는 구할 수 없는 기적의 일부가 날아가 버린 건, 여러모로 타격이 클 수밖에 없었다.

이미 죽었던 자들이기에 다시 죽일 수 있느냐고 묻는다면, 아주 간단한 대답을 해 줄 수 있었다.

[언데드도 결국 흙으로 돌아간다.]

팬텀 역시도 비슷하게 다시금 대지의 품에 안길 수 있는 가능성은 얼마든지 넘쳐흘렀다.

그들과 연결되어 있던 현자의 돌 역시도 재가 되어 버렸을 것이다.

"쯧! 사냥개를 투입한 의미가 없군."

무려 900의 사냥개가 준비된 계획이었다.

냉정하게 이야기한다면, 그 숫자면 초월자라 해도 얼마든지 승부를 볼 수 있어야 옳았다.

전설 속의 초월자, 바르마스 검공의 이야기를 충분히 고려하고 내린 결론이었다. 그럼에도 불구하고 일백의 팬텀을 준비한 건, 만에 하나의 사태를 대비하고자 함이었다.

언제든 변수란 발생할 수 있는 일이고, 그렇다면 사냥개들이 제 임무를 수행하지 못하고 전멸하는 사태도 발생할 수 있기 때문이었다.

일백의 팬텀은 그 만약의 상황을 가정하여 붙여진 이들이었다.

그나마도 팬텀들의 실력이라면, 앞서 사냥개들의 죽음으로 얻어낸 상처들을 통해, 어떠한 희생도 없이 목표물을 처리할 수 있을 거라 여겼다.

하지만 이게 웬일?

"전멸이란 말이지."

상상하기도 싫은 사건이 발생한 것이다.

[프록샤 평원의 전투!]

최근 대륙을 뒤흔들고 있는 소문이 떠올랐다.

[1대 1000!]

그들 암전이 통제할 수 없는 소문이었다.

[사신의 길!]

다양하게 불리고 있는 충격적인 사건은 수많은 사람들을 프록샤 평원으로 인도했고, 핏빛 잔재가 완연한 그곳의 흔적들을 통해 새로운 전설의 탄생을 노래하게 만들었다.

놀라운 건, 암전에서도 이 사건을 들려오는 소문을 통해 알게 되었다는 점이었다.

너무나 빠르게 퍼져나가던 그 노랫소리에서 의도적인 통제력을 느꼈지만, 중요한 건 그들이 벌인 사건이건만, 그 소식을 다른 방향에서 전해 들었다는 부분이었다.

이번 임무에는 사냥개와 팬텀 그들만 보낸 게 아니었다. 별도로 원거리에서 전체적인 상황 및 정보 수집을 위한 요원들도 따라붙고 있었다.

헌데, 그 요원들의 흔적마저도 사라져버렸다.

"레드문…."

아무리 생각해도 그들 외에는 답이 없었다. 이 정도로 철저하게 암전의 뒤통수를 칠 정도의 단체라면 그들뿐이었다.

"기분이 좋질 않군. 흠…."

나직한 중얼거림에 주변 공기마저 내리눌리는 느낌을 줬다.

브락셀은 전신을 바르르 떨며 머리맡에서 들려오는 음성에 귀를 기울였다.

언뜻 하나의 음성으로 착각할 수 있지만, 저건 여러 사람이 대화를 나누는 소리로써, 저들이야말로 암전의 실질적인 배후라 할 수 있었다.

원로회보다도 높은 곳에 존재하는 자들로써, 대륙 각국에 퍼져있는 이름 모를 왕국들의 권력자들이었다.

그 역시 원로회에서 상당히 높은 위치에 있었지만, 저들 배후세력의 숫자가 얼마나 되는지 파악할 수는 없었다.

몇몇 직접 만나본 이들이 존재하기는 하나, 그 수가 한손에 꼽았고, 가면을 쓰고 있었기에 실질적인 정체까지 파악하는 건 무리에 가까웠다.

대부분의 대화는 지금처럼 머리맡에 놓여있는 '수정구'를 통해서 이뤄지는 게 보통이었다.

통신마법으로 배후세력들의 대화가 나눠지는데, 음성적인

조정까지 가미한 듯, 대개 하나의 목소리처럼 들리면서 저들의 정체를 더더욱 파악하기가 어렵게 만들었다.

원로회에서도 제법 높은 위치에 있건만, 여태껏 저들의 정체에 대해 허락되지 못한 이유라면 간단했다.

'나 역시도 언제든 버릴 수 있다는 뜻이겠지.'

간접적인 통신으로 전해 듣는 음성이고 내용일 뿐이건만, 이처럼 그 음성과 내용 하나하나에 한기를 느끼는 건, 그의 목숨이 걸려있기 때문일 것이다.

그런 이유로 저들의 대화가 열릴 때면, 이처럼 수정구를 대하고 있는 와중에도 머리를 조아리는 걸 아끼지 않았다.

최대한 스스로의 자세를 낮춰, 그 자신의 목숨을 연장할 수 있는 나름의 방책이었다.

허나, 지금의 상황은 너무 좋지 못했다.

'팬텀을 잃어버린 건 타격이 너무 커!'

당연하게도 현자의 돌과 관련된 부분도 있으나, 지금 당장은 그들을 보유한 왕국들의 전력손실적인 부분이 문제였다.

[초월자를 막는 방패!]

그게 저들 팬텀의 역할이었다.

물론, 말 그대로 '막기' 위한 존재였다. 초월자의 갑작스런 난입에도 왕실의 일원이 안전하게 대피할 수 있는 시간을 벌어주는 것이다.

각국이 지닌 팬텀의 숫자가 정확히 얼마나 되는지는 모른다. 하지만 그의 짐작으로는 스물을 넘지 못한다고 여겼다. 원로회에서 제법 높은 위치에 있으면서, 그간 이리저리 암전의 정보를 다루면서 느끼고 내린 결론이었다.

'그 정도 숫자로 초인을 상대하는 건 무리지.'

모르긴 몰라도 이번 사태로 인해, 암전의 배후 왕국 상당수가 팬텀의 절반가량은 잃었을 것이라 짐작하고 있었다.

특히, 이번 무대가 중앙대륙을 바탕으로 발생한 만큼, 이곳에 뿌리를 내리고 있는 왕국들의 분노는 더욱 클 것으로 예상됐다.

때문에 더더욱 그의 머리를 바닥에 파묻을 듯 조아리고 있는 것이기도 했다.

한 가지 다행이라면, 레드문이 이번 사건을 비롯하여 사신과 관련되어 있다는 점이었다.

암전 전체적으로는 골치 아픈 문제이겠으나, 레드문이라는 거대한 세력의 규모에 가려, 저들 배후의 시야에서 그의 존재감이 옅어질 확률이 높다는 것이다.

이번 임무의 중심에 있던 레브렉이 비록 그의 관할이었다고는 하나, 실질적으로 계획을 허락하고 팬텀들의 지원까지 준비한 건 그가 아니라 저들 배후세력이었다.

아슬아슬하게 안전지대에 있다는 의미였다.

'정말… 아슬아슬하다는 게 문제지만….'

레브렉은 이미 프록샤 평원에 뼈를 묻었고, 그로 인해 분풀이 대상이 마땅치 않은 시점이었다. 때문에 더더욱 숨을 죽이고 머리를 조아린 채, 침묵으로써 저들의 이야기에 귀를 기울이고 있는 것이기도 했다.

오늘 저들의 대화가 어떻게 끝날지는 모른다. 하지만 한 가지는 분명히 할 수 있었다.

'당하고 끝내는 건, 저들의 방식이 아니지!'

불은 이제 막 지펴졌을 뿐이라는 것이다.

❖ ✣ ❖

아무래도 목적지가 목적지인 까닭일까? 여정이 길어질수록 사람들의 발길이 뜸해질 수밖에 없었다.

침묵의 숲!

그곳으로 향하는 길이니 만큼, 어찌 보면 당연한 흐름일 터였다.

물론, 사람의 흔적이 완전히 사라진 건 아니었다. 침묵의 숲이 비록 대륙적으로 인정하는 금지라고는 하나, 그곳에서 나오는 몬스터들의 시체는 특별한 값어치를 지니고 있는 까닭에, 숲 주변에 몇몇 거점들이 존재하기는 했다.

하지만 에던 일행은 엘프들과 함께하고 있는 까닭에, 이러한 거점들을 피해서 움직였고, 더더욱 사람의 흔적에서 멀어질 수밖에 없었다.

아무래도 제법 장기적인 여행인 만큼, 중간 중간 필요한 물품들을 구입해야 하겠으나, 다행인지 불행인지 이를 해결해 줄 수 있는 존재가 그들에게는 있었다.

'세릴….'

에던은 마차 한편에 다소곳한 자세로 앉은 채, 이 숨 막히도록 빡빡한 여정을 가능하게 만든 여인을 바라봤다.

뒤이어 그 앞에 마주하고 앉아있는 또 다른 여인에게도 시선을 건넸다.

'…레일라.'

어쩌다가 저 둘과 동행하게 되어버린 것인지, 지금도 미스터리한 부분이었다.

불청객들과의 짜릿한 격전이 끝난 뒤, 말 그대로 기절하듯 잠이 들었고, 다시금 깨어났을 때는 이미 질주하는 마차 속에서 두 여인이 각자 한 자리씩을 차지하고 있었다.

그 사이에 무슨 일들이 더 있었는지는 모르겠지만, 첫 대면 당시와는 달리, 더는 서로를 향해 날을 세우지는 않았다.

물론, 그렇다고 해서 분위기가 좋아진 것도 아니었기에, 그저 조용히 이 숨 막히는 여정이 끝나기만을 기다릴 뿐이었다.

'이렇게까지 해서 숲으로 데려다 줄 필요가 있나?'

그냥 세릴을 통해 레드문에 맡기는 게 더 나을 것 같다는 생각이 틈틈이 머릿속을 두드렸다.

하지만 그럴 때마다 고개를 흔들며 브렘이 해 준 이야기를 떠올릴 수밖에 없었다.

[당신께서 바라시는 게 그곳에 있습니다!]

그 스스로도 알 수 없는 걸 언급하는 것이 신기했다. 동시에 궁금증이 일기도 했다.

'내가 바라는 것?'

확인하고 싶었다.

물론, 레일라의 호기심도 제법 발휘되었다는 것도 분명한 사실이었다.

이제 와서 발길을 돌리기에는 너무 멀리까지 와버렸다.

'에휴….'

고개를 절레절레 저으며 이 시간이 어서 끝나기만을 바랄 뿐이었다.

사실, 초반에는 그 나름대로 상황을 부드럽게 만들기 위한 노력도 아끼지 않았었다.

[대마도사와 혹시 혈연관계 아닙니까?]

푸른 바람 일족의 족장 브렘이 대륙의 현자라고 불리는 대마도사 브렘과 이름이 같다는 걸 빌미로, 나름 농담이라며 던져본 이야기였다.

역효과라고 해야 할까?

오히려 마차 안의 공기만 더욱 서늘하게 만들며, 두 여인의 날카로운 시선과 엘프들의 냉랭한 눈빛을 동시에 받아내야 하는, 때 아닌 고행에 빠져야만 했다.

이 같은 상황이 서너 차례 더 이어졌고, 매번 비슷한 결과를 낳으며 그를 고행에 들게 만들었다.

몸서리치게 만드는 그 같은 경험 덕분인지, 이후로는 그 역시도 조용히 침묵하며, 마차 구석에 찌그러지듯 몸을 비비게 된 것이다.

'제발, 빨리 이 시간이 지나갔으면….'

이처럼 간절한 바람으로 하루하루 여정을 버텨나가길 한 달여, 드디어 그토록 바라고 또 원하던 소식이 들려왔다.

"목적지가 보입니다."

마부석에서 들려온 외침에, 마차 밖으로 얼굴을 내밀어 전방을 바라봤다.

'침묵의 숲….'

과연, 소문 그대로라고 해야 할까?

그 끝이 보이지 않을 만큼 광활한 영역을 차지하고 있는 거대하고도 장대한 초록의 물결을 확인할 수 있었다.

❖ ✣ ❖

짧고 강렬했던 첫 대면!

그리고 이어진 짜릿한 전투!

이를 통해, 나름대로 서열정리를 마무리 지을 생각이었다.

하지만 서로 상대가 만만치 않다는 걸 깨달으며, 상황이 조금 애매하게 변해버렸다.

밤의 여왕!

그 이름에 걸맞게, 셰릴은 분명 실력적인 면에서 자신이 한참 앞서 있다는 걸 자신할 수 있었다.

허나 레일라 역시 만만한 상대는 아니었다.

드라필만의 마법사!

일찍이 그 같은 명성을 얻으며 제법 세상을 떠들썩하게 만들었던 게 거짓이 아니라는 듯, 적어도 5서클은 되어 보이는 마법실력에 놀라울 정도의 정령술까지 지니고 있었다.

'어쩌면… 6서클에 올랐을지도 모르지.'

직접 손을 섞어보고 거기에 더해 짧게나마 호흡을 맞춰 보기까지 한 덕분에, 그 실력이 별의 끝자락에 닿아있음을 확인했다.

초월자인 그녀에 비한다면야 부족함이 있겠으나, 결코 가볍지 않은 위치라는 건 확실했다.

거기에 더해 결정적인 게 하나 더 있었다.

'끄응….'

생각만으로도 살짝 머리가 아파왔다.

레일라 드라필만!

외형으로 그녀를 판단한다면야 겨우 30대 초반? 몇몇 눈에 때가 낀 이들은 20대로까지 봐줄만한 외모였다.

'내일 모레면 40대가 코앞인 아줌마가 무슨 20대? 흥!'

거기에 비해 셰릴은 이제 겨우 20대 중반 정도였다.

물론, 어린 나이가 아니었다. 오히려 대륙 평균으로 본다면 아이 한둘은 있어도 충분할 나이였다.

그 같은 부분이야 어찌 되었건, 중요한 건 둘 사이에 적어도 10살 이상의 차이가 난다는 점이었다.

셰릴이 막나가려 분위기를 잡으려 해도, 드문드문 떠오르는 나이차를 무시하기란 쉽지가 않았다.

밤의 여왕이라 불리며 레드문의 정점에 있다고는 하나, 역대 여왕들이 붉은 달의 일원들에게 그 권력을 휘두르는 경우는 결코 없었다.

비록 여왕이라는 자리에 있었다고는 하나, 오히려 그녀들 역시도 거리의 일원이 되어, 그 안에 흐르는 공기가 어찌 변하는지 세세히 살피도록 배우고 또 가르쳐왔다.

그런 이유 때문에 더더욱 레드문이 오랜 세월 그 역사를 지킬 수 있었고, 그렇기에 여왕이라는 존재가 세상의 이면에서만 존재할 수 있던 것이기도 했다.

스스로를 높이며 드러냈더라면, 일찍이 그들의 역사와 함께 밤의 여왕 역시도 그 명맥이 끊겼을 터였다.

'교육을 너무 잘 받아도 문제라니까!'

물론, 에던이 들었더라면 당장 반박의 목소리를 높였을 내용이기는 했다. 그리고 당연한 수순처럼 입이 주둥이가 되는 기적 역시도 보게 될 확률이 높았다.

게다가 문제는 이뿐만이 아니었다.

'드라필만….'

좀 더 정확히는 루드말의 존재가 발목을 잡았다. 거기에 더해 에던에게 필요한 여인이라는 점 역시 문제였으며, 에던과 적잖은 '정'을 쌓았다는 부분도 걸렸다.

첫 대면 나눴던 격전에서 확실히 기선제압을 했더라면, 이 정도까지 복잡하게 생각을 이어나갈 필요가 없었을 것이건만, 안타깝게도 그 시도는 실패로 돌아갔기에, 당장은 데면데면한 거리감을 유지하기로 결정을 내린 상황이었다.

그리고 이 같은 상황은 레일라 역시 마찬가지였다.

'밤의 여왕!'

눈앞의 여인이 얼마나 특별한지 잘 알고 있었다. 비록 세상에 드러난 건 아니었으나, 부친 루드말과 같은 초월자라는 건 분명한 사실이었다.

여태껏 알리지는 않았으나, 레일라는 여섯 번째 고리를 연결시켰고, 동시에 정령술 역시도 중급으로 넘어선 상태였다.

이 같은 부분에서 봤을 때, 그녀가 이룬 공부와 경지가 특별하다 할 수 있을 것이다. 하지만 별빛을 품은 초월자와 비교하기에는 아직 무리가 있었다.

게다가 다른 무엇보다 화가 나는 건 따로 있었다.

[20대!]

셰릴의 나이가 그녀보다 한참은 아래라는 점이었다.

속이 부글부글 끓는다고나 할까?

에던이 기절해있던 당시, 두 여인은 짧게나마 서로 대화의 시간을 가진 적이 있었다. 그 시기에 본의 아니게 나이를 언급하는 대화가 오갔고, 그로 인해서 알고 싶지 않았던 비밀을 들어버렸다.

'20대에 초월자라니….'

여태껏 스스로가 부족하다고 여긴 적이 없었건만, 처음으로 그 같은 생각을 하게 만드는 존재를 만난 것이다.

[아줌마!]

게다가 그녀에게 들었던 충격적인 단어가 수시로 머릿속을 헤집으며, 마법사의 이성적 사고를 순간순간 끊어놓으려 들었다.

[어린 년!]

그처럼 반박을 하긴 했지만, 뱉고 보니 그렇게 나쁜 단어는 아니라는 생각에, 오히려 더욱 속만 쓰릴 뿐이었다.

항시 냉철한 판단력으로 스스로를 잘 통제해왔던 그녀이건만, 셰릴과 함께하는 여정은 수시로 가슴 한편에 불똥을 튀기고는 했다.

이런저런 이유로 인해, 그들 두 여인에게는 여러모로 불편한 동행이며 여정이었다.

"목적지가 보입니다."

때문에 마부석에서 들려온 외침이 너무도 반갑기만 할 뿐이었다.

❖ ✣ ❖

일찌감치 그들에 대한 소식을 전해 들었다. 좀 더 정확히는 '그'에 관한 내용이 중심이었다.

마른가지가 보내온 정보인 만큼, 거짓은 없을 것이라 여겼다.

'심판자….'

일족 내의 엘프들과 달리 그들은 어둠의 축복을 받은 이들이었다.

'마신의 흔적을 가장 잘 느낄 수밖에 없으니.'

그 때문에 일찌감치 숲을 벗어나 기다리고 있었다. 무려, 신들 중에서도 최초와 가장 가까이에 닿아있다고 알려진 마신의 사자가 아니던가.

그런 만큼 일족의 대표가 직접 마중을 나온 것이다.

하이 엘프!

어머니 나무 레-그라자의 선택을 받은 특별한 존재들로써, 평균적으로 한 세대에 셋을 넘기가 어렵다고 알려져 있었다.

그런 만큼 엘프들이 경외시하는 장로회보다도 높은 곳에 자리하여, 말 그대로 한 개 부족이 아닌, 일족 전체의 대표자라고 할 수 있는 엘프들의 긍지며 자랑이기도 했다.

'마신의 사자라….'

사실, 생각지도 못했던 단어며 존재였다. 그도 그럴 게 오랜 세월, 고대라고도 불리는 긴 역사까지 통틀어 봐도 그들의 등장은 손에 꼽을 정도로 드물었기 때문이었다.

성국에서 간혹 모습을 드러내는 성녀들과 비슷하게 여겨지는 반면, 그 존재감은 확연한 차이가 있었다.

성녀들의 경우 길어도 1~200백년 안에는 한 번씩 모습을 드러내지만, 마신의 사자라 불리는 심판자의 경우에는 거기에서 0을 하나 정도는 더 붙이는 걸로도 모자랄 정도였기 때문이었다.

길게는 천년여의 세월까지 살아가는 엘프들에게도 그저 이야기 속, 혹은 역사 속 또는 일종의 전설이나 신화 같은 존재가 바로 심판자라고 할 수 있었다.

그들의 탄생에 대해서는 여러모로 미스터리 한 점이 많았다.

엘프들은 그 오랜 역사를 통해, 그들의 이야기를 작게나마 접할 수 있었는데, 기이한 건 신의 사자라는 위치와 전혀 어울리지 않는 이야기도 몇몇 끼어있다는 점이었다.

지금이야 고대라 불리며 사라져버린 역사로써, 그 시절에는 충분히 시대를 대표할만한 인물이라 불리기에 충분한 활약을 한 존재가 있는 반면, 마치 그냥 숨 쉬는 운동만 하다가 세상을 떠났다고 봐도 이상하지 않을 존재들도 있었다.

과연, 그들이 진정 심판자였을까 싶은 의문도 들었으나, 그들의 선조가 직접 증명하고 적어내린 역사를 부정하고 싶진 않았다.

과거에도 마른가지라 불린 일족의 어둠은 존재했기 때문이었다.

그 같은 이유 때문일까? 그들과 관련된 내용에 대해 이런 우스갯소리도 있을 정도였다.

[신의 유희!]

말 그대로 그냥 심심해서 중간중간 별다른 이유 없이, 그저 장난처럼 심판자가 선택되는 건 아니냐는 의문이었다.

당연하게도 신의 뜻을 어찌 함부로 판단하겠느냐며, 말 그대로 우스갯소리로써 치부되었을 뿐이었다.

하지만 수천 년의 시간을 넘어 간혹 한 번씩 나오는 것과 다르게, 남다른 기록을 남긴 이들이 드문 까닭일까?

제법 그럴싸한 이유일지도 모른다면서, 우스갯소리로 치부하면서도, 일족의 역사서 한편에 '신의 유희'라는 내용이 함께 기록되어 있기도 했다.

심심해서건 혹은 정말로 다른 사명이 있어서건, 당장 중요한 건 그런 것들이 아니었다.

'마신의 사자!'

심판자가 이곳 침묵의 숲으로 오고 있다는 점이었다.

'허투루 대할 수 없는 일이지.'

이곳 침묵의 숲은 남대륙과 서대륙 사이에 자리한 곳으로써, 소식을 전해왔던 장소가 프록샤 평원 인근이었던 걸 생각해 봤을 때, 빠르면 보름 정도면 충분한 거리라고 여겼다.

그 점을 고려하며 일찌감치 움직였건만, 막사 숲 외곽에 도착하고 보니, 생각이상으로 그들의 도착이 늦어지고 있었다.

뒤늦게 추격을 대비해서 인적이 드문 곳으로 이동한다는 소식을 듣고서야 지체되는 시간과 상황을 파악했고, 할 수 없다는 듯 숲 외곽지역에 별도의 자리를 마련하며 기다릴 수밖에 없었다.

그 때문일까?

숲의 침묵이 점차적으로 그들을 덮쳐들기 시작했다.

"가지고 온 정화의 불이 다 떨어져가고 있습니다."

하이 엘프의 호위로써 함께 따라온 대전사 '카람'의 이야기에 결국 불을 끌 수밖에 없었고, 오래지 않아 숲의 침묵이 그들을 삼켜왔다.

정화의 불은 세계수이자 그들의 어머니 나무인 레-그라자의 나뭇잎으로 피운 불꽃으로써, 거기서 발하는 신성한 기운이 숲의 몬스터들이 접근할 수 없도록 그들을 지켜주는 것이다.

다시금 그들의 보금자리로 돌아가기 위해서는 일정량 이상은 남겨둬야만 했다.

비록 하이 엘프가 함께한다고는 하나, 숲의 침묵은 그만큼 짙고 깊었고, 그들 일족의 정예들로써도 감당키 어려운 어둠을 품고 있었다.

그래도 머무는 자리가 숲의 외곽 부근인데다가, 일족의

정예들이 자리하고 있는 만큼, 어느 정도는 버티는 게 가능했다.

때문에 과감히 정화의 불을 끄는 결단을 내릴 수 있었다.

'너무 늦지 말아야 할 텐데….'

여차하면 숲을 벗어나서 기다리는 것까지도 염두에 둘 수밖에 없었는데, 다행스럽게도 그들이 지치기 전에 기다리던 이들이 도착했다는 마른가지의 소식을 전해 받을 수 있었다.

❈ ✣ ❈

그들이 도착한 건, 숲의 외곽 경계선에 마차를 세우고 잠시 휴식도 취할 겸, 바깥공기를 한껏 들이키고 있을 때였다.

하지만 막상 그들을 대면하고 난 뒤, 처음 든 생각은 의문이었다.

'엘프?'

이야기에서 전해지는 그 고고한 모습과 전혀 다르게, 그야말로 꼬질꼬질하다는 말이 아깝지 않은 그들의 행색이 의문을 의심으로 변질되게 하는 건 그리 오래 걸리지 않았다.

'…거지가 아니라?'

이 같은 부분에 대해 확인을 하려는 찰나,

"마른가지의 럭셀이 일족의 수호자를 뵙습니다!"

럭셀이 앞으로 나서며 일행들의 의문을 막아주었다. 그와 동시에 셰릴과 레일라의 눈이 번뜩였다.

두 여인은 각자 지닌 지식과 정보를 통해, 저들의 수호자가 뜻하는 바를 아는 까닭이었다.

'하이 엘프!'

생각지도 못한 만남이었다.

"푸른 바람 일족의 장 브렘이 일족의 수호자를 뵙습니다!"

럭셀 곁으로 브렘 역시도 예를 취하는 게 보였다.

마른가지와 푸른 바람 일족의 장이 동시에 자세를 갖추는 모습에서 에던은 조용히 입을 막았다.

'하마터면 거지냐고 물어 볼 뻔 봤네.'

입이 주둥이가 되는 기적을 피하는 순간이기도 했다.

❖ ✣ ❖

침묵의 숲은 기본적으로 몬스터들의 대지라고 할 수 있었다.

그 안에는 대륙에서도 찾아보기 어려운 몬스터나 이제는 잊힌, 전설 혹은 신화처럼 여겨지는 몬스터들도 존재했는데, 그런 만큼 그 강함도 특별할 수밖에 없었다.

오우거나 트롤 같은 대형 몬스터들을 가장 기본적인 예로 들 수 있었다.

물론, 숲의 외곽으로 갈수록 그 특수성이 희미해지기는 하지만, 그럼에도 불구하고 숲의 일부라는 건 분명했고, 당연하게도 어지간한 실력자가 아니고서는 감당하기 어려운 수준이었다.

그나마 대륙에서 간간히 마주할 수 있는 오크와 고블린 같은 중, 소형의 몬스터들이 주로 외곽에 진을 치고 있었는데, 마치 숲의 특성이라도 되는 듯, 그들은 일반적인 오크나 고블린보다 강하고 또 '특별' 했다.

어지간해서는 만나기 어렵다는 오크 대전사나 고블린 주술사 같은 존재들이 숲에는 득실거리는 것이다.

게다가 그들의 숫자도 만만치가 않았다.

바깥에서라면 겨우 열 서넛 정도가 몰려다닌다면, 이곳에서는 거기에 0 하나 정도는 더 붙여도 될 만큼의 수가 우르르 몰려다니는 것이다.

마치 하나의 부족이 무리를 지어 이동하는 것 같은 풍경이 자주 발견되고는 했다.

숲에서 가장 낮은 계급이라 할 수 있는 만큼, 최대한 많은 숫자로 덩치를 부풀리며 스스로를 지키고자 하는, 그들 나름의 위협행위였다.

그럼에도 불구하고 숲의 외곽으로 밀려난 건, 워낙 어마어마한 존재들이 안쪽에 그득한 까닭이었다.

어찌 보면 비참하다 못해 처참한 생활이건만, 왜 그렇게까지 숲의 생활을 고집하는 것일까?

이유라면 다양했다.

[숲의 결계!]

일정영역을 경계로 숲의 몬스터, 아니 마물들이 바깥으로 나가지 못하게 만드는 결계가 펼쳐져있었다.

물론, 그것이 절대적인 건 아니었다.

외부로 향하고자 한다면 얼마든 나갈 수 있었는데, 여기서 또 새로운 이유가 등장했다.

[힘의 쇠락!]

결계를 넘어서는 순간, 마물들은 강한 탈력감과 함께 지니고 있던 능력이 상당부분 흩어지게 된다.

너무나도 갑작스러운 것이면서, 동시에 강제적이기까지 한 까닭에, 마치 뜯겨져 나가는 것 같은 느낌마저 들 터였다.

이처럼 상세히 이유를 조사하던 한 마법학자의 연구결과를 토대로 하자면,

[마물들의 갑작스런 변화는 숲과 바깥의 환경 차이로 인한 것이다.]

또한, 숲의 결계는 결국 그 환경을 조성하기 위한 것이고, 그 환경이 진정한 '결계'가 되어 숲의 마물들이 밖으로 나가는 걸 막아준다고도 하였다.

말인 즉, 침묵의 숲의 환경이 마물들이 살아가기에 가장 적합한 환경이라는 의미였는데, 그 말이 뜻하는 건 아주 간단했다.

[마계!]

그곳이 저 마물들의 세상과 유사하다는 것이다. 그 때문인지 한때는 침묵의 숲이 마법학자들의 주된 연구과제로 화제가 되기도 했을 정도였다.

재미있는 건, 그 숲의 위험성을 알기에 직접적으로 숲까지 찾아드는 마법학자가 드물었다는 점이었다.

어쨌든 이 같은 몇몇 마법학자들의 집요한 연구결과를 통해서 파악하자면, 침묵의 숲은 마계와 닮아있었고, 그런 이유로 마물의 피를 이은 몬스터들에게 더욱 큰 힘을 부여한다는 결론이었다.

이런 이유로 바깥에서는 숲의 환경적인 혜택을 받기가 어려운 까닭에, 빠른 속도로 능력의 손실을 맛보는 것이었다.

숲의 혜택이 크면 클수록 그 손실도 역시 높았고, 당연하게도 대형 몬스터들은 더더욱 숲의 바깥으로 나가지 못할 수밖에 없었다.

한 마법학자는 이 같은 몬스터들의 상황을 간단한 한마디로 일축했다.

[마약이지!]

숲의 환경이 마물들에게 끼치는 영향을 그보다 잘 설명한 건 없을 터였다.

그렇다고 해서 정말로 침묵의 숲이 마계라는 건 아니었다. 그곳에 흐르는 건 마기가 아닌 암흑마나라 불리는 것으로써, 마계의 기운이 아닌 이곳 세상의 마나의 일종이었다.

마기와 가장 비슷한 기운으로써, 어쩌면 이곳 세상에 뿌리를 내린 마물들에게는 암흑마나로 그득한 침묵의 숲은 가장 그들의 본질과 닿아있는 터전일지도 몰랐다.

이 같은 다양한 이유들로 인하여 숲의 마물들이 밖으로 나오는 경우는 드물었다.

때문에 숲의 외곽은 포식자들을 피해 경계까지 물러난 약자들의 농성으로 매 시간 소란스러울 수밖에 없었다.

그리고 엘프들은 바로 이 숲의 가장 소란스러운 공간에서 무려 일주일이 넘는 시간을 버텨야만 했다.

물론, 취침 시간을 비롯하여 휴식이 필요할 때는 정화의 불을 피우며 나름대로 숨 돌릴 틈을 만들었지만, 그래도 온전한 휴식을 취했다고 보기는 어려운 여정이었다.

[숲을 나오면 되지 않나?]

당연하게도 이러한 생각도 할 수는 있었다. 하지만 그들은 선뜻 그 같은 선택지에 발을 들이기가 어려웠다.

엘프!

그들이 바로 그 환상이라 불리는 요정족인 까닭이었다. 이제는 마치 이야기나 동화 속의 전설과도 같은 존재가 되어있었건만, 여전히 그들을 찾는 인간들이 있었고, 그로 인해서 피해를 입은 부족들 역시 상당했다.

인간들의 시야에 드느니 마물들과 피 튀기는 전쟁을 하는 게 낫다는 것이 그들의 생각이었다.

때문에 숲의 외곽에서 버티고 또 버텼다.

에덴 일행이 늦어지는 만큼 그 치열한 전투도 길어졌고, 당연하게도 그들의 몰골이 꾀죄죄하니 볼품없게 변할 수밖에 없었다.

'…볼품없는 건 아닌가.'

슬쩍 그 같은 생각을 하며, 새삼스런 얼굴로 엘프들을 살폈다.

과연, 엘프라고 해야 할까?

'꾀죄죄하긴 한데….'

더럽다는 느낌도 분명 있건만, 볼품없단 생각은 들지 않았다.

'꽃…거지?'

선천적으로 타고난 저들의 뛰어난 외모 덕분인지, 어딘가에 있다는 그 환상종을 상상하게 만들고 있었다.

그야말로 '때' 깔 난다는 표현이 아깝지가 않았다.

'…때깔이 원래 이럴 때 쓰는 말인가?'

잠시 단어의 본질을 되새기며 의문을 거듭하고 있을 때, 저들 일행들의 대표로 보이는 엘프가 앞으로 나서는 게 보였다.

'…예쁘네.'

그 지저분한 몰골 속에서도 빛이 난다고 해야 할까?

'여자… 맞겠지?'

워낙에 외모가 출중한 일족이다 보니, 외형적인 부분에서 간혹 남녀가 헷갈리는 경우가 있었다.

특히, 지금처럼 먼지가 잔뜩 쌓인 경우에는 더더욱 확신을 갖기 어려울 수밖에 없었다.

'가슴이….'

있었으니 분명 여인이 맞을 거라 여겼다. 단지, 아쉬운 게 있다면 확신을 주기 어려운 굴곡이랄까?

에던의 시선이 슬쩍 세릴과 레일라에게로 향했다.

빠방!

그리고 빰-빰!

괜히 밀려오는 민망함에 슬쩍 얼굴을 붉히던 그가 하이 엘프에게로 시선을 되돌렸다.

럭셀과 브렘, 그들 두 엘프의 예를 받으며 짧게 인사말을 건네고 있었는데, 저들 일족의 언어로 대화를 나누는 듯, 이해할 수 없는 언어들이 쉴 새 없이 나열되며 귀와 머리를 어지럽혔다.

언뜻언뜻 그에게로 시선이 향하는 모습에서, 인사말은 어느새 끝나고 그를 주제로 이야기를 나눈다는 걸 알 수 있었다.

그 내용이 길지는 않았던지, 대화는 오래지 않아 끝을 맺었고, 대표로 보이는 여인이 에던을 향해 걸음을 옮겨왔다.

갑작스런 그녀의 접근에, 바삐 레일라를 통해 배웠던 간단한 예법들을 떠올렸다. 일말의 당혹감 때문일까? 아니면 허투루 들었던 까닭일까?

일순 머릿속에 하얗게 변한 듯 머리가 멍해졌다.

애초에 제대로 듣질 않아서, 아무것도 안 담겨있었을지도 모른다는 의혹도 살짝 있기는 했지만, 어쨌든 그 때문에 더더욱 당황하고 있는 사이, 어느새 다가온 여인이 대뜸 허리를 숙였다.

"고귀한 잎사귀의 축복을! 어머니 나무의 세 번째 수호자 '트리나'가 심연의 주인을 뵙습니다!"

"에던 칼립입니다."

일단은 셰릴에게 얻은 신분으로 자신을 소개하는데, 우연인지 의도한 것인지, 그 순간 트리나의 시선과 딱 맞닿았다.

'으음…'

너무나도 맑아 마치 투명하게 여겨지는 그 눈빛에 잠시 홀리듯 바라보고 있노라니, 그 동공 속에서 마치 이렇게 물어오는 것 같은 착각이 일었다.

[에던 칼립? 정말로?]

이상하게도 그녀의 눈빛이 그 같은 질문을 던져오는 것 같았고, 그래서인지 거짓을 말하는 기분이 들어버렸다.

때문일까?

저도 모르게 시선을 피하고야 마는데, 이 모습에 트리나가 작게 고개를 끄덕였다.

"알겠습니다."

그러며 나직이 중얼거리는데, 어째서인지 에던에게는 그 말이 거짓을 이해해 주겠다는 것처럼 들려왔다.

"심연에 거하는 분께서 행하시는 일이시니, 다 그만한 이유가 있으시겠지요."

그리 말한 트리나가 재차 허리를 숙여 보이며 예를 갖췄다.

"일족의 상처를 함께 보듬어주신 점 감사드립니다."

브렘을 비롯한 아이들을 구해준 것에 대한 인사인 듯 보였다.

에던의 얼굴이 살짝 붉어졌다.

의도하고 행한 게 아니었던 까닭이었다. 게다가 이곳까지 함께 온 것 역시도 나름의 목적이 있지 않던가.

더욱 우스운 건, 진실을 알리기보다 조용히 침묵하는 스스로의 태도였다.

'끄응….'

혹여나 준다고 하던 걸 못 받으면 어쩌나 하는 마음에, 저도 모르게 입을 닫고 있는 것이다. 뒤늦게 이를 깨닫고는 작은 헛기침으로 불편함과 양심을 달랠 뿐이었다.

"흠… 크흠. 흐음…."

물론, 깨달았다고 해서 굳이 언급하지는 않았다. 저들 분위기로 본다면 심판자니 뭐니 하면서 분명 줄 건 확실히 주겠지만,

'만에 하나라는 게 있으니….'

그저 차분히 입 주변으로 침만 묻힐 뿐이었다.

'쓸데없이 떠들 건 아니지만. 흠. 크흠….'

어쩐지 묻혀놔야 될 것 같았다.

그리고 이 때문에 더더욱 트리나의 눈빛을 정면으로 마주하기가 어렵기도 했다. 그녀의 맑은 눈동자를 응시하고 있노라면, 마치 진실을 들킨 것 같은 생각이 드는 까닭이었다.

"심판자님께 부탁드리고 싶은 게 있습니다."

문득, 트리나가 한 걸음 옆으로 움직이더니 에던과 시선을 맞춰왔다. 여기서 또 피하면 이상하게 보일 것 같아, 할 수 없이 그 눈길을 정면으로 받아들여야만 했다.

'끄응….'

최대한 눈 주변을 훑어보는데 집중하고 있을 때, 트리나가 피할 수 없게 만드는 한마디를 던져왔다.

"저희들의 보금자리까지 호위를 해 주십시오."

"쿨럭!"

헛기침과 함께 에던의 시선이 트리나와 맞닿았다. 그렇게 때 아닌 침묵이 이어지는 가운데, 혹시나 하는 마음에 에던이 힘겹게 입을 열어 물었다.

"…보금자리라고 하시면, 혹시, 숲 안쪽…입니까?"

"중심지라고 보면 됩니다."

트리나는 대답과 함께 빙긋이 웃어보였다. 그 순간 에던의 시선이 그녀를 지나 광활한 녹색 물결로 향했다.

'숲… 안쪽… 중심지?'

비록, 이곳에 온 건 이번이 처음이지만, 대륙의 금지이면서 그와 동시에 용병계의 막장으로 불리는 장소인 만큼, 이리저리 들은 이야기들이 적잖게 있을 수밖에 없었고, 그 때문인지 은연중에 주워들은 지식이 제법 쌓여 있었다.

'깊이 들어갈수록 위험도의 급이 다르다고 했었지.'

용병들은 대부분 외곽지역을 중심으로 활동한다고는 하나, 그렇다고 해서 그 너머에 발길이 닿지 않은 건 아니었다.

간혹, 인근의 왕국에서 실력자라 불리는 이들이 수행이라는 명목으로 외곽 그 너머로 들어가는 경우도 있었고, 오랜 과거에는 왕국적인 차원에서 개발 혹은 도전을 했던 시절도 분명 존재했다.

여전히 숲이 건재한 부분에서 알 수 있듯이, 왕국들의 도전은 실패했고, 수행자들은 대부분 살아 돌아오지 못하면서, 금지가 왜 금지인지를 확실히 가르쳐주었다.

그리고 이 같은 도전과 실패로 인해, 외곽 너머가 얼마나 무시무시한 마굴인지 확실히 알 수도 있었다.

'저길…?'

거절이라는 단어가 머릿속을 맴도는 순간이었다.

"마신께서 허락하신 신물이 저희의 보금자리에 있답니다."

갑작스레 미끼가 던져졌다.

'…신물?'

낚일 듯 말 듯, 에던의 시선이 살짝 흔들렸다.

"저도 잘은 모르지만, 심판자님께서 온전히 제 힘을 사용하실 수 있도록 해 준다고 하더군요."

에던의 눈가에 불이 들어왔다.

그 모습에 트리나도 슬며시 미소를 지어보였다.

월척이었다.

❖ ✣ ❖

[제 1 금지!]

짐작하고 있었던 소식에 고개를 끄덕였다.

"역시 침묵의 숲인가."

레드문의 방해공작으로 인해 목표물들을 추격하는 게 쉽지는 않았으나, 그래도 기어이 그들의 목적지를 알아냈다.

"어디로 향할지 알고 있으면서도 못 찾으면, 당장 대가리부터 잘라내야지."

브락셀은 태연한 모습으로 그리 중얼거리는 것과 달리, 내심으로는 다행이란 생각을 했다.

사신과 관련된 일에서 그만 발을 빼고 싶었으나, 이번 엘프 사건의 발단이 된 레브렉이 그의 관할이란 이유로, 결국 발을 빼지 못한 채, 저들의 추격과 관련된 일을 맡게 된 것이다.

암전의 방대한 정보들을 토대로, 엘프들이 향할 예상지를 따로 추려놓았는데, 대부분이 대륙의 금지로 꼽히는 장소였고, 그 중에서 가장 확률이 높다고 결론내린 게 바로 침묵의 숲이었다.

그런 이유로 침묵의 숲 주변으로 요원들을 상당수 배치해 놨고, 지금 막 그들의 흔적을 발견했다는 소식을 접한 것이다.

물론, 추격을 한다고 해서 직접적으로 어떤 행동을 취하는 건 아니었다. 일단 그들의 꼬리라고 붙잡고 있으라는 상부의 지시가 있었기에, 흔적이라도 찾아놓은 것뿐이었다.

냉정히 표현하자면, 실제로 꼬리를 잡았다고 하기는 어려웠다.

그들 요원들이 숲 안쪽으로 들어갈 수가 없는 까닭이었다. 게다가 흔적만 발견한 것이지, 사신 일행을 목격한 건 아니기 때문에, 잡았다는 표현은 조금 과한 감이 있었다.

'어쩔 수 없지.'

그럼에도 불구하고 최대한 긍정적으로 상황을 배열하는 건, 그도 상부에 보고를 올려야 하는 입장인 까닭이었다.

'후우….'

한숨이 절로 나오려 했으니, 바로 옆에서 대기하고 있는 요원을 상기하며, 애써 태연한 모습을 연기했다.

'역시, 금지구역 중에 엘프들의 본진이 있다는 건데….'

아마도 이번 사태로 봤을 때, 침묵의 숲이 그들의 중심지일 확률이 높아보였다.

거기까지 생각하자 자연스레 떠오르는 단어 하나가 있었다.

[세계수!]

왠지 입맛이 썼다.

'현자의 돌을 대체하기에 가장 적합할 텐데….'

문득, 엘프를 실험체로 사용하는 다양한 이유들 중 하나가 떠올랐다.

[신목!]

세계수의 아이라고도 불리는 특별한 나무로써, 그 존재만으로도 엘프들이 살기 좋은 환경을 만들어준다고 알려져 있었고, 그 때문인지 항시 신목 주위에는 엘프들이 모여살고는 했었다.

게다가 신목은 세계수의 일부가 될 수 있는 가능성이 있는 까닭에, 엘프들이 모여서 지키는 역할도 하기 때문에, 자연히 그 주변에 하나의 부족이 자리를 잡는 것이었다.

이번 추격대상인 푸른 바람 일족의 생존자들 역시도 그런 경우였다.

신목이 지닌 특별한 힘을 채집하고, 겸사겸사 엘프들 역시도 실험체로써 사용하기 위해, 그들의 부족을 습격했고 신목과 엘프들을 함께 '수집' 한 것이다.

예상 그대로라고 해야 할지, 신목이 지닌 능력은 놀라울 정도로 뛰어났다.

'덕분에 실험도 여러모로 진척이 있었지.'

아무래도 현자의 돌과 비교한다면 부족함이 있는 건 사실이었지만, 중요한 건 크게 도움을 얻었다는 점이었다.

때문에 세계수가 침묵의 숲에 있을 거란 생각에 살짝 아쉬움이 남았다.

그곳만큼은 암전으로써도 감히 도전할 수 없는 영역인 까닭이었다. 다른 금지구역들이라면 어떻게 비벼볼 수 있겠지만, 제 1 금지인 침묵의 숲만큼은 자신이 없었다.

'일단… 보고는 올려야겠지.'

그동안 깎여버린 점수를 생각하며, 최대한 그에게 득이 될 수 있도록 보고서를 꾸미는 데 집중했다.

❖ ✣ ❖

후회는 아무리 빨라도 늦는다고 하던가.

'아… 젠장!'

에던은 그 말을 절실히 통감하며 새삼스런 얼굴로 전방을 바라봤다.

얼핏 봐도 그의 두 배는 되어 보이는 거대하고도 단단한 체구의 몬스터가 눈에 들어왔다.

'…오우거라니.'

별의 영역에 든 그의 실력이라면 충분히 감당할 수 있는 몬스터였다. 그럼에도 불구하고 이처럼 깊은 후회를 느끼는 이유라면 따로 있었다.

슬쩍 주변으로 시선을 돌려보니, 일행들도 각자 오우거와 격전을 치르고 있는 게 보였다.

'오우거가 무리를 짓는다고?'

언뜻 침묵의 숲과 관련해서, 그 같은 소문을 들었던 게 기억이 났다.

하지만 당시에는 우스갯소리로 여기며 넘어갔었다.

'농담이라고 생각했는데.'

숲에 직접 들어오고 나자, 그게 진실이라는 걸 깨닫는 건 그리 오래 걸리지 않았다.

새삼스레 이곳으로 발길을 한 게 후회가 되었지만, 이는 그로써도 어쩔 수 없는 선택이었다.

[밖에서 기다리면 안 될까요?]

숲 안쪽으로 출발하기 전, 뒤늦게 제정신을 차린 에던이 그처럼 한 번 찔러봤는데, 이에 대한 트리나의 답변이 물러날 여지를 주지 않았다.

[신물은 저희의 손길을 허락하지 않습니다.]

단 한명, 심판자만이 이를 만지고 지닐 수 있다는 소리에, 결국에는 이곳으로 발길을 해야만 했다.

그리고 실로 다양한 몬스터들과 만날 수 있었다.

외곽 초입부터 시작된 세 자릿수의 고블린 무리와 오크, 그 뒤를 이어서는 언데드 종류의 몬스터들이 그들을 귀찮게 굴었고, 한 밤중이면 날아드는 스펙터와 같은 고스트 종류 몬스터들 역시도 여러모로 그들을 압박하고는 했다.

정화의 불이란 특별한 불꽃으로 틈틈이 휴식을 취할 수 있기는 했으나, 그 양이 생각보다 적어 말 그대로 취침 시간을 중점적으로 피울 수밖에 없던 까닭에, 그나마 최소한의 피로는 털어버릴 수 있었다는 점이 다행이었다.

"크아아아-!"

성난 오우거의 외침과 함께 사나운 몽둥이질이 날아들었다.

'저걸… 몽둥이라고 해도 되려나?'

한 눈에 봐도 성인 장정만한 크기였다. 얼핏 나무를 들고 다닌다는 생각이 들 정도로 거대해서, 어지간한 실력자도 단칼에 베어내기란 무리가 있을 듯 보였다.

때문에 피하고 피하다 그 품으로 파고들며 검을 뻗었다.

몬스터라고는 하나, 오우거 역시도 삶과 죽음의 경계에 걸쳐있는 존재였고, 그런 만큼 죽음의 궤적은 그들에게도 펼쳐져 있었다.

덕분일까?

쉽지는 않았으나 그래도 제법 여유를 남긴 채, 오우거를 쓰러트릴 수 있었다.

"아오, 손목이야! 하마터면 부러질 뻔 봤네."

오우거의 피부는 그야말로 강철처럼 두꺼웠다.

여타의 초월자에 비한다면야 괴력 부분에서 부족함이 있기에, 그 강철과 같은 피부를 꿰뚫으려면 베기 형태의 공격이 아닌 순수하고도 올곧은 찌르기로 마무리를 지어야만 했고, 그런 만큼 손목의 부담 역시도 만만치가 않았다.

'휘유… 그나저나 오우거나 트롤 같은 대형 몬스터들이 이렇게 뭉쳐 다닐 정도면, 이 너머에는 뭐가 있다는 거야?'

이들의 무리생활을 보고 나자, 오크나 고블린들의 집단생활도 이해가 될 수밖에 없었다.

짧게 한숨을 내쉰 에던의 시선이 앞으로 가야 할 숲 안쪽으로 향했다.

"정말로 무슨 골렘이나 와이번 같은 괴물들도 있는 거 아니야?"

의문형으로 말했지만 심적으로는 그럴 거란 확신에 가까운 느낌이 들면서, 새삼 이 여정에 대한 후회가 밀려들었다.

고개를 절레절레 흔든 그가 다른 오우거를 향해서 걸음을 옮겼다.

일행들을 습격했던 오우거는 총 일곱이었고, 에던과 셰릴 그리고 트리나가 각기 한 마리씩 감당했다.

나머지 일행이 네 마리의 오우거를 맡았는데, 레일라 역시 홀로 한 마리를 처리할 수 있었지만, 다른 엘프들의 지원 및 보조 역할을 자처하며 뒤로 한 걸음 물러난 상황이었다.

트리나의 호위로써 정예들만 모여 있는 만큼, 엘프들 중에도 마법을 사용할 줄 아는 이들이 있었지만, 레일라보다 뛰어난 이들은 없었기에 내려진 결정이었다.

나름대로 조합을 잘 꾸민 덕분인지, 이곳까지 오는 여정 내내 입은 피해라고는 몇몇 엘프들의 가벼운 부상 정도뿐이었다.

트리나의 호위로 함께하는 엘프들이 정예인 점과 함께하는 마른가지 역시도 그 못지않은 실력자라는 점, 거기에 더해 숲에 들어서면서 제 기운을 차린 브렘까지, 여러모로 전력이 상승된 이유도 컸다.

어린 엘프들 역시 숲에 들어서며 기운을 내기 시작했고, 숲의 기운을 받음과 동시에 아이들도 각자 정령들을 불러냈는데, 비록 최하급정령일지라도 스스로의 몸 정도는 지킬 수 있을 만한 수준은 되어보였다.

외형과는 달리, 에던의 배 이상은 살아온 엘프들인 만큼, 겉모습으로 판단하며 우습게 봐서는 안 되는 것이다.

"일단 여기서 잠깐 쉬었다가 가는 게 좋겠습니다."

트리나의 제안에 에던 일행이 고개를 끄덕이며 동의했다. 실상 이곳 침묵의 숲의 전문가는 저들 엘프들임을 아는 까닭이었다.

'어설픈 지식만 가지고 까불다가는 대가리에 칼 맞기 십상이지.'

에던 나름대로 숲에 대해 주워들은 이야기가 있다지만, 결국 그건 죄다 확인되지 않은 소문일 뿐이었다.

화륵…

정화의 불이 피워지고, 전투의 흔적으로 피비린내가

물씬 풍기던 장소 가득 쾌적한 공기가 밀려들었다.

'세계수의 잎사귀라….'

그 특별한 효능 때문일까?

나중에 따로 구할 수 있다면, 조금만 얻어가고 싶은 마음이 들 정도였다.

'저런 걸로 술을 담그면 지리겠는데.'

생각난 김에 엘프주도 얻을 수 있다면 좀 얻어가야겠다고 다짐했다.

이미 발길을 돌리기에는 너무 멀리 와 버린 상황이었고, 이렇게 된 이상 이 여정에서 뽑을 수 있는 건 최대한 뽑아낼 속셈이었다.

그렇게 이런저런 생각으로 휴식을 취하기를 얼마나 지났을까?

슬슬 일행들의 호흡이 제자리를 찾고, 피로감을 일부 털어냈다고 여겨질 무렵, 에던이 슬쩍 트리나를 향해 물었다.

"혹시, 이 너머에는 어떤 몬스터들이 있는지 알 수 있겠습니까?"

그 물음에 트리나가 살짝 웃으며 답했다.

"이제는 이야기 속에서만 볼 수 있는 몬스터들은 전부 있다고 생각하시면 됩니다."

"……."

그야말로 입안이 텁텁해지는 답변이었다.

'이야기 속에서만 볼 수 있다라….'

갑작스레 드는 호기심에 또 다시 물었다.

"드래곤… 같은 것도요?"

질문을 던지면서도 지금 무슨 헛소리를 하는 건가 싶었지만, 혹시나 하는 마음에 두려움이 피어오르는 것도 어쩔 수는 없었다.

다행스럽다고 해야 할까?

트리나의 고개가 좌우로 흔들리는 게 보였다. 안도의 한숨을 내쉬려는데, 이어지는 대답이 또 의외였다.

"드래곤은 몬스터나 마물이 아닙니다."

그럼 무어란 말인가.

"최초의 신께서 허락한 세상 만물의 조율자 중 한분이시며, 오롯한 그분의 사자이시죠."

거기까지 듣고 나자, 자연스레 떠오르는 의문이 있었다.

'그래서 있다는 거야 없다는 거야?'

이어지는 내용에 그 답변이 담겨있었다.

"몬스터나 마물과는 다르신 분이지만, 그분 역시도 숲에 거하고 계십니다."

'미치겠네….'

똥꼬가 오그라드는 기분과 함께, 괜히 물어봤다는 생각이 들었다.

지금이라도 돌아가야 할 것 같다는 생각에, 급히 엉덩이를 털며 일어날 때였다.

"그럼, 이만 출발하시죠."

트리나가 한 발 빨랐다. 어느새 정화의 불길은 꺼져있었고, 주변으로 몰려드는 불순한 기척들이 느껴져 왔다.

잠시 후, 기다렸다는 듯 숲의 마물들이 그들을 덮쳐들었고, 원치 않던 환상종들이 그들을 마중 나오기 시작했다.

'썩을….'

똥꼬에 힘이 빡 들어갔다.

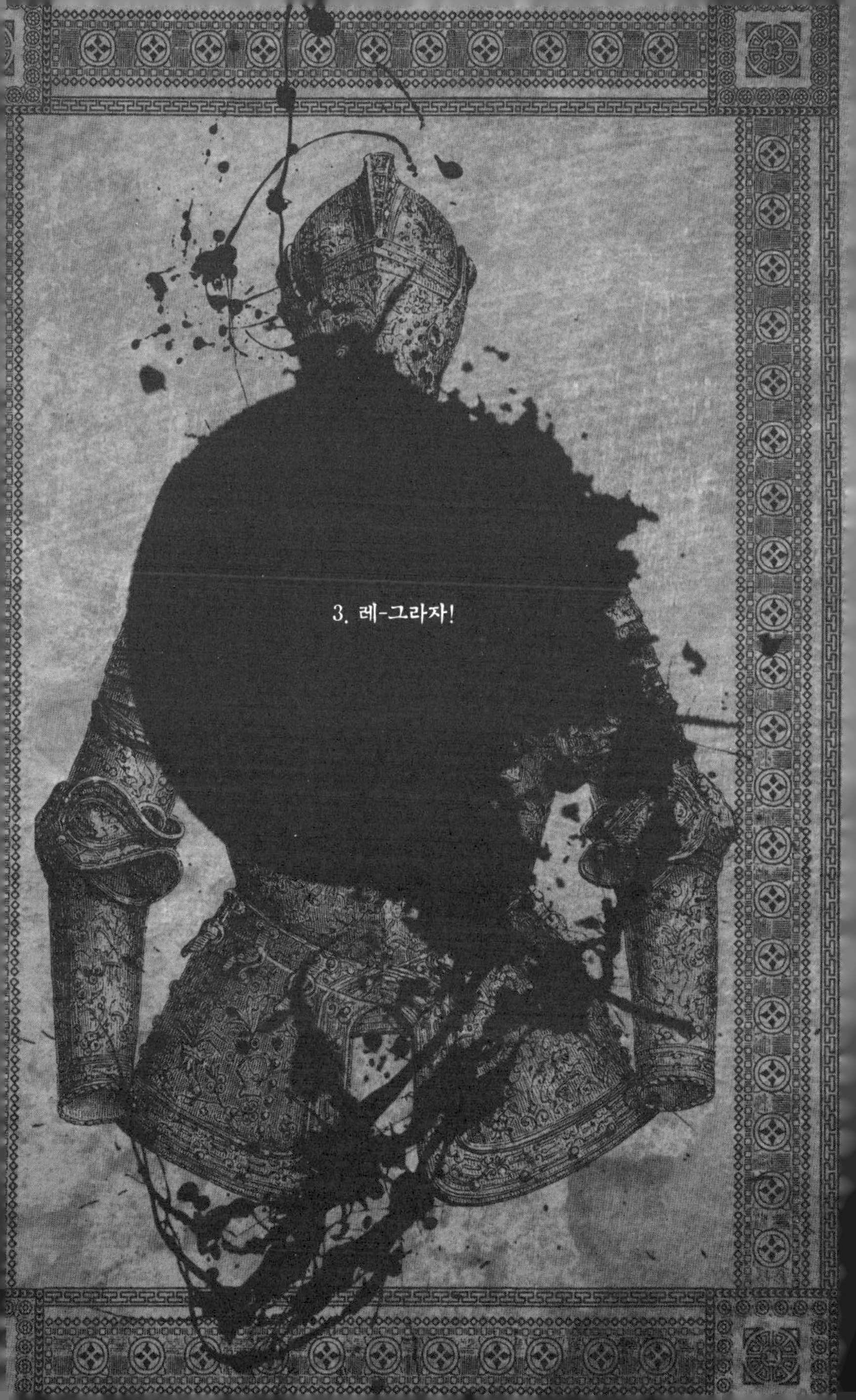

3. 레-그라자!

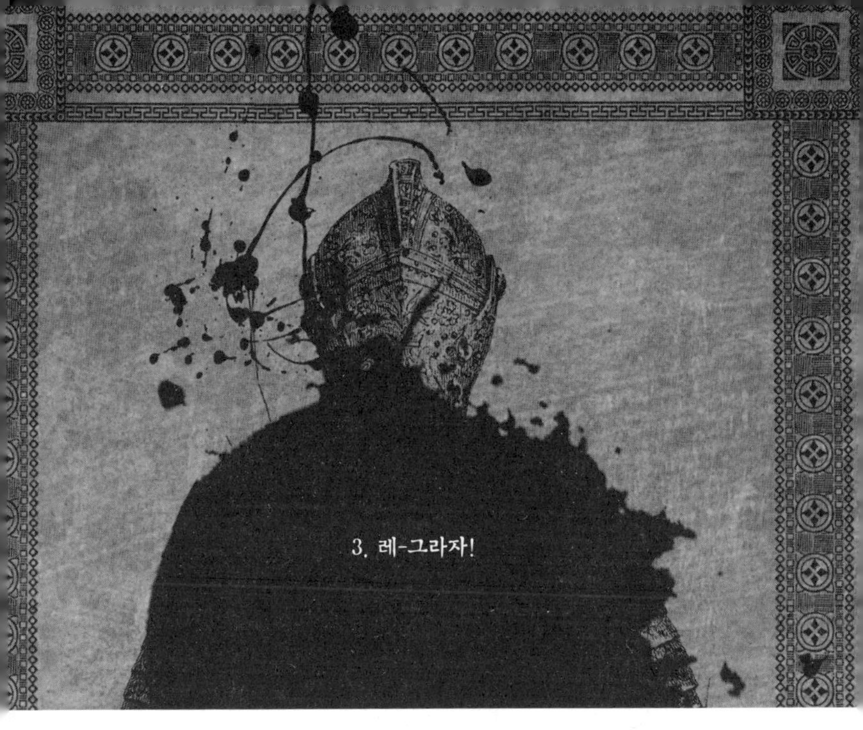

3. 레-그라자!

설마가 사람 잡고, 말이 씨가 된다는 어딘가의 격언처럼, 에던은 골렘부터 와이번까지, 그야말로 이야기 속에서나 나올 법한 가지각색의 몬스터들을 다양하게 경험해야만 했다.

특히 인상적이었던 건, 벌건 대낮임에도 불구하고 돌아다니고 있던 죽음의 기사 '데스 나이트' 였다.

그들이 기억에 남는 이유를 들라고 한다면, 아무래도 그 무시무시한 이름값과 달리, 어떠한 격전도 없이 너무도 순순히 길을 열어줬다는 점이었다.

이해할 수 없는 행동에 경계하고 또 긴장하고 있을 때, 트리나가 간단히 상황을 설명해줬다.

[저들도 심판자님을 알아 본 겁니다.]

데스 나이트는 마물 중에서도 제법 상위에 속하는 만큼, 지닌바 '격' 이 달랐다.

그런 까닭에 마신의 사자를 단번에 알아보고는 비켜난 것이다.

일반적인 몬스터가 아닌 '죽음' 의 기사인 데스 나이트이기에, 특히 마신의 사자에 대해 민감하게 반응을 하는 것이라고도 했다.

더욱 놀라운 건, 그들의 영역을 벗어날 때까지 일정 거리를 유지하며, 마치 호위를 하듯 주변을 지켰다는 점이었다.

그냥 뒤통수 칠 생각으로 쫓아오는 거 아니냐는 생각도 들었지만, 실제로 달려드는 몬스터들을 앞장서서 막아내던 모습에, 더는 의심을 할 수가 없었다.

영역을 벗어나는 시점에 절도 있게 예법까지 갖추며 인사를 올리는 모습으로 인해, 잠시 헛생각도 했을 정도였다.

'한… 두어 녀석만 어떻게 못 데려가나?'

일행을 호위하던 데스 나이트의 숫자가 무려 열 넷이었다. 거기서 둘 정도는 빼도 괜찮지 않을까 하는 생각을 한 것이다.

하지만 안타깝게도 숲의 특성으로 인해 저들은 정해진 영역을 벗어나지 못한다는 소리에, 결국 잡념을 털어내야만 했다.

어쨌든 그렇게 헤치고 나아가 결국 설마설마 싶었던 와

이번까지 맞닥트리고야 말았다.

"끼에에에에엑…."

마치 찢어지는 비명소리와도 닮아있는 그 사나운 울음성이 창공을 가득 메우며 어지러이 귓전을 때려댔다.

난감한 건, 와이번이 비행 몬스터라는 점이었다. 오우거도 씹어 삼킬 만한 이빨과 강철보다도 단단한 피부, 그리고 마치 음파로 공격을 하는 것 같은 저 사나운 울음성까지, 그냥 존재 자체가 껄끄러울 정도였다.

하늘로 날아오를 수가 없으니, 특히 더 상대하기가 어렵게 여겨졌다.

게다가 날아오른다고 해도 문제였다. 한 마리가 아닌, 무려 여덟 마리나 창공을 어지럽히며 일행을 노리고 있는 까닭이었다.

지상으로 내려올 때를 노려야 하지만, 에던을 비롯한 초월자의 존재를 알아챈 것인지, 선뜻 하강을 하려하지 않았다.

그저 일정 거리를 유지한 채, 저 사나운 울음성만 터트리고 있을 뿐이었다.

요란스럽던 울음소리였으나, 그들이 저렇게 울부짖는 것에도 전부 그만한 이유가 있었다.

처음에는 착각이라 여겼건만 오래지 않아 나무가 부서지고 바위가 쪼개지는 모습에서, 그 소음이 실제 음파공격으로 이어지는 걸 본 것이다.

거슬릴 만큼 시끄러운 소리였다가 갑작스럽게 음파로 변형되는 일종의 변칙적인 공격이었다.

익숙한 듯, 트리나가 실드를 펼치며 이를 막아내는데, 만약 와이번에 대한 경험이 전혀 없다면, 저처럼 정확히 음파만 잡아내서 막기가 어려울 터였다.

제법 경험이 있는 이들도 정확히 음파만 구분하는 건 어려워서, 와이번과 대치하게 되면 수시로 실드를 펼치고는 하는데, 그리 되면 마나의 손실이 너무 큰 까닭에, 자칫 제대로 된 판이 벌어지기도 전에 마나 고갈이 올 수도 있었다.

"이렇게 막기만 하는 겁니까?"

답답했던지 에던이 그처럼 물었고, 이내 트리나가 고개를 저으며 대답했다.

"반격을 해도 되긴 하지만, 더 쉬운 길이 있으니, 조금만 기다려 주십시오."

'쉬운 길?'

의아한 얼굴로 트리나를 바라보던 그때였다.

번쩍!

저 멀리서 한 줄기 뇌전이 떨어지는가 싶더니, 하나의 그림자가 맹렬한 속도로 날아오는 게 보였다.

새로운 비행 몬스터의 출현이라는 생각에 긴장하며 그곳을 주시했다.

'그리폰?'

이내 생각지도 못한 몬스터의 등장에 에던의 눈이 동그래졌다.

'와… 미친!'

욕지거리가 입 안을 맴돌았다. 이야기 속의 몬스터들을 죄다 만나고 있다는 생각을 하긴 했지만, 설마 환상종들 중에서도 최상위에 꼽히는 그리폰을 직접 보게 될 거라고는 생각지도 못한 까닭이었다.

'쓰벌… 이렇다가 정말 드래곤도 보는 거 아니야?'

불안감에 자꾸만 목 안이 탔다.

번쩍!

그러는 사이 또 한 번 뇌전이 번뜩이고 그리폰이 어느새 그들의 머리 위까지 날아들었다. 와이번들은 더 이상 에던 일행에게 신경 쓸 틈이 없었다.

"이 부근은 그리폰의 영역입니다."

트리나가 그 말과 함께 출발하자는 신호를 보내왔다. 와이번들의 집요한 추격에도 불구하고 굳이 대치만 하고 있던 이유였다.

노련한 엘프들의 지휘아래 조심스레 기척을 자제하며 그곳을 빠져나왔다.

"그리고 여기서부터…."

트리나가 그간 아끼고 아껴왔던 정화의 불을 피웠다. 항시 최소한의 휴식과 취침을 위해서만 피우던 걸, 쉬는 시기도 아닌데 피운 것이다.

"쉴 틈 없이 달릴 겁니다."

거기까지 말한 트리나가 앞장을 섰고, 그 뒤로 일행들이 일제히 뒤따랐다.

과연, 정화의 불이라고 해야 할까?

그 이후의 여정에서부터는 따로 몬스터들과 격전을 치르지 않은 채, 안전하게 숲을 가로지를 수 있었다.

하지만 그렇다고 해서 몬스터들이 없다고는 여기지 않았다.

숲의 중심부에 가까워지는 만큼, 무리로 다니는 몬스터들의 숫자는 줄어들었지만, 그 이상으로 위협적이며 강렬한 마물들이 곳곳에 자리하고 있다는 걸 아는 까닭이었다.

실제, 그간의 경험이 증명하는 것이기도 했다.

게다가 정화의 불 아래 보호를 받는 지금도 느끼는 부분이었다.

감각권에 어슬렁거리는 몇몇 기척들이 있었는데, 그저 전해지는 느낌만으로도 등골이 오싹해질 정도였으니, 실체를 마주하면 어느 정도일지 상상만으로도 입 주변이 바싹 마르는 것 같았다.

그렇게 지니고 있던 세계수의 잎사귀를 전부 사용하며, 쉴 새 없이 얼마나 내달렸을까?

밝게 빛나던 하늘이 어둠에 물들고 그러다 다시 빛을 머금고, 또 어둠을 맞닥뜨렸을 즈음, 우거진 수풀 사이로 기이한 광경을 눈에 담을 수 있었다.

마치, 하늘에 닿을 듯 거대한 빛의 기둥이 높게 솟아있었는데, 놀랍게도 그 빛이 흩뿌려진 모양새가 나무의 형상을 하고 있었다.

그것이 실제로 나무라는 걸 깨닫는 건 그리 오래 걸리지 않았다.

한 눈에 알아봤다. 모를 수가 없었다.

'세계수!'

드디어 목적지가 모습을 드러내고 있었다.

❖ ✣ ❖

최초의 신이 세상을 창조할 적에, 가장 먼저 하늘과 땅의 경계를 없애주고, 생과 사의 영역을 이어줄 거대한 통로를 세웠으니, 그게 바로 엘프들의 어머니 나무라 불리는 세계수 '레-그라자' 였다.

그 신성한 나무에서 떨어져 내리는 거룩함의 잔재 때문일까?

아직 엘프들의 영역에 도달하지도 않았건만, 점차적으로 감각을 파고드는 몬스터들의 기척이 줄어드는 걸 느낄 수 있었다.

그리고 이 같은 기척이 전혀 느껴지지 않을 즈음, 기다렸다는 듯 정화의 불이 꺼지는 게 보였다.

"아슬아슬했네요."

트리나가 그리 말하며 쓰게 웃었다.

그녀의 계산에서는 그리폰의 영역에서부터 전력으로 내달리면, 충분히 어머니 나무의 품 안까지 들어갈 수 있을 거라고 여겼었다.

하지만 계산에 작은 오차가 있었다.

그녀로써도 생각지 못한 변수라고 해야 할까?

'예상했어야 했는데….'

브렘을 비롯한 푸른 바람 일족의 엘프들이 제법 건강해졌다고는 하나, 오랜 시간 암전의 실험에 혹사당해온 이들이었다.

물론, 레일라의 도움으로 많은 회복을 했고, 게다가 숲에 들어오며 상당부분 건강을 찾은 것 역시 사실이었다.

하시만 완전한 상태가 아니라는 선 분명했다.

특히, 아이들이 문제였다.

숲의 엘프라는 말이 있지만, 워낙 힘겨운 여정이었던지 아이들 중 한명이 그만 쓰러져버린 것이다.

냉정하게 이야기한다면, 이 부분도 사실 트리나의 계산이 틀린 건 아니었다.

다른 아이들처럼 충분히 버틸 수 있을 거라 여겼다. 하지만 이 지점에서 아이들에게 행해진 실험의 여파가 드러나면서, 발목을 붙잡아 버린 것이다.

암전에서 다양한 실험을 받았다고는 하나, 아이들이 받은 실험은 나름의 차이가 있었고, 그 부분이 아이들에게 각기 다른 영향을 끼친 것이다.

쓰러진 아이의 심장 어림에 불규칙한 마나의 흐름을 느꼈다.

여정 내내 신경을 쓰고 있던 흐름이었다.

'거짓된 현자의 돌….'

푸른 바람 일족의 엘프들에게서 동일하게 느껴지는 흐름이기도 했다.

어떻게 한 것인지, 그들의 몸에는 현자의 돌을 모방한 듯 여겨지는 기운이 담겨있었다.

다행스러운 점은 그 흐름이 제법 안정화되어 있었다는 점인데, 미묘한 차이점으로 인해 선뜻 손을 대기는 어려워 보였다.

일단 어머니 나무의 품으로 돌아간 뒤, 첫 번째 수호자와 의논을 하고 장로회의 도움을 얻어야만 이렇다 할 결론을 내릴 거라 여겼다.

때문에 더욱 걸음을 재촉한 것일지도 몰랐다.

물론, 세계수의 잎사귀가 바닥을 드러내고 있던 이유도 컸다.

갑작스런 상황으로 인해, 잠시 휴식을 취해야만 했고, 일정이 지체될 수밖에 없었다.

위치가 위치인 만큼, 길게 시간을 빼기는 어려워 결국 잠시 상태를 살피다 아이를 업고 이동을 시작했다.

최소한의 휴식시간을 계산한 뒤, 다시금 걸음을 재촉한

덕분에 아슬아슬하니 안전지대에 발을 들일 수 있었다.

"이 근방에는 몬스터가 없는 것 같아 보이는데… 착각인가요?"

에던이 그리 물으며 다가왔다. 아직 세계수와의 거리는 멀어보였고 엘프들의 영역도 아닌 것 같건만, 어째서인지 몬스터들의 기척이 사라졌기에, 의문을 느낀 것이다.

트리나가 고개를 저으며 답했다.

"아직 어머니 나무의 품 안이 아니라서, 이 근방에도 몬스터들이 출몰하기는 합니다."

그럼에도 불구하고 몬스터의 흔적을 찾아보기 어려운 이유가 있었다.

"이유라고요?"

"그게…."

에던의 이어지는 물음에 트리나가 선뜻 대답을 하지 못한 채, 대답을 회피하려는 듯 말끝을 흐리는 게 보였다.

그 순간, 에던과 트리나 그리고 셰릴과 레일라의 고개가 동시에 뒤로 돌아갔다.

그들의 감각을 파고드는 묵직한 기척을 느낀 까닭이었다. 상당한 거리였건만 놀라울 만큼 무시무시한 속도로 그들과의 거리를 좁혀오고 있었다.

에던, 셰릴, 레일라, 그들 세 사람이 긴장된 얼굴로 각기 전투를 준비하려는데, 트리나가 쓰게 웃으며 그들을 막았다.

"괜찮아요."

이해 못 할 이야기에 그들의 의문스런 얼굴로 그녀를 바라보는데, 트리나가 여전한 얼굴로 입을 열었다.

"이 근방에 몬스터들이 없는 이유를 곧 알게 되실 거예요."

말이 채 끝나기도 전에, 새로운 기척이 그들 감각권으로 파고들었다.

의문을 느낄 찰나, 후방에서 거대한 그림자가 비쳐들었다.

'사이클롭스!'

에던의 눈이 부릅떠졌다.

앞서 그리폰 못지않게 최상위로 꼽히는 환상종인 까닭이었다.

'와… 정말, 이 동네 미쳤네!'

뒤이어 그의 생각을 훨씬 웃도는 상황이 펼쳐졌다.

휘익…

자그마한 그림자 하나가 그들을 지나쳐가는 게 보였다. 두 번째로 느꼈던 기척이었다.

'아이?'

뒷모습뿐이었지만, 열 살 즈음 되어 보이는 체형의 자그마한 아이가 전방으로 달려가고 있었다.

의문을 내비치려던 찰나,

"크롸롸롸롸롸-!"

돌연, 전방에서 아이가 괴상하게 외치며 훌쩍 뛰어오르는 게 보였다. 목소리에서 확실히 '아이'라는 확실을 가질 즈음, 그 작은 체구가 놀라울 정도로 허공을 뛰어넘더니, 그 발차기가 화려하게 사이클롭스의 따귀로 작렬하는 게 보였다.

꽈르르르르릉…

그리고 이어지는 천둥소리와 함께, 거대한 그림자가 사라졌다.

"어…?"

"…어?"

"…어머?"

에던과 레일라 그리고 셰릴이 각기 눈을 비볐다. 이해할 수 없는 상황에 직면했을 때, 으레 사람들이 보여주는 반응이었다.

그리고 다시금 눈을 떴을 때, 그들은 조금 전 봤던 게 거짓이 아님을 확인할 수 있었다.

'한 방에….'

'…사이클롭스가?'

그 큼지막한 대형 몬스터가 있던 자리를 시작으로 길게 나무가 박살난 채, 하나의 거대한 길이 뚫려있었다.

어느새 그 길의 시작점에 내려선 아이가 대뜸 자신의 가슴을 두드리며 크게 포효했다.

"크롸롸롸롸롸-!"

왠지 귀여운 목소리였으나, 조금 전 상황 때문인지 웃음이 나오지는 않았다.

오히려 무서울 정도라고나 할까?

멍청하니 그 모습을 응시하고 있는 에던의 귓전으로 트리나의 희미한 음성이 파고들었다.

“드… 드래곤 로드이십니다.”

“쿨럭….”

에던이 헛기침을 내비치며, 믿을 수 없다는 듯 그녀를 돌아보는데, 그 순간 더욱 충격적인 내용이 터져 나왔다.

“그게… 치매 때문에….”

“쿨럭….”

“쿨럭….”

이번에는 셰릴과 레일라 역시도 헛기침을 남발하며 그녀를 바라봤다.

‘드래곤이 치매?’

‘로드라며?’

그들의 정신적 공황상태를 아는지 모르는지,

“크롸롸롸롸롸–!”

아이의 포효가 깜찍하게 울려 퍼지고 있었다.

❖ ✣ ❖

그 날갯짓은 태풍을 불러오고, 울부짖음은 번개를 떨어트리며, 내딛는 걸음걸음은 지진을 일으킨다고 알려진 전설 속 환상의 몬스터!

존재 자체만으로도 공포며 전율이고, 이야기나 동화 속에서는 마왕과 함께 언제나 끊임없이 언급되는 최고의 화젯거리이기도 한 절대 최강의 파괴자!

[드래곤!]

알려지기로는 세상의 모든 마법들은 그들을 통해서 전수되었다고 전해지며, 인간들은 디디지 못한 절대의 영역이라는 공간의 마법, 즉 8서클의 마법과 신의 편린을 엿볼 수 있다는 시간의 마법인 9서클의 마법까지, 모두 펼칠 수 있다고도 알려져 있었다.

다양한 이야기나 동화에서는 그들을 마왕과 더불어서 악의 축으로 여겨지고는 하는데, 마왕과 다른 점이 있다면, 그들이 절대적인 '선' 의 일원으로 표현되는 내용도 적잖게 존재한다는 점이었다.

특히, 그 내용들이 상당부분 성국과 관련되어 있다는 부분에서, 마법학자들은 악의 축 보다는 신의 사자로 표현되는 부분이 더욱 신빙성 있다는 주장을 하고는 했다.

하지만 간혹 드래곤들의 등장과 함께 하나의 왕국이 지도상에서 사라지는 사건들이 존재해 왔던 까닭에, 그 반대적인 의견 역시도 적잖게 나올 수밖에 없었다.

이런저런 이야기들이 많았으나, 분명한 건 드래곤이라는 존재가 인간들의 예측 범위를 아득히 뛰어넘는 위치에 있다는 점이었다.

때문에 이해할 수가 없었다.

'…치매?'

그야말로 상상도 못한 내용이었다. 애초에 그 단어가 저들에게 어울린다는 생각조차 들지 않았다.

앞서 언급되었듯, 드래곤이란 존재는 9서클의 신화적인 마법도 부릴 수 있는 특별한 존재였다.

말 그대로 머리를 사용하는 능력 자체가 다른 것이다. 뿐만 아니라 성국의 이야기에서 자주 그들을 신의 사자로써 언급 하듯이, 실로 신의 영역에 닿아있을 만큼 절대적이며, 동시에 '완벽' 이라는 단어와도 가장 가까이에 있는 존재였다.

치매라는 건 그 완벽을 너무도 크게 벗어난 단어였다.

후비적후비적…

귀를 파고,

짝짝!

양 뺨을 두드리며,

벅벅벅벅…

거세게 머리를 비비고 긁는 등, 잘 못 들은 건 아닌지, 상황에 대한 부정을 해 보지만, 트리나의 표정은 변함이 없었다.

오히려 그들의 이런 반응을 이해한다는 듯, 차분한 목소리로 침착하게 입을 열었다.

"믿으셔야 합니다. 저 분이 바로 이곳 침묵의 숲의 주인이시며, 용족의 마지막 남은 후예이신 드래곤 로드 '크라이드만' 님이십니다."

"크롸롸롸롸롸…!"

순간, 울부짖던 소년의 외침이 뚝 끊어졌다. 그러더니 휙 하니 시선을 돌려 트리나에게로 시선을 던져왔다.

그 요란한 포효 속에서도 자신의 이름이 언급되자, 본능적으로 돌아본 모양이었다.

'으음….'

뒷모습만 볼 때도 설마설마 싶었는데, 정면으로 마주하니 확실하게 장담할 수 있었다.

소년이었다!

그것도 겨우 8~9세 정도로 여겨지는 아주 어린 연령대로 보였다.

에던 일행을 주욱 돌아보던 소년이 훌쩍 거리를 좁혀왔다. 한 걸음 내딛는다 싶더니 어느새 트리나의 앞에 서 있었다.

"크라이드만?"

그리고는 짧게 스스로의 이름을 언급하는데, 의문형으로 끝나는 모습과 고개를 갸웃거리는 행동에서, 확실히 정상은 아닌 것 같다는 느낌이 전해져왔다.

"고귀한 잎사귀의 축복을! 어머니 나무의 세 번째 수호자 트리나가 로드를 뵙습니다!"

정중하게 인사를 올리지만 소년의 관심은 다른 곳에 있었던 모양이었다.

한 차례 트리나를 바라보더니 이내 그 옆의 다른 엘프들을 주욱 돌아본다. 그리더니 이내 셰릴을 지나 레일라에게서 멈춰서는 것이 아닌가.

"오…."

이해할 수 없는 감탄사가 터져 나오는가 싶더니, 돌연 그녀의 앞으로 다가가는 모습이 보였다.

이번에도 움직인다 싶은 순간, 이미 그녀의 앞에 서 있었다. 초월자의 감각으로도 인지할 수 없는 그 어마어마한 이동속도에 에던과 셰릴이 두 눈을 부릅뜨는 찰나, 당혹스러운 상황이 발생했다.

꾸욱… 꾹…

대뜸 검지를 들어 그녀의 가슴을 찌르는 것이 아닌가. 깜짝 놀란 레일라가 한 걸음 물러나며 거리를 벌리자, 소년이 '히~' 하고 웃더니 양 손을 활짝 폈다 오므리며 중얼거렸다.

"찌이, 찌이…."

그 순간, 에던과 셰릴 그리고 레일라는 이해했다.

소년이 아니다!

확신했다. 저 행동이나 태도 그리고 기묘하게 빛나는 눈동자는 결코 소년의 것이라고 할 수가 없었다.

소년은 거기에서 멈추지 않고, 입술을 모으더니 이해할 수 없는 소리를 중얼거렸다.

"쮸뿌… 쫍… 쮸뿌…."

그러면서 자꾸만 가슴을 응시하는 모습에, 트리나가 한숨을 쉬며 그의 곁으로 다가갔다.

"자꾸 그러시면 '에체나' 님께 알릴 겁니다."

"오… 오오! 에체나! 에체나!"

외침이 끝나던 순간, 소녀의 시선이 레일라에게서 벗어나는가 싶더니, 동시에 그 자리에서 모습을 감췄다.

"뭐야?"

"사라졌어?"

에던과 셰릴이 깜짝 놀라서 경악성을 터트릴 때, 레일라가 나직하니 한마디를 중얼거렸다.

"블링크…."

전설상의 마법이라고 알려진 공간 마법이 펼쳐졌다는 걸 눈치 챈 것이다.

확인을 바라듯이 트리나를 향해 시선을 주자, 그녀가 고개를 끄덕이며 짧게 답했다.

"…블링크가 맞습니다."

그와 동시에 레일라를 향해 정중히 고개를 숙여왔다.

"죄송합니다."

조금 전 소녀의 행동에 대한 사죄인 듯 보였다.

"로드께서… 그… 가슴에 좀 집착을 하시다보니. 크흠…."

말하면서도 민망했던 모양인지, 마지막에 나지막한 헛기침으로 마무리를 하고 있었다.

"에체나란 분이 누구신가요?"

도통 궁금증을 참기 어려웠던지, 민망함에 숨을 돌리는 기회를 틈타 셰릴이 질문을 던져왔다. 한 차례 더 호흡을 고른 트리나가 천천히 입을 열었다.

"어머니 나무의 첫 번째 수호자이시자, 저희 일족의 가장 높은 곳에 계시는 분이십니다."

엘프에 대해 제법 잘 알고 있는 셰릴이기에 단번에 그 의미를 이해할 수 있었다.

트리나와 같은 하이 엘프이며, 동시에 저들의 최연장자라는 뜻이었다.

"그… 로드께서는 에체나님과는 어떤 관계이신지."

"오래 전, 두 분이서 함께 부부의 연을 맺으셨습니다."

작게나마 드래곤의 로드를 제어할 수 있는 존재라는 의미였다.

고개를 끄덕이던 셰릴이 가장 결정적인 궁금증을 꺼내놓았다.

"혹시, 가슴이…."

주변의 엘프들을 의식해서인지, 말을 제대로 마무리하지 못한 채 흐렸는데, 트리나는 짧은 한 단어만으로도 충분히 뒷내용을 이해할 수 있었다.

비단, 그녀뿐만이 아니라. 이곳에 있는 이들이라면 모두가 내용을 이해하고 있었다.

가슴의 크기를 묻는 질문이리라.

"직접… 보시면 아실 겁니다."

트리나는 민망함 때문이었던지, 짧은 답변으로 마무리를 지었다.

하지만 일순 보였던 그녀의 눈빛과 자부심에서, 왠지 레일라 이상일 것 같다는 생각이 들었다.

또 다시 민망함에 두어 번 숨을 고르고 있을 때, 에던이 본론으로 돌아가고자 셰릴의 앞을 막으며 입을 열었다.

"어떻게 드래곤이 치매에 걸릴 수 있는 겁니까?"

뿐만 아니라 마지막 드래곤이라는 이야기는 또 무엇인가. 거기에 더해 이 같은 사실들을 숨김없이 털어놓는 것 역시 이해할 수가 없었다.

하나하나 질문들을 늘어놓자 가만히 듣고 있던 트리나가 짧게 고개를 끄덕이며 답을 내어주었다.

"분명, 지금 상황들이 이해하기 어려우실 겁니다. 굳이 이유를 말씀하시라면 에던님께서 심판자이시기에, 거짓을 말하지 않는다는 것입니다."

심판자라서?

"이는 고대로부터 내려온 맹약으로써, 신의 사자는 저희 일족의 가장 귀한 손님이십니다."

일족의 장로들과도 버금가는 권한이 주어졌다.

"하물며 최초의 신과 가장 가까우신 마신의 사자님이시니, 대답함에 있어서 허투루 할 수는 없는 법이지요."

그녀의 눈빛과 태도 그리고 분위기에서 더없는 진실성이 엿보여, 에던으로써도 그저 수긍할 수밖에 없었다.

그 모습에 한 차례 고개를 끄덕인 트리나가 다시금 이야기를 이어나갔다.

"드래곤은 최초의 신께서 허락한 이 세상의 조율자로써, 신계와 이곳 세상에 각각 한 발씩 걸치고 계신 분입니다."

의미하는 바라면 아주 간단했다.

반신!

고대에는 그들을 신격화해서 믿는 사람들도 더러 있었다고 한다.

"그런 분께서 치매라는 게 이해하기 어려우실 겁니다."

확실히 그 부분이 다른 무엇보다 가장 궁금했다. 그녀의 말처럼 신과 같은 혹은 비슷한 존재가 바로 드래곤이었다.

[신이 치매에 걸린다?]

그야말로 말도 안 되는 일이며, 동시에 소름끼치는 사건이었다. 세상이 파괴되기에 충분한 이유인 까닭이었다.

"보통 드래곤들께서 보내시는 생의 최장기간은 10000년 정도로 알려져 있습니다."

평균적으로는 7~8000년 정도였다.

"하지만 마지막 용족이신 크라이드만님께서는 그 최장기간마저 뛰어넘고, 거기서 5000년여의 시간을 더 지내오셨다고 합니다."

일반적인 드래곤들의 평균수명으로 봤을 때, 그 배의 시간을 살아왔다고 해도 충분할 정도였다.

수명 이상의 삶이라는 소리에 떠오르는 생각은 하나뿐이었다.

[그럼, 정말로 치매?]

하지만 이어진 트리나의 이야기가 또 의외였다.

"크라이드만님의 치매는 수명과는 무관하십니다. 신적인 이능을 지니셨고, 최초의 창조신께 세상을 조율할 수 있는 권능을 부여받으신 분이십니다."

당연하게도 그들 드래곤에게 배제된 단어가 바로 '치매'라는 병마였다.

그렇다면 크라이드만의 치매는 어찌 설명한단 말인가. 의문 가득한 에던 일행의 눈빛 속에서, 트리나가 나직한 한숨과 함께 입을 열었다.

"후우… 하지만 비슷한 권능을 지닌 존재라면, 그 허락되지 않은 병마를 부여할 수 있습니다."

의도된 건 아니었다.

"아마… 우연이었을 거라 생각합니다."

반만년도 더 전의 사건이며 사고였다.

마왕!

세상에 재앙이 강림하던 시기가 있었다.

"전해지기로는 차원의 왜곡으로 인해서 힘의 소실이 0에 가까운, 거의 완전한 상태의 마왕이었다고 합니다."

당연하게도 이를 막기 위해서 세상이 힘을 모았다.

"언제나 그렇듯, 마왕의 등장에는 용사라 불리던 존재도 따라오기 마련이죠."

허나 온전히 강림한 마왕은 '만들어진' 용사로써는 감당할 수가 없었다.

"만들어졌다는 게… 무슨 뜻이죠?"

에던이 슬쩍 끼어들며 의문을 제기하자, 트리나가 쓰게 웃으며 대답했다.

"고대로부터 용사의 수련은 드래곤의 역할이기 때문입니다."

말 그대로 드래곤의 훈련시설 혹은 시련 속에서 단련되고 다듬어지며 만들어지는 것이다.

때문에 남다른 강함을 지닌 것은 분명했지만, 그들이 드래곤과 비교할 수 있는 정도는 아니었다.

하물며 상대는 마왕이었다.

저들 세상에서 이곳 세상으로 넘어오며, 차원의 왜곡으로 그 힘의 소실을 일으켰을 때에도 드래곤들을 긴장시키는 존재들이 아니던가.

그 힘을 온전히 지니고 이곳으로 발을 들였으니, 긴장 정도가 아니라 두려움을 느끼기에도 충분했다.

세상의 절반이 무너졌고, 거기서 또 절반이 화마에 휩싸였다.

"드래곤들의 도움이 있었지만, 마왕과 그 군세를 막기란 쉽지가 않았다고 합니다."

파멸의 시기였다.

물론, 지금 세상을 보면 알 수 있듯이, 결국 막아내기는 했다.

"드래곤들의 숭고한 희생 덕분이었죠."

하지만 그 결과는 너무도 처참하여, 오로지 크라이드만 혼자만이 살아남았고, 자연스럽게 그가 로드의 자리를 이을 수밖에 없었다.

마지막 용족의 후예이며, 최후의 로드!

"그 전쟁 이후부터였을 겁니다."

크라이드만의 머리에 이상이 생긴 것이다.

좀 더 정확히는 전쟁이 끝난 뒤, 그 처리과정 속에서 발생한 사건이라 할 수 있었다.

치열했던 전투 속에서, 마왕은 다양한 저주들을 세상 곳곳에 뿌렸는데, 마지막 남은 조율자였던 크라이드만은 홀로 그 모든 것들을 회수해야만 했다.

마왕이 직접 뿌린 저주였다.

당연하게도 인간들만으로는 감당하기가 어려웠기에, 그가 직접 움직인 것이다.

하지만 그 역시 마왕과의 마지막 전투에서 적잖은 부상을 입은 상황이었다.

그 상태에서 마왕의 저주들을 처리하다 보니, 몸에 무리가 올 수밖에 없었고, 그곳으로 회수되었던 저주들이 스며들기 시작했다.

다양한 저주들이 몸 안에서 충돌을 일으켰다.

이미 마왕은 그들의 세상으로 돌아간 만큼, 저주 역시도 본연의 것보다는 약해져 있었지만, 그래도 무시할 수 없는 건 여전한 사실이었다.

"그래도… 최초의 신께서 허락한 그 강인한 육체는 잘 버텨냈습니다."

문제는 정신이었다.

"아주 조금씩, 점차적으로 스스로를 잊어가셨습니다."

당연하게도 드래곤의 뛰어난 감각과 머리는 일찌감치 그 같은 현상을 알아차렸고, 상황을 이해했으며 받아들였다.

그러나 조율자로써의 역할이 남아있음에, 쉴 수도 없었다.

"이곳, 침묵의 숲은 그분께서 마지막으로 그 역할을 다 하신 결과물이지요."

마왕이 남긴 저주를 회수했다. 말 그대로 '회수'만 한 것으로써, 저주들이 사라진 건 아니었다.

거대한 결계를 치고, 그 안에 저주를 가둔 뒤, 오랜 세월에 걸쳐 정화작업을 이뤄나갔다.

레-그라자!

신성한 세계수의 도움을 얻어, 천년 또 천년, 그렇게 세 번의 새천년을 맞이했을 때, 마왕의 저주는 온전히 이 세상의 것으로 변화하여, 침묵의 숲을 이루는 암흑마나로써 온전히 받아들여질 수 있었다.

"긴 세월이었습니다."

또한 고독한 시간이었다.

아마도 마왕의 저주가 아니었더라도, 홀로 남았다는 괴로움이 더욱 그를 미치게 했을 것이다.

반만년,

외톨이는 그렇게 미쳐왔다.

❈ ✣ ❈

그는 바람 같은 사내였다.

'얽매임이 없는….'

스스로에게도 구속되지 않았다.

'불쌍한 분!'

모든 근심과 걱정을 잊고 살아가지만, 자유로울 수가 없었기에 더욱 안타까운 마음이 컸다.

조율자!

그 위치에 따른 거대한 임무를 홀로 수행해야 하는 까닭일까?

온전하지 못한 정신을 지니고서도 숲을 벗어나질 못했다. 아니 벗어날 수 없었다.

정신이 아닌 육신에 따른 본능이 그를 이곳에 가둬두고 있었다. 지닌바 힘의 크기를 알기에, 더더욱 본능이 스스로의 역할에 충실하고자 숲을 맴돌게 하는 것이다.

물론, 그것만으로는 부족함이 있긴 했다.

거기에 따른 조치도 별도로 취해져 있어서, 결국 그는 숲의 망령이 되어 살아갈 수밖에 없었다.

존재하면서도 존재하지 않는 것과 같았다.

때문에 그의 곁을 지키고자 이치를 벗어났고, 순리를 뒤집었다.

'두 번의 천년….'

지나온 생을 되새겨봤다.

그들 일족의 수명을 생각한다면, 결코 있을 수 없는 긴 세월이었다.

길어야 한 번의 천년을 겪기 어려운 게 그들의 수명적인 한계였다. 하지만 그를 위해서 그 굴레를 거부했다.

'외로운 사람….'

그의 마지막만큼은 결코 외롭지 않기를 바라며, 부정에 몸을 담았다.

'어머니 나무께서 허락해 주셨다지만….'

대자연의 당연한 흐름에 살아가는 일족의 본능 때문일까?

점차적으로 힘에 겨운 건 사실이었다.

때문에 더더욱 일족의 영역이자, 어머니 나무의 품 안에서 벗어나기가 어려운 것일지도 몰랐다.

"에체르!"

문득, 우렁찬 외침과 함께 8~9세 가량의 소년 한명이 달려오는 게 보였다.

부드러운 미소와 함께 소년을 맞이했다.

"어서 오세요. 크라이."

양 팔을 활짝 벌리자, 소년이 기다렸다는 듯이 품 안으로 뛰어들었다.

그러더니 대뜸 가슴에 얼굴을 비비적거리는 것이 보였다. 간지러운 감각에 잠시 웃음이 나왔으나, 참아줄 수 있는 수준인지라 소년의 행동을 받아들여줬다.

크라이드만!

품 안에서 어리광을 부리는 소년의 정체였다.

그녀, 에체르는 조심스레 품 안에 들어온 꼬마신랑을 껴안았다.

반신? 조율자? 드래곤?

절대적인 존재로써 불리는 남편이지만, 그녀에게는 마치 깨지기 쉬운 유리처럼, 조심히 또 소중히 다뤄야만 하는 존재일 뿐이었다.

그녀의 손길에 담긴 온기 때문일까?

"헤헤…."

포근한 온기와 행복한 감촉 속에서, 소년은 히쭉 웃으며 기분 좋게 잠들었다.

에체르는 품안의 작은 거인이 꿈에서나마 외롭지 않기를 바라며, 그렇게 꼬옥 껴안고 쓰다듬었다.

❖ ✣ ❖

세계수가 시야에 담긴지도 한참이건만, 막상 그곳까지 가려니 생각보다 그 거리가 만만치가 않았다.

워낙 거대한 세계수의 크기로 인해, 금세라도 도달할 것 같았지만, 그게 착각이라는 건 오래지 않아 깨달을 수 있었다.

하지만 몬스터들에 대한 걱정은 할 필요가 없었다.

안전지대!

무려, 드래곤 로드 크라이드만이 지키는 영역이었다. 자칫 실수로 발을 들이는 몬스터들의 경우, 앞서 사이클롭스처럼 뼈아픈 경험을 하며 이곳에 대한 두려움을 품고 돌아가게 될 뿐이었다.

"아직 혈기가 왕성한 젊은 몬스터들이나, 멀리서 새 영역을 개척하러 온 몬스터들 외에는 이곳에 발을 들이는 몬스터들이 없어요."

트리나는 그렇게 이야기하며 안전지대에 대한 설명을 마쳤었다.

실제로 에던을 비롯한 일행들의 감각권에 위협적인 몬스터들의 기척은 느껴지지 않았다. 간혹 감각권을 뛰어다니는 움직임들도 확인하고 보면 일반적인 동물들 정도뿐이었다.

맹수라 할 법한 동물도 있었지만, 엘프들의 향을 맡은 모양인지, 그 사나운 이빨과 발톱을 숨긴 채, 그들 앞에서 재롱을 부리다 돌아가고는 했다.

안전지대로 들어선 덕분인지, 중간중간 여유 있게 휴식도 취할 수 있게 되었고, 그로 인해 기존의 일정과는 전혀 다른 여정이 펼쳐지게 된 것이다.

그렇게 틈틈이 쉬어가며 피로감을 떨쳐내자, 그 이후부터는 나름 수다스러운 시간이 시작되었다.

특히, 세릴과 레일라가 지닌 호기심이 상당했던 듯, 두 여인은 끊임없이 트리나에게 묻고 또 질문하며 여정 중에 생겨난 여유를 알차게 사용했다.

그 중에서도 가장 우선시되는 화젯거리는 아무래도 드래곤과 관련된 것들이었다.

"이천년 전 즈음, 다양한 드래곤들이 대륙 전역에서 모습을 드러냈던 사건이 있는데, 혹시 그건 어떻게 된 일인지 알 수 있을까요?"

레드문의 수장답게 셰릴은 역사적으로 새겨진 미스터리들 중 드래곤과 관련된 내용을 꺼내어 질문을 내던졌다.

크라이드만이 로드에 오른 이후에 발생한 일이니만큼, 수많은 드래곤들의 출현은 이해하기가 어려운 부분이었다.

그에 대한 트리나의 대답이 또 기이했다.

"그분께서 행하신 일입니다."

정신이 온전치 않았던 크라이드만은 본능에 의지해 이곳 침묵의 숲을 벗어나지 않고자 노력해왔다.

허나 원하고 바라는 대로 이뤄진다면, 어찌 그걸 치매라고 하겠는가.

"오래전, 폴리모프가 풀리며 그분께서 본래의 모습으로 돌아가셨던 시기가 있습니다. 이천년 전 즈음의 일이지요."

인간 세상에 사건이 드래곤의 출현이 있었던 시기와 일치했다.

본체로 돌아간 크라이드만에게 침묵의 숲은 생각보다 좁았다. 끝에서 끝까지 왕복하기를 얼마나 했을까.

바깥세상에 대한 호기심을 못 이긴 듯, 그대로 숲을 벗어나 대륙을 크게 가로지른 것이다.

동족이 그리웠을까?

외로움에 사무쳤던 것일까?

대륙을 가로지르던 그는 마치 일족의 모든 형제들을 떠올리기라도 한 듯, 각양각색의 모습으로 드넓은 창공을 날았다.

온몸으로 불길을 일으키며 날았다.

새하얀 눈보라를 몰아치며 날았다.

찬란한 빛무리를 내뿜으며 날았다.

그렇게 날고 또 날았다. 다행스럽게도 최악의 상황은 발생하지 않았다.

그저 자유로이 날갯짓을 한 것뿐이었다. 하지만 그 존재감만으로도 주변에 막대한 영향을 끼치는 만큼, 대륙 전역에 비상이 걸려야만 했다.

치매라고해서 평생을 제정신이 아닌 상태로 지내는 건 아니었다. 중간중간 정신이 돌아오는데, 그가 정신을 차린 건 한참 대륙의 횡단하고 있을 때였다.

갑작스러운 환경변화에 깜짝 놀라야만했다. 특히, 눈을 뜬 장소가 침묵의 숲 바깥이라는 점에서 기겁할 수밖에 없었다.

"이 사건으로 인해, 그분께서 스스로에게 제재를 가하시게 되었지요."

물론, 제재라고 해서 절대적이지는 못했다. 어차피 다시 정신이 날아가 버리면 통제할 수 없는 상황이 될 것이고, 제재라는 게 과했다가는 오히려 파괴본능을 일으킬 수 있다는 우려도 컸다.

게다가 언제 정신이 날아갈지 모르는 상황에서, 한계이상의 마법을 준비한다는 것도 쉽지가 않았다.

그런 이유로 가장 단순하면서도 자극적이며 또한 강렬한 제재를 스스로에게 걸었다.

세계수에 그의 뿔을 박아 넣은 것이다.

그 무엇보다 강렬한 본능을 세계수에 남겨놓음으로써, 그 주변을 맴돌게 만들었다.

동시에 스스로에게 '용언'으로 저주를 걸었다.

"폴리모프와 관련된 주문을 '봉인'하시면서, 다시는 본체로 돌아가실 수 없게 하셨다고 들었습니다."

뿐만 아니라 마법과 관련된 지식 대부분을 지워버리는 저주도 걸었다.

하지만 그럼에도 불구하고 마법을 사용했다.

앞서 펼쳐졌던 블링크가 그 중 하나였는데, 마도의 주인이라는 드래곤답게, 본능으로 펼친 것이 아닐까 하는 게, 대부분의 엘프들이 내린 결론이었다.

용언마법과 같은 이론적으로 이해할 수 없는 불가해한 영역의 것이라고 여긴 것이다.

그 같은 이유로 폴리모프 역시도 제재를 가했으나 완벽하진 못했다. 아이에서 어른으로 때로는 노인으로, 수시로 변화를 일으키는 모습을 보여주면서, 미묘한 불안감과 긴장감을 항시 조성하고는 했다.

"본능이라…."

조금은 허탈하고도 황당한 이야기였으나, 레일라는 그 내용을 연신 중얼거리며 고개를 끄덕이고 있었다.

아무래도 마법과 관련된 내용이다 보니, 여러모로 곱씹게 되는 모양이었다.

그렇게 이런저런 질문과 대답들이 마치 수다를 떨 듯, 쉴 새 없이 길게 이어지며, 무겁기만 하던 그들의 여정을 한층 가볍게 만들어주었다.

아무래도 엘프라는 종족 자체가 신비한 느낌이 강한 까닭에, 대부분의 질문은 트리나가 받았으나, 중간중간 셰릴과 레일라 역시도 답변을 하는 상황이 나오고는 했다.

"레드문의 주인이신데… 이렇게 오래 자리를 비우셔도 괜찮으신 겁니까?"

트리나가 엘프와 밤의 여왕 사이의 관계를 떠올리며, 걱정스레 물은 것이었는데, 이에 대한 셰릴의 반응은 생각이상으로 시원했다.

"저 한명 없다고 장사 안 되면 문 닫아야지요."

확실히 그 말처럼, 여왕의 존재만으로 그 오랜 세월을 버텨온 게 아니었다.

그들 자체가 스스로 자생하여 자랄 수 있도록 성장해왔기에, 지금껏 레드문이라는 불빛이 어둔 밤거리를 비추고 있는 것이리라.

레일라 역시도 문답을 피할 수는 없었는데, 아무래도 정령과 관련된 질문들이 주를 이루고 있었다.

그렇게 세 여인의 호기심이 돌고 도는 사이, 어느새 그들은 세계수 레-그라자의 영역으로 발을 들이고 있었다.

❖ ✣ ❖

그것은 실로 거대한 나무였다.

멀찍이서 부터 이미 그 형상이 눈에 들어올 정도였기에, 나름 짐작은 하고 있었으나, 막상 눈앞에서 마주하자 상상력이 한참 부족했음을 인정해야만 했다.

실로 어마어마하다는 말이 아깝지 않을 정도로 컸다.

세상에서 제일 거대한 산이 하늘까지 뻗어있다는 생각마저 들 정도였는데, 놀라운 건 산자락부터 시작되는 풍경이었다.

얼핏 보면 자그마한 굴처럼도 보이고, 또 한편으로는 나무의 무늬처럼도 여겨지는 그 틈과 균열 사이사이로 비치는 그림자들이 눈길을 끌었다.

'사람?'

정확히는 엘프들이었는데, 놀랍게도 저들의 마을은 세계수 바로 그 자체였다.

나무의 무니와 결 사이사이에 새겨진 틈새에 각자의 쉼터를 짓고, 그곳에서 생활을 하고 있는 것이었다.

그야말로 꿈과 환상 그리고 동화 속 세상에서나 나올 법한, 그림 같은 풍경이었다.

뿐만 아니었다.

곳곳에 떠다니는 빛의 잔재들은 시야 속 광경들을 한층 아름답게 꾸며주었고, 그 사이사이 날아다니는 정령들의 활기찬 모습들은 일순간 현실성에 대한 경계를 날려버리기에 충분했다.

특히, 셰릴의 놀라움은 더욱 컸는데, 애초에 정령을 볼 줄 알았던 에던이나 레일라와 달리, 정령들을 감각으로 확인해오던 그녀는 선명히 눈에 들어오는 작은 정령들의 모습은 한층 더 꿈과 환상에 대한 경계를 흐트러트리고 있었다.

놀랍게도 그건 바로 세계수의 힘이었다.

주변 가득한 자연의 기운들은 정령들의 모습을 온전히 현세에 불러내고 있었고, 그로 인해서 셰릴 역시도 감각이 아닌 시각으로써 정령을 확인할 수 있는 것이었다.

놀라움이 가득한 그 공간 속에서 트리나가 에던 일행을 향해 정중한 어투로 입을 열었다.

"어머니 나무의 품에 오신 걸 환영합니다."

하늘 그리고 땅, 그 사이에 처음으로 세워진 기둥.

레-그라자!

일행은 기대감어린 얼굴로 최초의 숨결을 향해 발을 들였다.

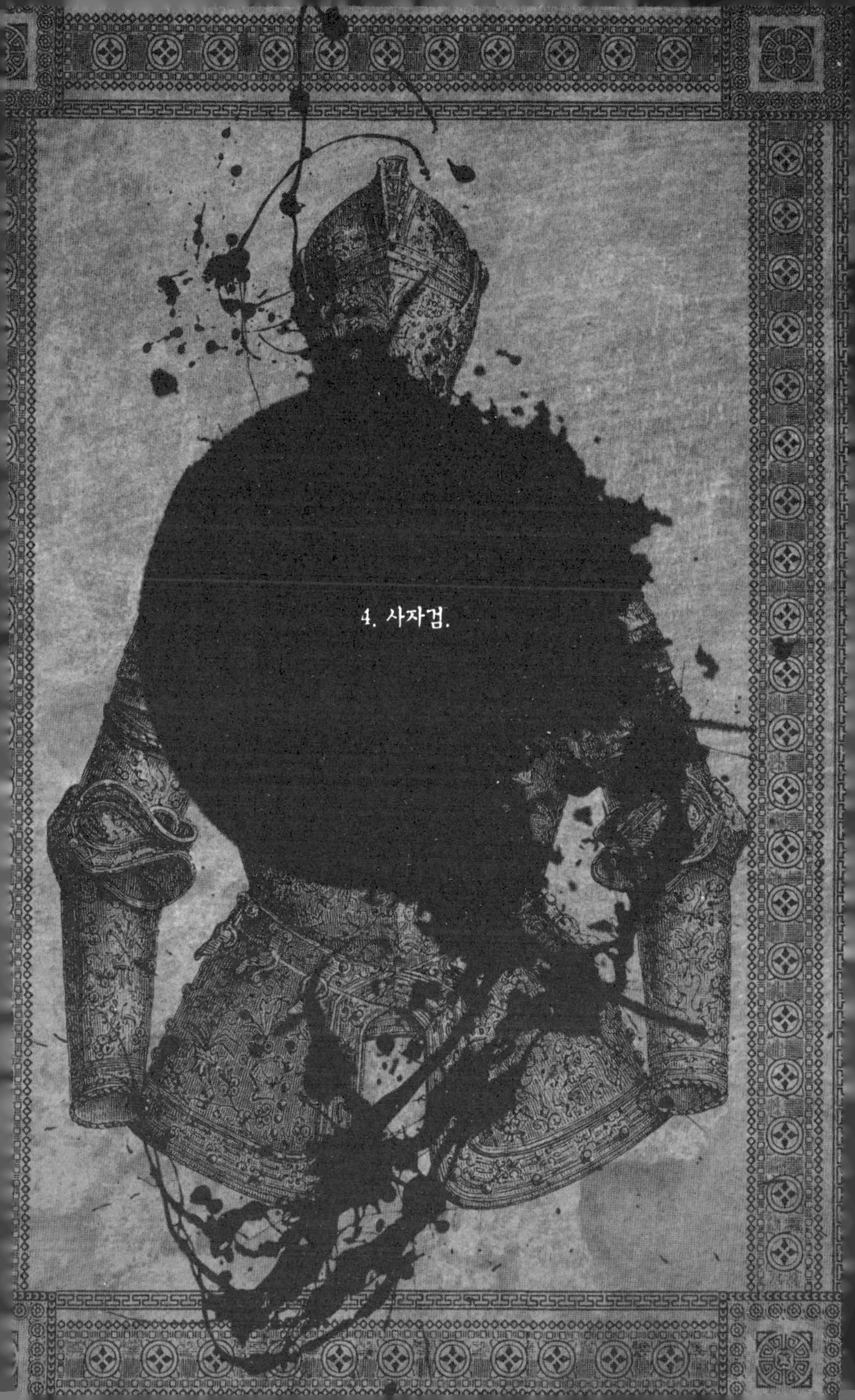
4. 사자검.

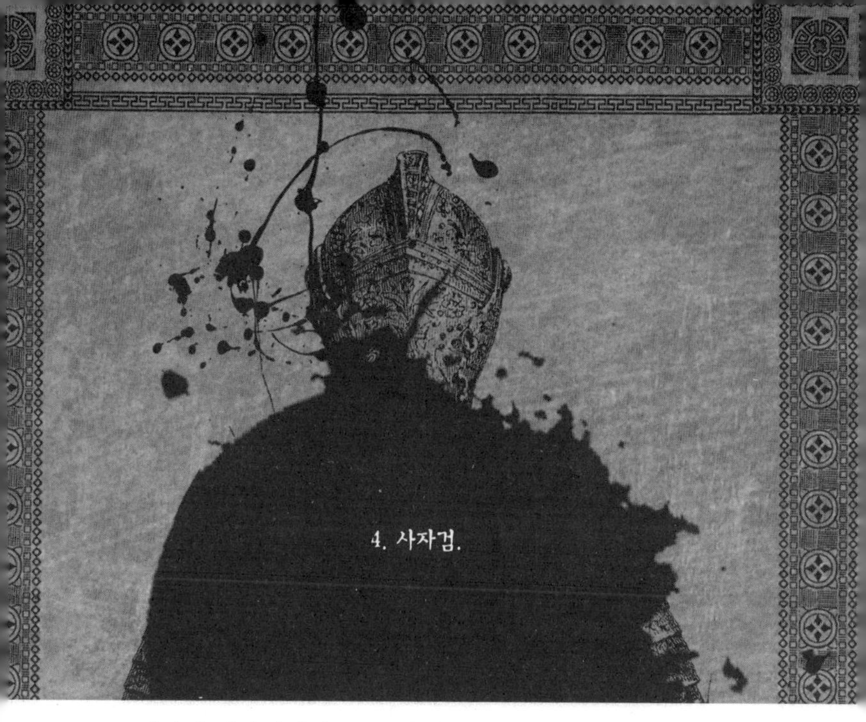

세상의 시작점이며 모든 생명체의 성지이자 엘프들의 고향인 장소!

레-그라자!

그곳에 발을 들이자 여정의 피로감이 한순간에 날아가기라도 한 듯, 전신 가득 상쾌한 기운이 맴돌며 활력이 넘쳐났고, 동시에 정신도 맑게 개는 기분을 맛볼 수 있었다.

하이 엘프이자 그들의 세계수가 선택한 세 번째 수호자인 트리나와 함께하고 있는 까닭일까?

경비로 여겨지는 이들이 실력자들이 곳곳에서 눈에 띄었지만, 에던과 일행들을 따로 막아서는 이들은 없었다.

'어마어마하네….'

셰릴은 새삼스런 얼굴로 주변을 돌아봤다.

레드문의 수장답게 그녀는 습관처럼 엘프의 고향을 살피고 있었는데, 그 덕분일까? 중간중간 눈에 띄는 경비들 대부분이 만만치 않은 실력자들이라는 걸 알 수 있었다.

특히, 저들 대부분이 정령술사이며 동시에 뛰어난 궁수고 개중에는 마법도 수준급으로 익혔을 것으로 생각한다면, 대륙에서도 보기 힘든 전력이 이곳에 모여 있다고 해도 과언이 아닐 듯싶었다.

게다가 여정을 함께했던 어린 엘프들을 봐서도 알 수 있듯이, 아이들로 보이는 엘프들 역시도 각자 정령을 부릴 줄 안다는 걸 생각한다면, 상상했던 것 이상의 전력이 이곳 레-그라자 품안에 담겨있다고 봐야 터였다.

'하긴… 모든 엘프들이 모여드는 곳이니.'

그들의 시작이며 끝이기도 한 장소라는 걸 생각하면, 이 정도 전력은 오히려 당연하다고 여겨졌다.

고개를 끄덕이며 이런저런 분석들을 하고 있을 때, 처음으로 그들을 가로막는 무리가 나타났다.

얼핏, 트리나를 호위하는 엘프들과 비슷한 복장을 한 이들이었는데, 전해지는 느낌으로 저들 역시도 수호자의 호위를 하는 존재란 생각이 들었다.

그들이 일제히 트리나에게 예를 갖춰 보이더니, 좌우로 갈라지며 길을 트기 시작했다.

동시에 또 다른 무리가 그 사이로 모습을 드러내는데,

하나같이 연령대가 만만치 않아 보이는 외모에서, 그들의 지위가 결코 낮지 않음을 짐작할 수 있었다.

"고귀한 잎사귀의 축복을!"

"고귀한 잎사귀의 축복을!"

한 차례 그들 특유의 인사말이 나눠지고 난 뒤, 트리나가 에던 일행에게 다가오며 그들을 소개했다.

"어머니 나무의 뿌리를 살피는 분들이십니다."

셰릴과 레일라가 눈을 빛냈다. 각자의 정보와 지식을 통해, 그 뜻하는 바가 장로들을 의미한다는 걸 깨달은 것이다.

"고귀한 잎사귀에 축복을!"

장로들이 먼저 앞장서서 인사말을 건네 오는 모습에, 두 여인이 각자가 아는 방식으로 예를 취했고, 에던도 어설프게나마 이를 따라하며 예를 갖췄다.

그렇게 짧은 인사말이 오가고난 뒤, 장로들의 시선이 일제히 에던에게로 향했다.

일행들 중 단 한 명뿐인 인간 사내가 바로 마신의 사자라는 걸 전해 받은 까닭이었다.

"심연의 주인을 뵙습니다."

이미 인사말이 끝났다고 방심하던 에던이 다시금 어설픈 예를 갖춰야만 했고, 그제야 본론으로 들어갈 수 있었다.

"심판자님께서 갖추셔야 할 신물은 어머니 나무께서 높으신 곳에 품고 계십니다."

자신을 '레벨린' 이라 소개한 여 장로가 그처럼 운을 띄웠다. 그 순간 에던의 표정이 굳어졌다.

"높은 곳이라면…."

설마설마 싶었다. 하지만 장로들이 일제히 고개를 위로 올리는 모습에서 불길한 예감을 감추기가 어려웠다.

"당연히 저 구름 너머이지요."

부드럽게 웃으며 대답하는 레빌린의 모습에 에던이 트리나를 바라보며 물었다.

"마법… 같은 걸로 올라가나요?"

혹은 정령술로 띄워주는 건 아닌지 궁금했다. 하지만 그가 바라던 대답은 나오지 않았다.

"오로지 스스로의 능력으로 올라가셔야 합니다."

이는 엘프들에게도 마찬가지인 규칙이었다. 물론, 그들의 능력에는 정령술이 있는 까닭에 어렵지 않게 구름 너머까지 오를 수 있을 터였다.

하지만 에던은 달랐다.

'저길… 걸어가라고?'

그의 시선이 레-그라자의 몸통을 따라서 쭈욱 위로 올라갔다.

도저히 끝이 보이지 않는 아득한 창공 그 너머까지 뻗어 있었는데, 세계에서 가장 높은 산도 그 반의반도 못 될 듯 보였다.

'저길… 걸어?'

문제는 이뿐만이 아니었다.

분명, 길이라 할 법한 것들이 나무에 새겨져 있기는 했다. 계산처럼 밟고 올라가면 된다는 건데, 골치 아픈 건 그 계단길이 중간 중간 끊겨있다는 것이었다.

말인 즉,

'…등산도 하라고?'

암벽타기 수준의 험난한 굴곡이 사이사이 끼어있었는데, 레-그라자의 어마어마한 크기만큼 그 간격도 소름끼치게 멀었다.

게다가 계단도 위로 일직선이 아닌 빙글 돌아가는 구역도 있어 보였다.

'그냥 돌아갈까?'

좋은 구경 했다 여기고 발길을 돌리려는 찰나, 세릴이 웃으며 그의 등을 떠밀었다.

"잘 다녀와. 밑에서 기다리고 있을게."

"…어?"

원치 않게 한 걸음 앞으로 내딛은 그가 어벙벙한 얼굴로 돌아보고 있으려니, 레일라가 또 한 번 그를 떠밀며 세릴의 곁으로 걸어갔다.

"기다릴게."

그들 두 여인은 각자 엘프들의 왕국을 구경하며, 새로운 정보와 지식을 쌓을 생각에 여념이 없던 까닭에, 에던이 치러야 할 고생 같은 건 안중에도 없는 듯 보였다.

"어… 어…."

어버버 하는 사이에 트리나가 그를 안내하고자 앞장을 섰고, 장로들은 에던의 뒤로 열을 맞춰서 서면서, 마치 포위하는 형국처럼 진형이 갖춰져 버렸다.

그 때문일까?

자연스레 그의 걸음은 레-그라자를 향할 수밖에 없었다.

"…어라?"

그의 험난한 여정은 아직 끝난 게 아니었다.

❖ ✣ ❖

저 아래로 밀려드는 거대한 어둠의 그림자를 느꼈다.

'오셨구나….'

오래도록 기다리던 이가 왔음을 깨달았다.

심연의 주인!

혹은 심판자라 불리는 마신의 사자가 드디어 도착했다는 걸 깨닫자, 왠지 모르게 가슴이 뛰었다.

[그만이 나를 진정으로 자유롭게 해줄 수 있을지니….]

언젠가 남편에게 들었던 이야기가 떠올랐다.

때문일까?

그녀 역시도 심판자를 기다려왔다.

'다행이다….'

그리 생각하면서도 안타까운 마음이 드는 건 어쩔 수

없었다.

진정한 자유가 의미하는 바를 아는 까닭이었다. 하지만 그녀 역시도 원하던 것이기에, 감정이 한쪽으로만 기울어지는 일은 없었다.

기쁨과 슬픔 그리고 안타까움 등, 다양한 감정들이 이리저리 얽히고설키며 가슴 한편을 흔들어 놨다.

"델. 리아. 데!"

에체르는 조용히 기도문을 읊으며, 무릎을 베고 잠든 남편의 머리를 쓰다듬었다.

"헤헤…."

행복한 꿈이라도 꾸는 것인지, 그녀의 작은 반쪽이 기분 좋은 웃음을 흘리며 히쭉 웃는 게 보였다.

그녀의 입가에도 부드러운 미소가 그려졌다.

❖ ✣ ❖

예상했던 그대로라고 해야 할까?

새롭게 시작된 여정은 생각처럼 쉽지 않았다. 나무타기라고 해야 하겠지만, 등산이나 등반이라는 말이 더 어울릴 것 같은 상황 속에서, 에던은 하루하루 꾸준히 나무를 타고 올라갔다.

계단을 밟고 오르다가도 암벽을 타듯 양 손과 양 발을 사용하며 오르는 등, 쉴 새 없이 오르고 또 올라야만 했다.

하지만 산보다도 높고 구름보다도 먼 세계수의 정상은 쉬이 그에게 발길을 허락하지 않았다.

짐작하던 것처럼 하루나 이틀 정도로는 감당할 수 있는 높이가 아니었다.

일주일?

그 정도로도 부족했다.

또한, 어느 순간을 기점으로 엘프들의 마을 역시도 사라져 있었다.

그들은 세계수의 거대한 결 사이사이 새겨져 있는 틈 속에 각자의 집을 짓고 이를 연결해 마을을 이루며 살아가는 만큼, 공간만 허락한다면 어디든 거처를 마련하는 게 가능했다.

하지만 구름에 닿을 만큼 높은 지점에 이르렀을 즈음부터는 더 이상 그들의 거처를 보기가 힘들었고, 그로 인해 먹을거리와 따뜻한 잠자리가 사라질 수밖에 없었다.

일정이 한층 더 피곤해지는 순간이기도 했다.

물론, 그렇다고 해서 식량과 잠자리를 해결하지 못하는 건 아니었다. 엘프들의 거처가 사라졌을 뿐이지, 그들이 거처로 삼을만한 결과 틈은 여전히 마련되어 있는 까닭이었다.

그곳에 파고들어 잠자리를 해결했고, 먹을거리 역시도 세계수의 도움으로 해결할 수 있었다.

'다시는 먹기 싫었는데….'

물론, 그 먹을거리가 입에 안 맞는다는 점이 문제기는 했다. 비위에 안 맞는다고나할까?

보통 나무에는 다양한 벌레나 곤충들이 살아간다.

세계수 역시도 그런 벌레 및 곤충들이 존재했는데, 에던은 바로 그러한 것들을 잡아가며 먹을거리를 해결해나갔다.

골 때리는 건, 벌레들의 크기였다. 바깥에서 그가 봐왔던 손가락만한 규모가 아니라, 마치 동물이나 몬스터만한 덩치를 지니고 있었다.

나름 밑바닥 용병생활을 해오며, 벌레나 곤충들로 굶주림을 해결했던 경험이 있었지만, 사람만한 덩치의 벌레를 씹어본 적은 없었던 까닭에, 처음에는 선뜻 손을 쓰기가 어렵기도 했다.

꼬르르륵…

하지만 본능이 그를 움직였고, 덕분에 벌레를 향해 칼을 들 수 있었다.

트리나가 함께했더라면 벌레를 베지 못했겠지만, 에던 홀로 오르는 여정인 까닭에, 그처럼 무자비한 칼질을 할 수 있었다.

그녀는 엘프들의 거주구역까지는 함께 올라왔었지만, 그곳을 넘는 순간 걸음을 멈추며 뒤로 물러났다.

[여기부터는 심판자님 홀로 걸으셔야 합니다.]

그 이유를 물으니, 그곳부터 신물이 있는 정상까지 찾아가는 게 세계수가 그에게 내린 시련이라는 이유였다.

[신물이 있는 장소는 자연히 알게 되실 겁니다.]

그렇게 트리나와 헤어지고, 거기서부터는 홀로 걷고 또

올라야만 했다.

얼마만큼의 밤과 낮은 보냈을까? 수염이 제법 자랐다고 여길 무렵, 구름 너머 세계수의 정상이 드디어 그의 발길을 허락해줬다.

그곳은 대륙의 실체가 평면이 아닌 곡선형이라는 걸 선명히 확인할 수 있는, 그런 어마어마한 높이였다.

더욱 놀라운 건, 거기서도 더 위로 뻗어있는 가지가 있었다는 점이었다.

실제로 그곳을 꼭대기라고 하기는 어려울 듯 보였지만, 에던은 거기서 더 이상 오를 필요가 없다는 걸 알았다.

'이건….'

멀지않은 곳에서 그를 부르는 것 같은, 기이한 울림을 전해 받은 까닭이었다.

그 느낌의 정체에 대해서는 충분히 짐작할 수 있었다.

'…신물!'

쉴 새 없이 위로만 향하던 에던의 발걸음이 옆으로 향하는 순간이었다.

❖ ✣ ❖

그것은 검이었다.

마치 성국이 이야기하는 전설의 신검처럼 은은한 빛을 뿌리며, 고고한 자태는 내뿜는 건 아니었다.

하지만 그 첫인상이 전에 없이 강렬하다는 건 분명했다.

"이건… 고철이잖아!"

환장할 정도로 인상적인 만남이었다.

군데군데 녹이 슬어서, 검이 아닌 몽둥이로 사용하는 게 더 어울릴 것 같은 외형을 보고 있노라면, 지난 한달 남짓의 여정이 억울하다 못해 비참하게 느껴질 정도였다.

그런 주제에 제법 그럴싸한 바위에 꽂혀있는 것도 인상적이었다. 나무 위에 바위가 있다는 것도 우습기는 했지만, 세계수의 크기를 생각한다면, 이게 또 전혀 이상하지가 않았다.

바닥에 주저앉은 에던은 괜스레 붉어지는 눈가를 소매로 찍으며 검을 바라봤다.

부정하고 싶지만 저 고철에서 느껴지는 끌림은 거짓이 아니었다.

"설마… 이게 시련입니까?"

그렇게 울부짖으며 바닥을 치고 있을 때였다.

"눈에 보이는 게 전부는 아닙니다."

갑작스레 끼어드는 음성이 있었다.

'누구…?'

깜짝 놀라서 돌아보자, 그 존재감이 유난스러울 정도로 희미한 여인이 저 한편에서 그를 바라보고 있었다.

장소가 장소인 만큼 한 눈에 엘프라는 걸 알아볼 수 있었는데, 더더욱 놀라운 건 분명히 처음 보는 여인이건만 이상하게도 그 정체가 짐작이 간다는 점이었다.

"혹시, 에체르님이십니까?"

그러자 여인이 눈을 동그랗게 뜨는가 싶더니, 이내 고개를 끄덕이며 입을 열었다.

"어떻게 알아보신 건지 신기하네요."

세계수의 품안에서만 머문 것도 어느새 백년 이상의 시간이 흘러가고 있었다. 당연히 첫 대면인 인간 사내가 그녀를 알아본다는 게 신기할 수밖에 없었다.

상대가 마신의 사자라는 걸 알기에, 계시라도 받은 건가 하는 생각마저 들 정도였다.

이에 에던이 살짝 얼굴을 붉히더니 그녀의 시선을 피했다.

'가슴이….'

트리나에게 들었던 그대로였다.

흐릿한 존재감과 달리, 선명하다고 못해 강렬할 정도로 파괴적인, 그런 인상적인 가슴이었다.

'…꿀꺽!'

눈앞에서 남자의 본능을 긴장시키기에 충분한 무기가 흔들리고 있으니, 괜스레 입안이 촉촉해지는 건 어쩔 수가 없었다.

'과연….'

드래곤 로드는 스케일이 다르다는 걸, 새삼 깨닫는 순간이기도 했다.

❖ ✣ ❖

아무래도 단 둘 밖에 없는 동족인 까닭일까?

무수히 많은 엘프들 사이에서 오로지 둘만이 사람이라는 게 조금씩 유대감이라는 걸 형성시키기 시작했다.

그 덕분일까?

셰릴과 레일라는 짧지 않은 시간동안 알게 모르게 제법 대화를 나눴고, 적잖게 친분 혹은 관계라는 걸 쌓게 되었다.

이미 침묵의 숲이라는 사나운 전장을 헤쳐 오면서, 작게나마 동료의식이라 할 법한 것들을 쌓아왔던 까닭에, 거리감이 좁혀지는 건 그리 어렵지 않았다.

그렇다고 해서 둘 사이에 화목한 분위기가 흐른다는 의미는 아니었다. 적대적이던 이전과 달리 작게나마 농담 정도는 주고받게 된 수준이었지만, 첫 대면부터 잡아먹을 듯 달려들던 기억을 떠올려 본다면, 여러모로 진전이 있었다고 봐도 충분했다.

아마도 레-그라자의 생활이 짧았다면 일어나기 어려운 일이었을 것이다.

하지만 어느새 이곳에서 머문 지도 한 달 남짓한 시간이 흘러가고 있었다. 뿐만 아니라 그들 두 여인에게 불을 붙였던 존재인 에던이 곁에 없기까지 했다.

눈앞에서 목표가 아른거린다면야 열을 올리겠지만, 아무

래도 그런 상황이 아닌 만큼, 두 여인의 경쟁의식이 일부 흐려지는 것도 크게 이상한 건 아니었다.

게다가 세계수의 정상을 향해 '걸어' 가는 에던을 떠올리자니, 슬슬 걱정이 되기도 했다.

중간 즈음에 트리나가 내려오며 혼자서 간다며, 그게 '시련' 이라는 이야기를 듣고 난 이후에, 특히 더 걱정스런 마음이 생길 수밖에 없었다.

뒤늦게나마 그녀들도 세계수를 오르려 했지만, 트리나가 '홀로' 가는 것 역시도 시련의 일부라며, 그녀들을 제재하면서 결국 기다리는 역할을 받아들여야만 했고, 이 같은 부분이 더더욱 그녀들로 하여금 유대감을 형성하게 만들어줬다.

"언제쯤 내려올까?"

"모르지."

"마법사라면서 그 정도 계산도 안 돼?"

"레드문의 수장이 먼저 세계수의 높이를 측정한 자료를 내놓으면, 지금 바로 계산을 해 줄게."

당연하게도 그런 게 있을 리가 없었다. 세계수를 보는 것도 처음이었고, 거기에 더해 그 아득한 높이는 감히 측정할 엄두도 나질 않았으니, 하나의 정보로써 완성시키는 것 자체가 무리였다.

"끄응…."

인상을 와락 구긴 세릴이 홱 하니 고개를 돌려버렸다. 요 며칠간 겪고 느낀 점이라면, 말로는 이기기가 힘들다는 점이었다.

그 때문에 더더욱 도전정신에 불이 붙었지만, 그 결말은 언제나와 마찬가지로 그리 좋질 못했다.

입술을 비죽거리며 홀로 화를 삭이는 그녀의 모습에 레일라가 짧게 물었다.

"트리나님께 들은 건?"

레드문의 수장으로써 엘프와 이어져왔던 관계 때문인지, 셰릴은 트리나와 제법 자주 시간을 가지고는 했다.

"별 거 없어. 언제나 하는 말 그대로지."

에던에 대해 물으면 트리나는 항시 같은 답만 내어줄 뿐이었다.

[심연의 어둠은 엿볼 수 있는 게 아닙니다.]

말인 즉, 그녀 역시도 모른다는 의미였다.

"쯧!"

짧게 혀를 찬 셰릴이 고개를 들어 세계수의 정상을 바라봤다. 레일라 역시 하늘 높은 곳으로 시선을 보냈다.

❖ ✣ ❖

어느새 한 달 남짓의 시간이 흘러버렸다.

항상 정령술이나 마법을 통해서, 정상까지 단번에 날아오르는 까닭에, 이 정도로 오랜 시간이 걸릴 줄은 생각지도 못했다.

맨몸으로 세계수의 정상에 다다르는 게 이토록 어렵고도 힘겨운 작업일 줄이야.

그렇다고는 해도 너무 오래 걸렸다.

'별의 영역에 올랐을 텐데….'

초월자라 불리는 그 절대적인 육체능력은 정령술이나 마법 못지않게 훌륭한 전략병기가 아니던가.

맨몸뿐이라지만 이미 그 안에 모든 것이 담겨있는 것이다. 물론, 걸어서 오르는 만큼 정령술이나 마법에 비한다면야 시간이 걸릴 거란 예상은 하고 있었다.

하지만 이 정도일 줄은 상상도 못했다.

'별을 품은 게 맞을 텐데….'

이상한 일이었다.

세계수의 선택을 받아 세 번째 수호자로 훌륭히 성장한 그녀의 실력 역시도, 바깥세상의 기준으로 한다면 초월자라 불리는 위치에 있었다.

게다가 감각적인 부분에 관해서만큼은 정령과의 감각공유로 인해, 지닌바 역량 이상을 발휘하기도 했다.

레일라가 정령의 도움으로 감각적인 면에서만큼은 초월적인 영역에 있는 것과 같은 이치였다.

그 남다른 감각으로 확인하고, 거기에 더해 침묵의 숲을 가로지르며 직접 그 능력까지 두 눈으로 봐 왔다.

의심할 여지가 없는 초월자였다.

'그렇다면 대체….'

이 긴 여정은 어찌 설명한단 말인가.

셰릴과 레일라에게는 에던에 대해서 모른다고 이야기를 했지만, 사실 중간중간 정령을 보내 그를 확인해왔었다.

두 여인에게 거짓을 내어준 이유라면 간단했다.

에던과 함께 왔다고는 하나, 그녀들이 심판자인 것은 아니기에, 오로지 진실만을 이야기할 이유는 없는 까닭이었다.

게다가 에던과 함께하고 있을 때 역시도 진실만을 이야기 해야 하는 건 아니었다.

[장로급의 대우!]

오랜 역사 속에서 마주해왔던 성녀들을 기준점으로, 최소한 그 위치에 놓아 둔 채, 그들이 알아도 무관한 대답들을 에던에게도 이야기해 준 것이었다.

그와 함께하고 있다면 모를까. 아니기에 두 여인에게 가야할 진실성이 일부 떨어지는 것도 어쩔 수가 없었다.

그나마도 에던의 동료이기에 여러모로 많은 지원들을 해주는 것이기도 했다.

셰릴과 레일라가 각자 '정보' 와 '지식' 을 일족 내에서 수집하려는 걸 알면서도 용납하는 것도 그 같은 이유였다.

그 같은 이유로 한 가지 더 거짓을 이야기하자면, 에던을 찾아서 세계수를 오르려던 그녀들을 '시련' 이라며 제재한 것 역시도 거짓이었다.

시련이며 홀로 이를 감당해야 한다고는 하나, 그 곁을 지키는 이가 없어야 한다는 규칙이 있는 건 아니었다.

세릴과 레일라가 뒤를 따르더라도, 각자가 지닌 능력이 다르기에, 결국 시련을 감당하는 건 에던 혼자만의 역할이었다.

결국, 그녀들이 있건 없건 달라질 게 없다는 의미였다.

하지만 굳이 그 같은 거짓을 말한 이유는 조금 특별했다. 세계수의 정상에 자리하고 있는 첫 번째 수호자, 일족의 최고 어른인 에체르를 위함이었다.

일족의 역사 속에서도 진정 살아있는 전설이 되어가고 있는 여인으로써, 초월자라 불리는 별의 영역마저도 뛰어넘어, 진정으로 하늘 저 너머의 존재가 되어버린 일족의 정점이었다.

크라이드만 때문일까?

그녀 역시도 오랜 세월 심판자를 기다려온 것을 알고 있었다. 때문에 에던과 단독으로 만날 수 있게 자리를 만들고자 한 것이다.

일족의 정점이며 동시에 크라이드만의 대변자이기도 한 까닭이었다.

단지, 에체르를 위해 준비한 시간이 이렇게까지 길게 이어질 줄은 생각도 하지 못했다.

'슬슬… 만났으려나.'

정령을 통해 에던이 정상에 오르는 걸 확인했다. 아마도 지금쯤이면 에체르 역시 움직였을 것으로 여겨졌다.

'올라가는데 한 달이라… 내려오는 건 얼마나 걸리려나.'

수시로 찾아와 묻는 세릴의 집요함을 떠올리니 살짝 피곤해지려 했다.

❖ ✣ ❖

갑작스런 에체르의 등장과 그 앞도적인 '무기'로 인해, 일순간 정신을 빼앗겨버린 까닭일까?

에던은 잠시나마 이곳에 온 목적을 잊어버렸다.

웅… 웅… 웅… 웅…

그 순간 화를 내기라도 하듯, 그를 부르는 울림이 더욱 커졌다.

'끄응….'

어쩌면 잊어버린 게 아니라 잊고자 한 걸지도 몰랐다.

'…젠장!'

그도 그럴게 몽둥이로 쓰기에도 아까워 보이는 저 고철을 보라. 그저 바라보는 것만으로도 전신에 기운이 빨려나가는 느낌이 들 정도였다.

한 달 남짓한 시간을 들여 이곳까지 온 게 아깝다는 생각에, 절로 한숨이 나왔고 앓는 소리와 신음이 뒤섞이며 입안을 텁텁하게 만들었다.

'눈에 보이는 게 전부가 아니라….'

조금 전, 에체르가 등장과 동시에 했던 이야기가 떠올랐다. 에던이 고개를 끄덕이며 검을 향해 다가갔다.

'눈에 보이는 게 전부가 아니다.'

확실히 바위 위에 꽂혀있는 검의 모습은 이야기나 동화 속에서나 나올 법한 그림처럼 보이기도 했다.

'눈에 보이는 게 전부가 아니다!'

에던이 이를 악 물며 검을 잡았다.

우우우우우우…

그 순간 거대한 울림이 그의 귓전을 파고들었다. 두 눈 가득 빛을 뿜어내며 힘차게 뽑아 올렸다.

그리고,

"뭐야, 이게?"

변화는 없었다.

놀라울 만큼 눈에 보이는 게 전부였다.

그 때문일까?

에던의 시선이 자연스레 에체르에게로 향했다.

슬쩍…

그의 눈길에서 멀어지는 그녀의 고갯짓이 보였다.

한 달 남짓,

과연, 무엇을 위한 고행이었으며 시련이었던가.

에던의 눈가가 촉촉이 젖어갔다.

❖ ✣ ❖

오리하르콘과 미스릴 그리고 아다만티움!

세상에는 환상으로 분류되는 세 종류의 금속이었다.

첫째로 오리하르콘!

신의 금속으로 불리는 것으로써, 그 존재만으로도 거룩한 빛을 품고 있다고 알려진 환상 혹은 전설의 금속이었다.

성국에 보관중인 신검이 바로 이 오르하르콘으로 만들어졌다고 알려져 있는데, 감히 선택받은 존재가 아니면 그 손길을 허락하지 않는다고 전해졌다.

그 외에도 몇몇 성물들에 오리하르콘이 일부 섞여있다고도 하는데, 그 수가 얼마나 되는지는 알려져 있지 않았다.

두 번째로 미스릴!

어찌 보면 그나마 친숙한 금속이기도 했다. 요정의 금속이라고도 불리는 미스릴은 엘프를 비롯한 요정족을 통해 얻을 수 있는 금속이었다.

신의 허락으로 하늘 밖에서 떨어져 내리는 오리하르콘에 비한다면야, 얼마든 구할 가능성이 있는 금속인 것이다.

이종족과의 교류가 활발했던 고대시절의 영향으로 인해, 제법 이름난 명가나 왕실에서 간간히 미스릴제 물품들을 볼 수 있기도 했다.

물론, 환상이라고 불리는 만큼 그 양이 많은 건 아니었지만, 그래도 운이 좋아도 볼 수 없는 오리하르콘과 달리,

운이 좋으면 볼 수 있는 게 바로 미스릴이라는 금속이었다.

그리고 마지막으로 아다만티움!

이는 앞서 두 금속보다도 더욱 특별한 금속이었다.

"차원 너머, 마계에서만 나는 금속이기 때문입니다."

오리하르콘의 경우에는 신의 허락으로 간혹 하늘에서 떨어져 내린다. 유성과는 다른, 말 그대로 신이 내리는 성물인 것이다.

그리고 미스릴을 요정족과 교류를 할 수만 있다면, 구할 수 있는 금속이었다.

하지만 아다만티움은 전혀 달랐다.

"마계로 넘어가서 가져오지 않는 한, 결코 구할 수 없기 때문이지요."

마왕이나 마족들이 강림할 때에 넘어올 수 있지 않느냐는 생각도 할 수 있지만, 차원의 왜곡과 결계로 인해 이곳 세상으로 넘어올 수 있는 확률이 극히 희박했다.

게다가 강림한 마왕과 마족들에게 얽매여 있어서, 그들이 역소환을 당하면 함께 마계로 사라져버리는 까닭에, 오리하르콘이나 미스릴과 달리, 진정한 의미에서 환상이라고 할 수 있었다.

"잠시, 잠깐만요!"

가만히 에체르의 이야기를 듣고만 있던 에던이 급히 그녀의 이야기를 막으며 물었다.

"말씀하시고자 하는 게 설마… 아니죠?"

왠지 모르게 울상이 되어있는 에던의 모습과 달리, 에체르는 부드러운 미소와 함께 입을 열었다.

"그 검이 세상에 단 하나뿐인 아다만티움입니다."

에던의 시선이 손에 든 검으로 향했다.

'이 고철덩이가?'

군데군데 녹이 슬어 검이라고 부르기도 민망할 정도였다.

'되다만티움이 아니라?'

설마, 엘프도 사기를 칠 줄 아는 종족이었던가?

에던은 심각하게 고민을 해야만 했다.

❖ ✣ ❖

그것이 언제 넘어왔는지는 아무도 모른다.

너무나도 자연스럽게 세상에 스며들었고, 뒤늦게 눈치챘을 때에는 이미 이곳의 일부가 되어 세월의 한 귀퉁이를 흘러가고 있었다.

어찌 모를 수가 있느냐고 누군가는 물었다.

민망하게도 어쩔 수 없단 말 외에는 할 수 있는 대답이 없었다.

[저딴 고철을 보고 누가 상상이나 했겠어.]

그것도 무려 조율자라 불리던 드래곤의 답변이었다.

저들이 이처럼 변명 아닌 변명을 할 정도였으니, 더 말해 무엇하랴.

저 다른 세상의 절대자들이 사용하는 무구와 같은, 동급의 절대적 무구라는 게 믿기지 않을 정도로 검의 외형은 평범했다.

사실, 겉으로 드러나는 기운 역시도 특별한 건 없었다.

일부러 드러내려하지 않는다면, 결코 알아내지 못했을 정도로 그것은 평범의 극치였다.

그저, 어디서나 볼 수 있는 흔한 철검일 뿐이었다.

'…드래곤도 인정했다는 거네.'

에던은 그들도 '고철' 이라 언급했다는 부분에서 인상을 와락 구겨야만 했다.

아다만티움!

누가 감히 상상이나 했겠는가.

흔해빠진 철검이, 그것도 푼돈으로 구입할 수 있을 것 같은 싸구려 광택을 내뿜는 고철이, 설마 환상의 금속으로 만들어진 무구일 줄이야.

그야말로 웃기지도 않는 일이었다.

더욱 황당한 건, 누군가가 알아낸 것이 아니라 결국 스스로 드러내면서 고철의 정체가 밝혀졌다는 점이었다.

그것은 하나의 '사건' 으로 인해 발생한 여파의 결과물이었다.

"사건…이라고요?"

에던의 짤막한 물음에 에체르가 고개를 끄덕이며 이야기를 이었다.

"고대에서도 고대로 불리던 오랜 옛 시절의 일이라서, 저 역시도 자세히 아는 건 아닙니다."

그저 일족의 역사서에 적혀있는 내용을 그대로 이야기하는 것뿐이었다.

"전해지기를 마왕의 등장과 함께, 아다만티움의 정체도 밝혀졌다고 합니다."

'마왕이라….'

솔직히 마족에 대해서는 작게나마 추측하고 있었다. 오랜 역사적으로 봤을 때, 신의 사자와 어울리는 대적자라면, 아무래도 '마'에 속한 존재들이 걸맞은 까닭이었다.

예상했던 게 들어맞았음에, 조용히 고개를 끄덕이려는 찰나, 이어지는 내용이 그의 생각을 크게 뒤집어버렸다.

"그는… 인세의 마왕이라고 불리는 존재였습니다."

흐름이 왠지 기이했다.

"홀로 한 국가를 전복시키며, 사람으로써는 최초로 마의 왕이라 칭해지게 되었지요."

에던이 제대로 한 방 먹은 것 같은 표정으로 에체르를 바라봤다. 그도 그럴게 짐작했던 그대로라고 여겼건만, 뜬금없는 내용이 튀어나오며, 상상력의 빈곤함을 지적해왔기 때문이었다.

그가 생각하던 '마'의 대적자란 마족이나 마왕 같은

마계에 속한 절대자들이었다.

설마하니 이곳 세상의 일원인 '사람'이 마계의 주민들을 밀어내고, 마의 왕이라는 칭호를 받았을 줄이야.

감히, 상상도 못했던 흐름이었다.

'애초에 그런 발상 자체가 가능할리 없잖아!'

게다가 그 내용 역시도 놀라웠다.

'홀로…한 나라?'

400년 전, 초월자의 역사를 새로 썼다는 바르마스 검공도 일천 기사를 상대한 게 전부였다.

혼자서 나라를 전복?

'말도 안 돼!'

당연하게도 짚고 넘어가야 할 의문이 있었다.

"왕실을 습격해서 주요인사들 대가리만 따버린 건가요?"

충격으로 인해 말이 살짝 거칠어졌다.

"글쎄요. 저 역시 그저 문서로 내려오는 일족의 역사서를 읽은 것뿐이라 자세한 건 알지 못합니다. 하지만 적혀져 내려오는 내용에는 정문으로 당당히 들어갔다고 쓰여 있더군요."

말인 즉, 암습 같은 건 아니라는 의미였다.

"거짓말…."

결국, 가까스로 삼키고 삼켰던 속마음이 튀어나와버렸다. 그 같은 심경을 이해한다는 듯, 에체르는 그저 조용히 웃어 보일 뿐이었다.

그녀도 한 때는 저와 같은 마음을 품었던 적이 있었기에, 에던의 기분을 이해할 수 있는 것이다.

남편, 크라이드만에게서 마신의 사자에 대해서 들은 이후, 그 자세한 내용을 알기 위해 일족의 역사서를 일일이 헤집었던 시절이 있었다.

크라이드만에게 자세한 내용을 직접 듣고 싶었지만, 정신이 오락가락 하는 와중에 우연찮게 흘리듯 심판자에 대한 정보를 뱉은 것이기에, 직접 찾아 볼 수밖에 없었다.

그러다가 발견해냈는데, 어렵게 접한 인세의 마왕이란 존재는 실로 충격이며 공포였고 동시에 연민과 안타까움의 결정체였다.

"적혀있기로는 당시, 인세의 마왕은 50을 바라보던…인간들의 세월로 치자면, 노년을 코앞에 두고 있었다고 하더군요."

삶의 막바지가 머잖은 시기였건만, 돌연 한 나라를 상대로 칼을 뽑아들었다.

어째서? 왜? 그 같은 황혼의 시기에 대낮처럼 벌건 화마를 일으켜야만 했던 것일까?

'마왕이라고 불려야만 했던 이유….'

일족의 역사서라 할지라도 모든 걸 담아내진 못할 것이다. 하지만 인세의 마왕이 보여줬던 강렬함은 너무도 인상적이어서, 당시의 엘프들은 되도록 그에 대해서 많은 조사

했었고, 덕분에 오랜 세월이 흘렀음에도 그와 관련된 자료가 상당량 남아있었다.

가족의 죽음!

그 사건은 한 사내로 하여금 인간의 이성이 사라지게 했고, 마를 깨우게 만들었다.

그리고 한 나라가 사라졌다.

“사람으로써 마왕이라 불리는 이가 탄생했고, 그가 사용한 검은 죽음을 부리는 검이라며, 사자검이라 불리게 되었지요.”

에던의 시선이 아래로 내려갔다. 녹이 덕지덕지 묻어나는 고철덩이가 보였다.

‘글쎄… 하자검으로 바꿔야 할 것 같은데.’

그야말로 고개가 절로 저어지는 물건이었다. 에던의 반응이야 어쨌건 이야기는 계속 이어져갔다.

“대륙이 떠들썩했던 사건이었습니다.”

워낙 큰 사건이었건 까닭에 드래곤들이 직접 세상에 모습을 드러냈고, 마왕이라 불리는 존재와 대면했다.

아다만티움의 정체가 드러나는 순간이었다.

그와 동시에 인세의 마왕이 지닌 참된 정체 역시도 밝혀지게 되었다.

최초의 심판자!

사실, 그가 처음이라고 확신하지는 못했다. 아다만티움이 그의 손에 흘러들기 이전부터 존재한 흔적들을 발견한 까닭이었다.

이전에도 또 다른 심판자가 있었을지도 모를 일이었다. 애초에 인세의 마왕이라 불리던 그 역시도 사건이 발생하기 이전까지는 그저 평범한 삶을 살아오지 않았던가.

'충분히 가능성이 있는 일이지.'

어찌 되었건 그가 마신의 사자라는 게 확인되면서, 드래곤들은 결국 물러나야만 했다.

갑작스러운 마왕의 출현에, 그들 드래곤도 파악하지 못한 차원의 포탈이 열렸나 싶어 황급히 움직였건만, 그 정체가 인간이었다는 결말이 나버린 것이다.

결국 인간이 인간을 향해 칼을 뽑았을 뿐이었다.

복수라는 단어를 앞세운, 그 나름의 정의 역시도 존재했다. 그들이 조율자라 불린다고는 하나, 인간들의 다툼에 끼어들 이유는 없었다.

한 나라가 전복된 대사건이었으나, 이곳 세상의 울타리 안에서 발생한 일이었다. 바깥세상, 마계에서 넘어온 외부인의 말썽이 아닌 이상, 조율자의 권한을 앞세울 필요가 없는 것이다.

이곳 세상의 일이니만큼 물러나기는 하되, 일말의 여운을 남겨두었다.

그들을 신경 쓰이게 하는 새로운 요소 때문이었다.

일단, 마신의 사자가 존재했다는 것, 거기에 더해 이 세상에 있어서는 안 될 바깥세상의 금속이 이곳에 있다는 점이었다.

특히, 그 외부의 물건이 오랜 세월 세상에 녹아들어 왔다는 부분이 중요했다.

당장에 이곳 침묵의 숲이 마왕의 저주를 해소하고, 그 마기를 중화시켜 암흑마나로 바꿨듯, 아다만티움 역시도 어느새 세상의 일부가 되어버린 것이다.

이곳 세상의 조율자라 불리는 드래곤들도 모르게, 있어서는 안 될 금속이 세상에 뿌리내렸으니, 은연중에 그들의 자존심에 자극을 받을 수밖에 없었다.

때문에 이후 심판자와 아다만티움에 대해서는 항시 주의를 기울여왔다.

그 덕분인지 한 가지 알아낸 사실이 있었으니, 그건 바로 심판자가 아다만티움에 영향을 받는다는 점이었다.

심판자가 아다만티움을 통해 각성한다는 결론이 내려졌다.

물론, 정확한 건 아니었다.

워낙에 많은 사람들의 손길을 타며 건너고 건너가는 걸 본 까닭이었다.

심판자는 그 와중에 돌연스럽게 한 번씩 깨어나고는 하기에, 결론을 내리되 확신을 갖진 못했다.

황당한 건 그렇게 탄생한 마신의 사자들은 다른 신의 사자와 달리, 별다른 사명이 없어 보이는 듯 행동하며, 그렇게 여유로이 느긋한 삶을 보내다 생을 마무리하고는 한다는 점이었다.

때문에 드래곤들은 이를 확실히 하고자 사자검을 회수했다. 어쩌면 조율자로써 그들이 감당할 수 없는 물건을 품 안에 가둬두고자 했던 것일지도 몰랐다.

아다만티움이 이곳으로 넘어온 경로 자체도 확인이 불가능한 만큼, 여러모로 그들에게는 꺼려지는 물건인 것이다.

그리고 이 즈음부터 새로운 변화가 일어났다.

"사자검이 타인의 손길을 거부하기 시작한 겁니다."

심지어 드래곤들도 선뜻 만지기가 어려울 정도였다. 그 뿌리가 어둠에 닿아있으나, 마신의 손길도 함께 닿아있는 신물이라는 걸, 새삼스레 깨닫는 순간이기도 했다.

더욱 난처한 사건은 이후에 벌어졌다.

"검의 도움 없이도 심판자가 나오기 시작한 것이죠."

이전보다는 더욱 희박한 확률로 나온다는 부분에선 만족스러웠지만, 그들이 마신의 사자라는 걸 아는 이상, 신물을 그들에게 전해줘야 한다는 건 골칫거리가 될 수밖에 없었다.

마치 그들이 벌인 행동에 대한 징벌을 받는 기분이랄까?

문제는 거기서 끝이 아니었다.

한 차례 변화를 겪은 까닭인지, 사자검은 여전히 다른 이들의 손길을 거부했고, 마치 당연히 그러해야 한다는 듯, 세상에 말썽을 일으키는 수순으로 방향을 잡고 흘러갔다.

"예로부터 신검이나 명검 그리고 자아가 있는 에고 종류의 무구는 사람들의 관심을 받기 마련이니까요."

이때부터 드래곤은 사자검의 회수와 전달을 전담하는, 관리자의 역할을 맡아야만 했다. 원치 않는 일이니만큼 그들에게는 정녕 고역이 따로 없었을 터였다.

'에고 소드!'

설명을 찬찬히 듣던 에던의 눈에 불이 들어왔다. 그녀의 이야기를 통해보자면, 손안에 든 고철이 바로 마법사들이 환장한다는 에고 소드라는 것 같단 생각이 들었다.

'이걸 팔면….'

편안한 노후가 보장되는 것이다.

"츄릅…!"

생각이 깊었던지 저도 모르게 침이 흘러버렸다. 소매로 이를 닦아내던 에던이 문득 드는 궁금증을 꺼내 물었다.

"그런데 이 녹슨 건 어떻게 해결 안 됩니까?"

에체르가 대답을 하려는 찰나였다.

"제대로 깨어나면 알아서 떨어져 나갈 거야."

돌연, 새로운 음성 하나가 끼어드는 것이 아닌가. 둘의 시선이 동시에 돌아갔다.

언제 나타난 것인지 웬 소년 한명이 저 한편에서 히쭉 웃으며 손을 흔드는 게 보였다.

"크라이!"

에체르가 밝게 웃으며 소년에게 달려갔다.

그에 반해 에던은 마른침을 꼴깍 삼키며 긴장감을 조절해야만 했다.

소년의 분위기가 안전지대에서 만났던 것과 전혀 다른 까닭이었다. 어쩌면 소년의 참된 모습을 보게 될지도 모른다는 생각이 들었다.

'드래곤 로드!'

긴장어린 얼굴로 소년을 응시하는 사이, 어느새 소년의 앞에 다가가 에체르가 아이를 향해 물었다.

"돌아왔군요."

"그래. 오랜만이야."

이어지는 진한 포옹이 그들 사이의 공기를 뜨뜻하니 데워갔다.

"크흠… 흠…."

저 좋은 분위기에 이래도 되나 싶었지만, 그래도 해야만 한다는 듯, 에던은 애써 용기를 내며 환기를 위한 헛기침을 터트렸다.

그로 인해 다시금 그들 부부의 관심과 시선이 에던에게로 모아질 수 있었다.

꿀꺽…

에체르의 시선은 문제없다. 하지만 소년, 크라이드만의 관심은 그를 쪼그라들게 만들기에 충분했다. 연신 떠오르는 궁금증을 참기가 어려웠던 까닭에, 또 다시 용기를 내며 힘겹게 물었다.

"제대로 깨어난다는 게 무슨 뜻인지 알 수 있겠습니까?"

당당하려 하지만 목소리가 살짝 떨리는 건 어쩔 수가 없었다.

그 모습이 재미있다는 듯, 가볍게 실소를 흘린 크라이드만이 에던의 손에 들린 고철을 바라보며 물었다.

"검의 부름을 들었나?"

"예."

"검이 깨어서 자네를 불렀다고 생각하나?"

정곡이었다. 에던이 뜨끔한 얼굴로 크라이드만을 바라봤다. 그러며 혹시나 하는 마음에 슬쩍 물었다.

"…아닙니까?"

크라이드만이 히쭉 웃으며 대답했다.

"그거 잠꼬대야."

여기서 귓밥을 파면되는 걸까?

'지랄!'

목숨을 건 농담이 격하게 당겼다.

❖ ✣ ❖

눈을 뜬 순간, 이미 그의 존재를 눈치 챘다.

'왔구나!'

오래도록 고대하던 순간이 다다랐음을 깨달았다.

'드디어….'

숨을 고르며 그의 도착을 기다렸고, 레-그라자의 시련이 끝나자마자 그를 향해 움직였다.

이내, 정체를 확인할 수 있었다.

'심연의 주인!'

기다리던 순간이 왔음에 기뻤고, 그와 동시에 심판자의 우스꽝스런 모습에 또 웃겼다.

당황 혹은 분노하는 그의 모습이 이해됐다.

'하긴….'

그렇게 고생해서 올라왔더니 기다리고 있는 게 고철덩이였으니, 어찌 화가 나지 않겠는가.

짧은 실소와 함께 앞으로 나섰다.

"제대로 깨어나면 알아서 떨어져 나갈 거야."

슬그머니 끼어들며 한마디 던지자, 놀란 얼굴로 그와 '그녀'가 돌아보는 게 보였다. 히쭉 웃으며 손을 흔들어줬다.

그녀와 '그'에게…

◈ ✣ ◈

갑작스런 크라이드만의 등장과 황당한 발언은 에던으로 하여금 많은 생각을 하게 만들기에 충분했다.

'아직 깨어난 게 아니라고?'

세계수의 정상에서 그를 인도하던 울림과 부름을 떠올리며, 잠꼬대라던 소리를 부정하고 싶었지만, 무려 드래곤 로드가 한 이야기인 만큼, 그러기가 쉽지 않았다.

에체르의 반응이 크라이드만이 정상이라고 알려주는 까닭에, 치매로 인한 헛소리라 여길 수도 없었다.

'젠장!'

때문에 들고 있는 고철덩이, 사자검을 바라보며 인상을 와락 찡그려야만 했다. 생각보다 무게감도 만만치 않았고, 모양새도 우습게 보이기에 딱 좋은 상태였다. 여러모로 맘에 안 드는 것 투성이인 것이다.

그야말로 불쏘시개로 쓰기에도 민망할 수준이었다.

'…버릴까?'

잠시 잠깐 그 같은 갈등에 휩싸여 있을 때, 크라이드만이 대뜸 물음을 던져왔다.

"자네가 얼마만의 심판자일 것 같나?"

갑작스럽고 또 뜬금없는 내용이었던 까닭에 선뜻 대답을 하지 못한 채, 그저 멍하니 크라이드만을 바라만 봐야 했다.

애초에 그 답을 모르는 이유도 컸다.

레-그라자까지 오는 여정 속에서, 트리나를 통해 이런 저런 이야기들을 전해 들었고, 이를 통해 엘프들의 오랜 역사 속에서도 심판자란 존재는 그야말로 손에 꼽을 정도밖에 등장하지 않았다는 것 역시도 알았다.

하지만 딱 거기까지였다.

'이전 심판자에 대해서 내가 어떻게 알아.'

당장 그 스스로에 대한 확신도 부족한 판국이 아니던가.

그저 할 수 있는 거라고는 멍청하니 머리를 좌우로 흔드는 것뿐이었다.

크라이드만이 히쭉 웃으며 한 손을 펼쳤다.

"얼추, 오천년 정도라고 해 두겠네."

이상하게도 그 순간 떠오르는 단어가 있었다.

"…마왕?"

저도 모르게 입 밖에 그 단어를 뱉어버렸고, 크라이드만이 재차 웃어 보이며 고개를 끄덕였다.

"생각보다 눈치가 좋군."

어느새 그의 입가에 걸린 미소 속에서 한 줌 씁쓸함이 묻어나오고 있었다.

과거, 아픈 시절의 기억이 떠오른 까닭이었다.

"일족의 모든 드래곤이 조율자로써의 의무를 다했던 그 시절, 그 때… 마의 대지에 '그' 도 있었지."

아마도 에던 이전의 심판자를 뜻하는 거라 여겨졌다.

'그 자리에?'

당연하게도 에던으로써는 이해가 되지 않는 소리일 수밖에 없었다.

저 수많은 드래곤들도 그 생을 던져야만 했던 어마어마한 장소가 아니던가. 아무리 마신의 선택을 받은 심판자라지만, 그래도 인간이 끼어들 판이 아니었다.

최초의 신화시대에나 발생했다던 인외의 전장, 말 그대로 신들의 대전이나 다를 게 없는 장소였을 것이다.

이런 그의 짐작을 예상하고 있다는 듯, 어느새 입가의 상흔을 지워낸 크라이드만이 히쭉 웃으며 말을 건네 왔다.

"신들의 사자는 아주 특별한 존재라네."

모든 종족들이 그들에게 만큼은 양보하는 걸 영광으로 여긴다. 심지어 이성이 아닌 본능과 감정에 충실하다는 몬스터들 역시도 신의 사자를 앞에 두고서는 한 걸음 물러날 줄 알았다.

하물며 마신의 사자였다.

"자네 생각에는 마계의 주인이 누구라고 생각하나?"

그리고 이어지는 물음에 에던의 눈가에 불이 들어왔다. 무언가를 눈치 챈 듯 보이는 그 모습에, 크라이드만이 고개를 끄덕이며 에던의 생각을 대신 꺼내주었다.

"그렇지. 마신이라네. 그렇다면 또 묻겠네. 마왕이란 존재들은 과연 누구의 세상에서 나고 자랐을 것 같나?"

앞서의 질문과 이어지는 것이었고, 답변 역시도 연결되어 있었다.

'마신!'

굳어버리는 에던의 표정과 달리, 크라이드만은 여전한 얼굴로 한층 더 미소를 짙게 그려내고 있었다.

"자네를 비롯한 심판자들은 바로 그 마신이 직접 선택한 첫 번째 사자일세."

지난 전쟁에서의 경험을 토대로 알 수 있었다.

"비록, 나고 자란 세상은 다르지만, 자네를 비롯한 심판자들은 마왕보다 더 마신의 혜택을 많이 받는 존재라네.”

이 세상에 단 하나뿐인 마신의 사자라는 점에서, 더더욱 심판자는 특별한 위치에 있을 수밖에 없었다.

고대로부터 성녀를 비롯한 수많은 신의 사자들이 존재해왔지만, 마왕이라 불리는 절대자와의 전쟁에 그 이름을 앞세울만한 이들은 손에 꼽을 정도로 극히 소수에 불과했다.

하지만 그마저도 차원의 왜곡으로 인해 온전치 못한 마왕이라는 걸 생각한다면, 지난 전쟁에 함께했던 심판자는 수많은 사자들 중에서도 유일무이한 마왕의 대항마라 할 수 있었다.

어쩌면 상황이 안 맞아서, 또는 시기가 들어맞지 않아서, 혹은 다른 뛰어난 영웅들이 그 자리에 없어서, 그 같은 성급한 결론이 내려진 것일지도 모르겠으나, 당장 그의 경험으로는 심판자만이 유일하다 여겼다.

‘특히… 사자검을 든 심판자라면.’

그 특별함은 이루 말할 수 없이 높아만 진다. 저들 심판자들의 신물이 지닌 위험성을 알기에, 드래곤들은 더더욱 사자검을 회수하여 감시할 수밖에 없었다.

사실, 마왕과의 전쟁에서 그 힘을 보여주기 전까지, 그 역시도 사자검의 특별함에 대해서 쉬이 이해하지 못했었다.

하지만 직접 보고 경험한 뒤, 그도 인정하게 되었다.

“사자검은 자네들 심판자가 온전히 각성할 수 있는 결정적인 요소라네.”

그런 이유로 사자검이 없는 심판자란 완전할 수 없었다.

“아마도 자네는 엘프들의 역사서를 토대로 심판자에 대한 정보를 얻었을 거라 생각하는데, 맞나?”

에던이 고개를 끄덕이며 수긍하자, 크라이드만이 재차 이야기를 이었다.

“아마도 그들의 역사 속에서 심판자가 손에 꼽을 정도만 탄생했다고 적혀있을 거야. 하지만 실제로 등장한 심판자들을 숫자는 알려진 것 이상이라네.”

엘프들이 관찰할 수 있었던 수가 얼마 안 될 뿐이었다.

“그렇지만 우리 일족이 사자검을 회수한 뒤로는…엘프들의 역사처럼 손에 꼽힐 정도만이 등장하더군.”

바로 이 부분 때문에 사자검이야말로 심판자의 탄생에 중요한 역할을 한단 결론을 내리기도 했었다.

물론, 사자검이 없음에도 심판자는 탄생했다.

“자네와 같은 경우지.”

이제 막 깨어난 까닭에, 크라이드만도 에던에 대해 많은 걸 알고 있지는 않았다.

하지만 작게나마 들은 건 있었다.

레-그라자!

조율자로써의 권한을 통해 세계수와 교감하고 대화를 나눴고, 그로 인해서 에던에 대한 정보를 일부 수집한 것이다.

"용병이었다고 들었네. 아마도 자네는 아주 치열한 삶을 살아왔을 거야."

충분히 짐작할 수 있었다.

"다른 심판자들도 비슷했으니까."

사자검의 도움이 없던 까닭인지, 그야말로 치열한 전장을 거쳐, 삶과 죽음의 경계에 오롯이 설 수 있게 된 이들만이 심연의 주인이 될 수 있었다.

"자네 이전의 심판자였던 '스텐'은 기사였지."

그 중에서도 가장 치열한 삶을 살아간다던 자유기사였다. 따르는 주군이 없고, 지키는 영지가 없으며, 안식을 취할 보금자리가 없었다.

떠돌이나 다를 게 없는 취급을 받으면서도, 그 자존심을 지켜나가려 들었고, 때문에 그 환경이 더욱 가혹해지고는 하는 게 바로 자유기사의 삶이었다.

"제법 유쾌한 친구였던 게 기억나는군."

치열하고도 비참한 삶 속에서도 제대로 웃을 줄 알았던 사내였다.

옛 기억을 통해 아련한 무언가를 떠올리듯, 크라이드만의 눈가에 옅은 그리움이 물결쳤다.

짐작컨대 반만년 전의 풍경을 그리고 있으리라.

"그래서…어떻게 해야 이 고철덩이를 제대로 깨울 수 있는 겁니까?"

자꾸 원하는 이야기가 나오지 않는다는 생각에, 에던이

직접적으로 이를 언급하며 물었다. 아련하던 크라이드만의 눈에서 물기가 사라지고, 입가의 미소가 돌아오면서 다시금 이야기가 시작되었다.

"스텐 그 친구는 사자검을 들고 마왕군과 싸웠지. 아주 치열했다네. 우리 일족이 어지간한 일이 아니고서야 감탄하는 경우가 드문데, 그 친구의 전투는 정말이지, 박수가 절로 나오더군."

아주 오래전, 고대에서도 더 고대의 시대, 홀로 왕국을 전복시켰다던 최초의 심판자가 그러했을까?

"모르긴 몰라도, 그 친구 혼자면 왕국 하나 정도는 충분히 짓이기고도 남을 거라 생각하네."

본론이라고 생각했건만 또 이야기가 요상한 곳으로 새는 느낌이었다. 이에 에던이 눈살을 찌푸리며 재차 물어보려는데, 크라이드만이 한 발 빨랐다.

"자네는 어떻게 마신의 선택을 받았다고 생각하나?"

"그야…."

떠오르는 거라면 오로지 전장뿐이었다.

"…아!"

그제야 크라이드만이 했던 이야기에 답이 있었음을 알았다.

[스텐 그 친구는 사자검을 들고 마왕군과 싸웠지.]

말하는 바는 아주 간단했다.

전장!

그곳에 답이 있다는 뜻이었다.

"끄응…."

앓는 소리가 절로 나왔다. 이어졌던 크라이드만의 이야기에서 그 정확한 답안을 발견한 까닭이었다.

[아주 치열했다네.]

전장도 그냥 전장 수준이 아니라, 그가 평생에 걸쳐 겪어왔던, 그런 아찔할 위험도가 필요하다는 걸 깨달은 것이다.

가장 최근의 치열했던 전투를 떠올려봤다.

세릴이 찾아왔던 날, 암전의 추격자들과 치렀던 그 치열한 전투가 생각났다.

오랜만에 죽음이 목전에 이르렀음을 깨닫던 날이기도 했다.

그 서늘한 칼끝의 감각이 떠올랐다.

'미친! 그 짓을 또 하라고?'

게다가 문제는 이젠 그 정도의 전장을 찾기도 어렵다는 점이었다.

각성감각을 깨우치고 난 뒤, 어지간한 전장이 아니고서는 위험에 빠지기가 어려워져버렸다.

그렇다고 죽으러 달려들 수도 없는 노릇이지 않은가.

'애초에 그런 식으로는 안 될 게 뻔하고….'

와락, 인상을 구기는 에던의 모습에 크라이드만이 히쭉 웃으며 다가와 물었다.

"어때? 좀 도와줄까?"

갑작스런 제안에 에던의 의아한 얼굴로 그를 바라봤다. 순간, 등줄기를 타고 오르는 기이한 감각에 정신이 번쩍 들었다.

아직 대화를 나눈 것도 아니건만, 이 아찔한 위험신호는 무엇이란 말인가.

거절을 생각하려는 찰나, 크라이드만이 한 발 빠르게 입을 열어 그의 말문을 막아버렸다.

"역시 눈치가 빠르단 말이지. 심판자들의 그 생존본능은 예나 지금이나 감탄이 나올 수준이야. 하지만 미리 말하는데, 거절은 거절하겠네."

그러며 또 다시 히쭉 웃어 보이는데, 마치 악마의 웃음처럼 여겨지는 이유는 무엇이란 말인가.

에던이 침을 꼴깍 삼키며 애써 가슴을 진정시켰다. 그러며 힘겹게 떨리는 음성으로 이 불안감의 정체에 대해 물었다.

"도움…이라는 게 어떤 건지 알 수 있을까요?"

"정말 간단하네. 별 거 아니야."

그렇다면 왜 이렇게 등줄기가 서늘해진단 말인가. 믿지 않았다. 믿을 수 없었다.

크라이드만이 자신을 가리키며 말했다.

"내가 직접 자네를 위협해 주지."

"…그게, 무슨 말씀이신지?"

"말 그대로 받아들이면 된다네."

그 순간 멍청하니 정지되었던 에던의 머리가 빠르게 돌아가기 시작했다. 그리고 내어진 결론에 그의 동공이 격하게 흔들렸다.

"설마…."

크라이드만이 히쭉 웃으며 말했다.

"한 번 살아남아 보게나."

진정한 시련은 이제부터가 시작이었다.

5. 시련.

생각지도 못했던 소식이었다.

"먼저… 출발하라고요?"

셰릴과 레일라는 이해할 수 없다는 얼굴로 트리나를 바라봤다. 그녀들의 모습에 한 차례 난처한 표정을 짓던 트리나가 정중한 태도로 앞서의 내용을 재차 언급했다.

"심판자께서는 한동안 이곳에 머무르게 되실 예정이시니, 두 분께서는 먼저 출발하셔도 된다고 전해오셨습니다."

당연하게도 궁금한 건 하나였다.

"그가 그렇게 말했나요?"

셰릴은 에던의 의견인지를 묻고 있었다. 여인의 촉이라고 해야 할까? 다른 어떠한 개입이 있을지도 모른다는 예감을 받은 것이다.

이에 트리나가 재차 난처한 얼굴로 셰릴과 레일라를 바라봤다. 진실을 말해줘도 되는지 갈등하던 그녀가 이내 할 수 없다는 듯 입을 열었다.

"…로드께서 전하신 말씀이십니다."

"설마…."

"예. 드래곤 로드이신 크라이드만님의 전언이십니다."

두 여인의 얼굴에 살짝 불신의 빛이 스쳐갔다. 그도 그럴 게 크라이드만이 치매라는 사실을 잘 알고 있는 까닭이었다.

짐작하고 있던 반응인 듯, 트리나가 쓰게 웃으며 이야기를 이었다.

"아시다시피 치매라는 게, 평생 제정신이 아닌 상태로 지내는 건 아닙니다."

충분한 대답이었건만, 두 여인은 여전히 표정을 고치지 않은 채 트리나를 응시하고 있었다. 어쩔 수 없는 일이었다.

그녀들에게는 이제 너무나 소중해져버린 에던과 관련된 내용이 아니던가. 벌써 한 달 남짓한 시간을 떨어져 지냈고, 거기에 더해 이제는 더욱 긴 시간이 될지도 모를 시간을 그와 멀어지라 이야기하고 있는 것이다.

먼저 출발하라던 내용에서 짐작할 수 있는 부분이었다.

"기다리겠습니다."

가만히 듣고만 있던 레일라가 문득 입을 여는가 싶더니,

그 같은 발언과 함께 둘 사이에 끼어들었다.

이건 또 무슨 소리인가 싶어 셰릴과 트리나가 그녀를 돌아봤다.

"어차피 당장 바깥에 나가봐야 할 일도 없으니, 저는 이곳에서 그가 돌아오기를 기다리도록 하겠습니다."

그리고는 셰릴를 돌아보며 말을 이었다.

"너는 먼저 출발하도록 해."

"무슨… 뜻이지?"

"잘 알잖아. 혼자인 나와 다르게, 너는 한 단체를 이끄는 몸이야."

때문에 마음껏 시간을 할애할 수가 없는 것이다.

물론, 앞서 언급했듯이 레드문이 그녀 없이도 돌아갈 수 있을 정도로 체계가 잘 갖춰진 단체라는 건 사실이었다.

하지만 그렇다고 해서 오랜 시간 자리를 비워도 된다는 건 아니었다.

어찌 되었건 레드문이라는 단체는 밤의 여왕이라는 중심축이 있기에 순조로운 항해를 할 수 있는 것이 아니던가.

특히, 지금 그들은 암전을 상대로 칼을 뽑아든 상황이었고, 저 용병계의 전설이라는 루딘 용병단과 연계를 이어나가는 중이기도 했다.

갑작스러운 일정으로 그들과의 연합에 차질이 생긴 건 분명한 사실이었다. 그런 와중에 또 다시 시간이 지체될 상황이 들이닥친 것이다.

그 거대한 계획의 한 축을 담당하는 레드문의 수장이 자리에 없다는 건, 여러모로 말썽이 생길 여지가 다분하단 의미기이도 했다.

그나마 다행이라면, 이곳으로 들어오기 전 암전에 제대로 한 방 먹이고 왔다는 것이었다.

아마도 한동안은 암전 역시도 몸을 사리고 있을 확률이 높기에, 당장 말썽이 발생하지는 않을 거라 여겼다.

물론, 그 시간이 길어지면 길어질수록 어찌 될지 모른다는 것 역시도 분명한 사실이기는 했다.

셰릴이 입술을 잘근 깨물며 레일라를 바라보다 저 높은 세계수의 정상 부근으로 시선을 던졌다. 그렇게 한참 고개를 꺾고 있던 그녀가 다시금 레일라에게로 시선을 내리며 입을 열었다.

"나 없다고 허튼 짓이라도 하면, 가만 안 둘 거야!"

그녀의 이야기에 레일라가 짧게 실소하며 답했다.

"걱정 마. 어차피 나는 그 하나만 바라보고서 여기에 머무르려는 게 아니니까."

에던을 위한 마음도 있지만, 그녀 개인의 욕심 역시도 크게 작용했다.

정령술 그리고 원소마법!

그녀에게 필요한 공부들이 이곳에는 널려있었다. 당장 이곳에서 머물며, 이 공간의 맑은 공기를 받아들이는 것만으로도 정령력의 향상에 도움이 되었다.

레-그라자!

세계수의 품 안에 존재하는 것만으로도 정령들의 웃음소리가 커지는 걸 느끼고 있었다.

뿐만 아니라 그 영역 가득 흘러넘치는 순수한 마나의 향기는 마법적으로도 큰 도움을 얻는 계기가 될 거란 예감을 줬다.

셰릴의 존재로 인해, 더더욱 스스로의 부족함을 느끼고 있던 만큼, 그녀에게는 지금 이 장소가 더욱 절실할 수밖에 없었다.

"당장 내게 쓸 시간도 부족한 판국이야."

거기까지 이야기하던 레일라가 트리나를 향해 물었다.

"여기에 좀 더 머물러도 괜찮은 거죠?"

고대로부터 신의 사자의 곁을 지키는 동료들도 그 사자의 일부로써 여겨져 왔다. 에던만큼은 아니겠으나 셰릴과 레일라 역시도 귀한 손님인 것이다.

'동료라고 하기 보다는….'

연인이라는 의미가 더 강해보였지만, 어쨌든 중요한 건 에던과 함께한다는 점이었다.

"괜찮습니다."

트리나가 허락의 뜻을 내비치며 고개를 끄덕였다. 만족스런 대답에 레일라가 옅게 미소를 지어보이더니, 다시금 셰릴을 바라보며 입을 열었다.

"먼저 출발해서 바깥 정리나 좀 하고 있어."

셰릴이 나직한 한숨과 함께 결국 한 걸음 물러났다.

"너무 늦진 않는 게 좋을 거야."

그리고는 트리나를 향해 묻는다.

"바깥까지 혼자 보내는 건 아니겠죠?"

아무리 그녀라 할지라도 침묵의 숲을 홀로 걸을 용기는 없었다. 몰랐다면 모를까 이미 경험을 했기에, 더더욱 저들 엘프들의 안내가 필요했다.

특히, 세계수의 잎사귀로 피어내는 정화의 불길은 침묵의 숲을 가로지르기 위해서는 필히 챙겨야 할 재료였다.

"직접 안내해 드리겠습니다."

트리나가 그리 말하며 앞장섰고, 셰릴은 레일라와의 마지막 눈싸움을 끝으로 그 뒤를 따랐다.

❖ ✣ ❖

그건 실로 가벼운 손짓일 뿐이었다.

콰아아아…

하지만 거기에서 발생한 여파는 실로 어마어마했다.

"이런, 미친!"

욕지거리를 삼킬 정신도 없던지, 에던은 거침없이 욕설을 게워내며 이리저리 몸을 날렸다.

마치 태풍이 몰아친 듯, 사나운 폭풍우가 그가 서 있던 자리를 휩쓸고 지나갔다.

"마법은 안 쓴다며!"

버럭 성을 내지르면서 전방을 바라봤다. 히쭉히쭉 웃어 보이는 소년이 보였다.

크라이드만!

최후의 용족이자 마지막 드래곤 로드라고 불리는 존재가 바로 그 정체였으나, 에던은 주저 없이 또 아낌없이 욕지거리를 퍼붓고 있었다.

"빌어먹을 지랄 같은 도마뱀…."

이리 대할 수 있는 이유라고 한다면, 아주 간단했다.

"크롸롸롸롸롸-!"

로드의 치매가 다시금 발발한 까닭이었다.

[걱정 말게나. 나도 전력으로 상대하지는 않을 테니까.]

새로운 시련이 시작되기 전, 크라이드만이 했던 이야기가 떠올랐다.

설마하니 그게 이런 의미일 줄이야.

치매 상태의 크라이드만을 상대하는 게, 새로운 시련의 정체일 줄은 정말로 생각지도 못한 부분이었다.

크라이드만이 했던 이야기는 그것뿐만이 아니었다.

[마법은 안 쓸 테니까 걱정 말게.]

그 끝에 희미하니 흘리듯 중얼거렸던 내용이 뒤늦게 떠올랐다.

[아마도….]

바로 그 부분이 중요했다.

치매로 제정신이 아닌 상태의 자신을 어찌 확신할 수 있겠는가. 그저 그럴 것이란 짐작 정도만 이야기할 뿐이었다.

그리고 상황은 짐작했던 구도를 아낌없이 벗어났다.

콰아아아…

또 다시 사나운 폭풍우가 그를 덮쳐왔다. 그 사이사이 회오리치는 불길이 눈에 비쳤다.

"염-병!"

누가 봐도 저건 마법이었다. 단호하게 확신할 수 있었다.

"구라장이 도마배-앰!"

불의 폭풍우 속에서 에던의 처절한 절규가 울려 퍼졌다.

◈ ✣ ◈

에체르는 새삼스런 얼굴로 인간과 드래곤의 격전지를 바라봤다.

좀 더 정확히는 그 시선이 인간을 향해있다고 봐야 옳았다. 어찌 보면 당연한 일이었다. 드래곤을 상대로 저처럼 버텨내고 있다는 것 자체가 이미 경이로운 일이었다.

이는 시각적인 부분 외에도 청각적인 면에서도 적용되는 현상이었다.

인간 세상에는 저토록 많은 욕지거리가 있다는 걸 알게 되는 계기가 되었다고나 할까?

"대단해!"

또 다른 의미로써 감탄이 나오는 부분이었다.

어찌 되었건 중요한 건, 에던이 드래곤 로드인 크라이드만을 상대로 잘 버텨내고 있다는 점이었다.

비록 치매로 인해 그 상태가 정상이 아닌데다가 폴리모프 상태로 인한 힘의 감소효과가 있다고는 하나, 분명한 건 크라이드만은 이곳 세상을 대표하는 절대자인 드래곤 로드라는 것이다.

아무리 그 힘이 쇠퇴했을지언정 인간이 감당할 수 있는 영역의 것이 아니었다.

크라이드만이 스스로 걸어둔 제약으로 인해, 마법을 제대로 사용할 수 없다고는 하나, 그 육신이 지닌 능력만으로도 인간들이 말하는 초월자의 영역을 아득히 뛰어넘기에 충분했다.

대개 드래곤을 이야기할 때, 마법의 조종 혹은 마나의 인도자라는 표현을 하고는 한다.

수많은 이야기나 동화 그리고 전설과 신화 속에서 마법적인 부분으로 그들의 이미지를 굳히는 것이다. 하지만 이는 잘못된 생각이었다.

수천년의 세월을 살아가는 그들이지만, 오로지 조율자의 역할에만 전념하는 건 아니었다.

[유희!]

그들에게도 나름 '휴가'라 할 만한 시간이 있었다. 이는 수면기에 접어드는 '휴식'과는 다른 개념으로써, 드래곤이라는 그들의 굴레에서 벗어나, 새로운 삶을 경험하고 생활하면서 정신적인 해방감을 느끼는 것이다.

거기에는 인간이나 엘프 뿐만 아니라 각종 몬스터와 짐승 그리고 동물도 있었고, 심지어는 식물의 삶을 겪는 이들도 존재했다.

새 삶을 경험하는 건, 그들의 정신적 해방감을 위한 것이면서, 동시에 세상을 좀 더 이해하는 지침대가 되어주면서, 종래에는 그들이 조율자로써 바로 설 수 있는 토대로써 작용하고는 했다.

그처럼 다양한 삶을 경험하는 한편, 그 삶의 방식 역시도 다양한 각도에서 관찰하고 체험하고는 하는데, 거기에는 직업적인 선택지가 필히 포함되고는 했다.

가장 자신할 수 있는 마법사로써의 체험을 시작으로 때로는 장사꾼이 되기도 하며, 해적이나 산적처럼 범죄를 저지르는 시기도 있었고, 그저 평범히 농사를 짓는 농부로써의 삶도 체험하고는 했다.

그리고 그 안에는 '기사' 로써의 삶 역시도 존재했는데, 당연하게도 그들 드래곤은 유희라고 하여 그 생활을 가볍게 여기지는 않았다.

열정적으로 그 삶을 영위했고, 당연하게도 맡은바 역할을 높은 수준까지 완성시키는 건 기본이었다.

'레어에 쌓여있는 검술서적들 중 일부만 공부해도… 충분히 한 시대를 풍미 할 만하지.'

말인 즉, 마법적인 영역 못지않게 육체적인 능력 역시도 탁월하다는 의미였다.

'게다가… 비록 폴리모프 상태라고는 하지만, 그이의 넘치는 마나가 저 작은 육신에 넘실거리고 있는 상황이니까.'

넘쳐나는 마나가 자그마한 육신을 변화시키며, 인간 한계를 훌쩍 넘어서는 괴력으로 표현되고 있었다.

정신이 온전하다면 이를 조정하여 힘을 평균치까지 떨어트리겠지만, 현재 크라이드만은 치매로 인해 괴력의 조절이 불가능했다.

오우거나 트롤 정도는 가볍게 씹어 먹는다는 사이클롭스를 발차기 한방에 제압했던 걸 생각해 본다면, 충분히 그의 괴력을 짐작하고도 남았다.

말 그대로 작은 거인이라는 말이 아깝지 않은 게 크라이드만의 현재 상태인 것이다.

괴력 그 자체만으로도 최강의 몬스터나 다를 게 없었다.

"마법 안 쓴다며!"

에던의 비명성과 함께 또 다시 불길이 피어오르는 게 보였다.

화르르륵….

정신이 온전치 않으니 본능적으로 발현되는 마법 정도는 애교로 봐주면 될 터였다.

"씨이-바아악…."

박 터지는 소리가 시원하게 울려 퍼졌다.

솔직히, 당하는 입장에서는 가운데 손가락을 세우고도 남을 일이었다.

❖ ✣ ❖

갑작스러운 연락 두절에 당황한 건 분명 사실이었다. 하지만 하나의 단체를 오래도록 이끌어오며, 나름의 명성이라 할 만한 걸 쌓아올린 노련함 덕분일까?

능숙하게 상황에 대처하며 일시적이나마 시간을 벌 수 있는 계획을 짜고, 주저 없이 이를 실행하며 흐름을 조절했다.

[루딘 용병단!]

그들은 현존하는 최강의 용병단이었다. 갑작스런 돌발상황에 무너진다면야 '전설'이라 불릴 이유도 없었다.

부단장인 아헬트는 침착히 상황을 대처하는 한편, 에던과 레일라에 대한 정보를 수집하기 위한 노력을 아끼지 않았다.

크게 어렵지는 않았다.

[레드문!]

연계중인 정보단체의 수준이 대륙 최강수준인 덕분에, 손쉽게 그들의 정보를 얻어낼 수 있었다.

"침묵의 숲이라…."

생각지도 못한 장소였다. 뿐만 아니라 그들의 갑작스런

여정과 목적지에 대해서도 뜻밖이었다.

"설마, 엘프들의 호위라니."

그것은 루딘 용병단도 해 본적 없는 의뢰였다. 그야말로 용병왕이라는 목표에 걸맞은 일화가 아닐까 하는 생각이 들었다.

음유시인들을 통해서 에던의 이야기를 전할 때, 한 번쯤 언급해도 괜찮겠다고 여겼다. 일단 엘프라는 존재의 등장만으로도 관심을 끌기에는 충분할 터였다.

'구성만 잘 갖춘다면….'

그 자체만으로도 훌륭한 노래 한 자락은 나올 듯싶었다.

'지금 중요한 건, 이게 아니지.'

고개를 휘휘 저으며 잡생각을 떨쳐낸 아헬트가 레드문에 의해 들어온 소식을 다시금 떠올렸다.

'한동안은 움직일 수 없다라….'

침묵의 숲에서 개인적인 일을 처리하고 있다는 내용이었는데, 이 부분이 또 흥미로웠다.

'숲을 다녀왔다는 의미겠지.'

그렇지 않고서야 어찌 숲 안에서의 일을 전해올 수 있겠는가. 진정 중요한 대목은 이 다음이었다.

'그가 나오기 전에는 찾을 수 없다라….'

암전과의 결전을 잠정적으로 연기하며, 일단은 대치상황으로 유도하라는 것이다. 말 그대로 기다리라는 의미이기도 했다.

암전과의 대치라면 오래도록 해 왔던 일이니만큼 어려울 게 없었다. 단지, 그 기간이 얼마나 길게 이어질 것인가가 문제였다.

막 불을 지피려는 찰나에 물을 붓는 상황은 피하고 싶었다.

'그나마 다행이라면….'

최근 중앙대륙에서 활동하는 암전의 요원들이 몸을 사리는 느낌을 받았다는 것이다.

이유라면 그도 잘 알았다.

침묵의 숲으로 향하기 전, 에던 일행과 암전의 치열했던 격전에 대해서, 레드문을 통해 전달 받은 까닭이었다.

'일천이었다고 했으니….'

계산을 해 본 결과, 아마도 중앙 대륙의 암전은 그 중심 전력 대부분이 소실되었다는 결론을 내릴 수 있었다.

'대치상황도 중요하지만.'

그것도 전력이 비슷할 때나 취하는 행동이었다. 우선은 중앙 대륙의 암전세력을 몰아낼 수 있는 부분까지 몰아붙일 생각이었다.

자칫 궁지에 몰린 쥐가 고양이를 무는 상황이 올 수도 있지만, 그 흐름을 잘 조절한다면 문제없을 거라 여겼다.

루딘과 아헬트 본인의 역량을 믿었다.

특히, 지금 상황에서 대치한다고 몸을 사린다면, 오히려 저들의 의심을 사기 십상이었다.

들이쳐야 할 때와 빠져야 할 때를 아는 것!

루딘을 지금의 위치까지 끌어올릴 수 있었던 건, 바로 그 같은 흐름을 관통하는 판단력 덕분이었다.

'지금은….'

일단 저지르고 볼 때였다.

❖ ✣ ❖

지난 격전의 영향 덕분일까?

'상황이 악화되기는커녕, 더 좋아졌는데.'

레드문으로 복귀한 셰릴은 암전의 움직임이 상당부분 위축되어 있음을 알고는 만족스레 고개를 끄덕여야만 했다.

확실히 침묵의 숲으로 향하기 전, 저들 암전의 정예와 겨뤘던 일전은 상상이상으로 치열했었다.

만일, 그녀 혼자였다면?

'어려웠겠지.'

그것은 레일라의 도움을 더한다고 해도 마찬가지였다. 먼저 상대했던 구백의 사냥개는 문제가 아니었다.

에던을 상대하던 일백의 실력자들이 문제였다. 아마 에던과 레일라 단 둘뿐이었더라면, 당했을 수도 있다는 생각이 들 만큼, 그들 일백의 실력자들은 위협적이었다.

'암전에게도 그만한 전력의 손실은 치명적이었겠지.'

저들의 위축된 행동이 그 증거이리라.

'루딘… 상황판단을 잘 했군.'

대치하라며 조언을 던져주기는 했지만, 그대로 따랐다면 조금 실망했을 것이다. 하지만 과연 루딘이라고 해야 할까?

저들은 기회를 놓치지 않고 제대로 흔들 줄 알았다.

'일단, 시간 하나는 확실히 벌었네.'

사신 운트가 그 이름을 걸고 직접적으로 활동하는 건 아니지만, 루딘의 행동을 통해서 저들 암전은 더욱 많은 생각을 하게 될 것이고, 그만큼 경계를 할 수밖에 없을 터였다.

남은 문제는 하나뿐이었다.

'…너무 오래 걸리면 안 될 텐데.'

에던의 복귀가 얼마나 길어지는가.

자칫, 판을 벌린 주최자가 사라져버리는 상황만큼은 피해야했다.

'저쪽에서도 어느 정도는 알고 있겠지.'

암전의 정보력을 결코 얕보지는 않았다. 때문에 에던의 행적이나 동선을 예측해서 침묵의 숲에 관해서도 알아냈을 것으로 짐작했다.

레드문의 그림자들이라면 충분히 그 정도는 해낼 것이기에, 저들 역시도 가능할거라 여겼다.

'숲에 들어가지는 못하겠지만….'

이 부분 역시도 레드문의 수장으로써 내리는 판단이었다. 침묵의 숲을 모르는 당시에도 이 같은 결정을 내렸을 것이다.

알고 있는 지금에야 당연히 숲을 넘보는 건, 절대 해서는 안 될 결정이라는 걸 알고 있었다.

'차라리 숲에 발을 들여 준다면 고맙겠는데.'

결코 그럴 일은 없을 거라 여겼다.

그 같은 요행이 아니더라도, 루딘의 움직임을 기점으로 정보를 조작하고 이리저리 암전을 찔러댄다면, 충분히 저들에게 혼란을 줄 수 있을 터였다.

단지, 그 기간이 길어진다면 결국 저들도 눈치를 챌 것이고, 여차하면 판의 주인이 바뀌는 상황이 벌어질 수도 있었다.

[망자!]

저들이 지닌 최강의 패는 에던으로 인해 묶여있었다. 자칫 그의 공백이 발각되면서, 그 봉인이 해제되는 건 막아야 했다.

'이달 안에는 돌아와야 할 텐데….'

그녀의 간절한 바람과 달리, 에던의 복귀는 그 달을 넘어 그 계절을 건너고, 그렇게 한 해가 지나도록 이뤄지지 않았다.

❖ ✣ ❖

비명과 절규 그리고 처절함의 삼박자가 고루 잘 어우러진 치열한 격전의 현장 속에서, 에던은 하루가 다르게 변화하는 자신을 느낄 수 있었다.

원치 않은 경험이라지만 분명 그는 성장하는 중이었다.

'두 대 맞을 게 한 대로 줄었으니까…'

생각하고 보면 비참하지만, 어쨌든 몸의 피멍자국들이 점차적으로 줄어들고 있다는 건 확실했다.

단지, 그렇게 줄었음에도 전신이 시푸르딩딩 한 까닭에, 외형적으로는 큰 변화가 없다는 게 문제였지만, 당하는 입장에서는 확연히 느끼고 실감하는 부분이었다.

그간의 경험은 여러모로 놀라운 것들 투성이었다.

"설마… 1년을 내리 두들겨 맞는 날이 올 줄이야."

하루도 빼지 않고 착실히 두드려대는 크라이드만의 구타에는 그야말로 몸서리가 쳐질 정도였다.

더욱 소름끼치는 건, 식사시간과 수면시간을 철저히 지킨다는 점이었다.

'…정말, 치매 맞아?'

어쩌면 연기가 아닐까?

그런 의문마저 들 정도로 규칙적인 생활을 지키고 있다는 것이다. 그 같은 규칙 속에 에던의 향한 구타가 끼어있다는 게 눈물 나는 부분이었다.

물론, 냉정히 생각해보면 그 규칙들이 죄다 크라이드만의 개인적인 욕구에 의한 것임을 생각한다면, 그게 또 크게 이상하지는 않았다.

배가 고프니 밥을 먹는 것이고, 피곤하니까 잠을 자는 것이다.

단지, 그 시간이 철저히 규칙적일 뿐이었다. 에체르는 그 부분에 대해서 이리 설명했다.

[치매라고는 하지만, 그분은 여전히 조율자랍니다.]

그의 본능이 육신을 위한 생활 패턴을 철저히 따르고 있단 것이다.

허면 에던을 향한 구타는 어찌 설명해야 하는가.

'때리고 싶어서 때리는 거냐? 내가 그렇게 찰지게 생겼어? 구타를 유발하는 얼굴이냐고?'

굳이 묻는다면, 이 역시도 그에 합당한 이유가 준비되어 있었다.

[그이가 심판자님께 약간 장난을 치셔서 그래요.]

어떤 장난인지는 대답해주지 않았지만, 저 철저하면서도 규칙적인 구타를 생각해 본다면, 결코 긍정적인 내용은 아닐 거라 여겼다.

신기한 점이 있다면, 격전이라는 이름의 구타가 치러지는 현장이었다.

한 해가 다 가도록 이곳에서 잔혹할 수준의 구타가 이뤄졌다. 생존을 위한 몸부림 덕분에, 어지간한 연무장이라면 폐허가 되고 가루가 될 정도로 처절했다.

헌데도 불구하고 이곳은 처음 모습 그대로 변함이 없었다.

사자검을 취했던 그 장소가 고스란히 격전지로 변한 것인데, 이곳은 처음에 발을 들였던 모습 그대로였다.

세계수 레-그라자가 지닌 특별함일까?

물론, 그 같은 연유도 있겠지만, 실질적인 이유는 따로 있었다.

[오래 전부터 그이와 제가 준비해온 거랍니다.]

에체르는 그리 답하며 의문을 해결해줬다.

애초에 이곳 사자검의 봉인지에는 다양한 마법들이 깔려 있었다고 한다.

[마신이 내린 신물의 보관 장소니까요.]

사자검의 위험성을 잘 아는 드래곤들은 오래전부터 꾸준히 다양한 방법으로 마법에 마법을 덧씌워왔다.

크라이드만이 비록 온전치 못한 상태라고는 하나, 그 곁에 약간의 부가적인 마법을 더하는 정도는 얼마든지 할 수 있었다.

물론, 이 정도의 마법들이 멀쩡히 중첩될 수 있다는 점에서, 세계수의 특별함을 언급할 수 있지만, 굳이 거기까지는 언급되지 않았다.

중간중간 치매로 인해 문제가 발생할 때는 에체르가 한팔 거들면서 마법의 완성을 도왔다.

오랜 세월 크라이드만의 곁을 지켜온 덕분일까?

그녀는 이미 수호자의 영역을 넘어선지 오래였고, 온전치 않은 드래곤의 보조 정도는 충분히 할 수 있는 역량이 있었다.

그와 그녀의 노력으로 인해, 이곳 사자검의 봉인지는 그야말로 최상의 연무장으로 변화한 상태였다.

크라이드만이 본신으로 변화하여, 지닌바 역량을 온전히 쏟아 붓지 않는 한, 이 공간이 변형되는 일은 결코 일어나지 않을 터였다.

게다가 그 뛰어난 마법적 조치 때문일까?

도망치고 싶어도 이 공간이 그를 놓아주지 않으니, 그야말로 에던으로써는 미치고 팔딱 뛸 노릇이었다.

"하… 하하…."

웃어도 웃는 게 아니었다. 입과 소리는 웃고 있으나 눈시울은 붉어져 촉촉한 물기를 내비치고 있었으니, 그야말로 비극의 주인공이 따로 없었다.

설마, 별의 영역에 오른 이후에도 이런 비참한 삶이 기다리고 있을 줄이야.

'초월자는 무슨….'

진정 초월적 존재와 함께 생활하는 덕분인지, 새삼 '초인' 이라는 단어가 민망했고, 별의 영역이라는 낯 뜨거웠다.

"염병…."

반드시 아픈 만큼 성숙해지리라.

'부디, 저 빌어먹을 도마뱀의 명치에 한방을….'

새해 첫 날,

세계수의 정상에서 떠오르는 햇살을 맞이하며, 그는 그렇게 빌고 또 빌었다.

❖ ✣ ❖

누가 봐도 일방적인 구타로 보이는 것, 그게 에던과 크라이드만 사이에 벌어지는 격전의 풍경이었다.

하지만 에체르는 그 사이에 숨겨진 변화를 느낄 수 있었다.

[에던의 성장!]

분명 그 같은 이유로 인해, 그의 부상정도가 점차적으로 나아지고 있는 건 사실이었다.

하지만 그녀는 또 다른 진실이 숨어있음을 알았다.

'그가….'

크라이드만이 손속에 사정을 두기 시작한 것이다.

치매의 여파로 인해 크라이드만은 스스로를 통제하지 못한다. 때문에 에던을 향한 손짓과 발짓에 주저함이 없었다.

이는 그들의 격전이 시작되던 순간부터 쭈욱 변함없이 이어져왔다.

하지만 어느 순간을 기점으로 그의 공격에서 미세한 흔들림을 느꼈다. 그녀가 수호자의 한계 그 너머에 이르면서, 남다른 감각을 깨우친 덕분에 파악해낼 수 있던 부분이었다.

아주 작은 변화였다.

하지만 그녀는 이를 놓치지 않고 잡아챘다.

'…그가 깨어나고 있어!'

기다리던 순간이 다가오고 있었다.

이는 즉, 마지막이 가까워온다는 뜻이며, 그와 동시에 에던이 온전한 심판자로 거듭난다는 의미이기도 했다.

'그의 예상이 맞았다는 거겠지.'

기쁨과 슬픔이 어우러진 복잡한 미소를 그리던 에체르가 가만히 두 눈을 감았다.

밝아오는 새해 첫 햇살이 그녀의 전신 가득 쏟아져 내렸다.

❖ ✣ ❖

사자검!

이는 마신이 직접 이곳 세상에 내린 그의 신물이었다.

그것은 심판자를 키워내고 그들로 하여금 삶과 죽음을 관장할 수 있도록 부여한 신물로써, 오롯한 마신의 권능이 그 안에 담겨있다고 봐도 과언이 아니리라.

크라이드만은 바로 이 부분에 주목했다.

[마신의 권능!]

이는 그의 권속에게는 절대적일 확률이 높았다.

과거, 마왕과의 일전당시, 마신의 사자였던 스텐이 마왕의 영향력에서 상당부분 자유로웠던 걸 떠올리면, 그 권능의 범위도 충분히 예측 가능한 부분이었다.

어쩌면 현 상황을 타개할 수 있는 방안도 거기에 있을 것이라고 여겼다.

그의 병명이 치매라고 불리지만, 실질적으로는 마왕의 저주들 일부가 몸 안에 스며들면서, 쉴 새 없이 그의 정신을 갉아먹는 현상이었다.

그 와중에 정신이 날아가 버리면서 치매현상을 일으키는 것이었는데, 사자검이 지닌 마신의 권능을 잘 이용한다면, 그에게 파고든 저주들을 지워버릴 수 있을지도 모른다는 결론을 내린 것이다.

문제라고 한다면 사자검은 오로지 마신의 사자, 심판자들만이 사용할 수 있다는 점이었다.

마음 같아서는 사자검을 바깥으로 보낸 뒤, 강제적으로 마신의 사자를 각성시키고 싶었지만, 이미 그들 일족의 실수로 인해 사자검은 준비된 심판자가 아니면 그 손길을 허락하지 않았다.

스스로 심판자를 육성시키던 과거의 사자검과는 지닌바 역할이 다른 것이다.

그저 마지막 한 조각을 끼워 맞춰, 심판자의 완성도를 높여주는 것, 딱 거기까지가 지금의 사자검이 지닌 역할이었다.

때문에 오랜 시간을 기다려야만 했다.

'어쩔 수 없지….'

언젠가는 그의 사자가 다시금 세상에 나타나리라 믿고 또 믿으며, 그렇게 기다렸고 그 믿음에 보답하듯 결국 심연의 주인이 그 앞에 나타났다.

어쩌면 스텐 이후의 심판자로써 그가 처음은 아닐지도

모른다.

'하긴, 반만년이나 흘렀으니… 한두 명 정도쯤은 더 나왔어도 이상하진 않지.'

안타깝게도 이를 관측할만한 일족의 조율자가 더 이상 없었고, 마지막 용족이자 최후의 로드라는 그 역시도 정신이 온전치 못한 상태였기에, 이를 확인할 방법은 없었다.

깨어있는 시간과 꿈을 꾸는 시간의 불균형도 반만년이 흐르며 악화되어, 이제는 온전한 시간이 과연 존재하기나 할까 싶을 정도로 그의 삶은 미쳐가고 있었다.

게다가 그들에게 부여된 수명 그 이상을 버텨오면서 발생하는 후유증도 감안해야만 했다.

'냉정하게 판단한다면…내가 온전히 제정신을 찾고 본신으로 돌아간다 해도, 과거의 위엄을 보이기는 어렵겠지.'

어쩔 수 없는 일이었다.

이미 그의 육신은 마나로 돌아가기 위한 준비를 마친 상태로써, 세계수의 권능에 빌어서 그 생을 연장하는 기생수 같은 처지나 다를 게 없었다.

'마지막 사명을 다하기 위해서라도….'

아직 그는 자연의 품으로 돌아가선 안 됐다.

'…에던!'

때문에 그의 존재는 마지막 희망의 등불과도 같았다.

"부디 나를 깨워주길 바라네."

간절히 바라고 또 바랄 뿐이었다.

❖ ✣ ❖

구타 및 가혹행위가 이어지는 처절한 나날이었지만, 에던은 분명 변화를 느끼고 있었다.

당장 두 대 맞을 것 한 대 맞는 것을 제외하더라도, 스스로의 힘이 어디로부터 오는지, 각성감각의 시작이 어디에 있는지를 깨닫게 된 것이다.

명확한 느낌은 아니었다.

그저 스치듯 지나가는 바람결과 같았다. 하지만 그 작은 흔적을 놓치지 않고 끈질기게 물고 늘어진 덕분일까?

기어이 찾아낼 수 있었다.

'머리?'

좀 더 정확히는 정수리 부근에서부터 들이치는 무언가를 느꼈다.

오러는 하복부에 그 중심을 잡고, 마나는 심장어림에 기반을 두고 있으며, 정령사는 머리 꼭대기 정수리 부근에 영력을 모아둔다고 들었다.

그 힘의 비율은 정확히 삼각형을 이루는데, 의미 그대로 오러홀의 그릇이 가장 크다고들 한다.

'가장 낮은 곳에 위치하기 때문이랬나.'

동시에 오러는 육신으로 발현하는 '직접적인 괴력' 인 까닭에 그릇의 용량이 큰 것이라고 했다.

'그 다음이 서클.'

중간에 위치한 이유도 있지만, 마나는 직접적인 괴력의 발현이 아닌, '간접적인 신호' 를 보내고 이를 세상이 받아들여 구현하는 방식이라 들었다.

외부로 그 신호를 발산하기 위한 수준의 마나면 충분한 것이다. 서클의 근원지가 심장어림이기에, 오러홀처럼 과하게 기운을 쌓았다가는 생명에 직접적인 위협이 올 수도 있다는 이유도 컸다.

'그리고 제일 작은 게 영력이었지.'

머리 꼭대기에 그 기운을 모으는 까닭에, 자칫 미쳐버릴 수 있는 위험성으로 인해, 그야말로 정련되고 정화된 기운의 정수들만이 그곳에 머물 수 있다고 들었다.

또한, 정령을 부리는 게 아닌, 그들과 '소통' 을 하며 그들에게 도움을 '요청' 하는 것이라 했다.

말 그대로 그저 대화를 나누는 수준의 기운이면 충분하기에, 정수리의 자그마한 그릇으로도 충분한 것이다.

오히려 가장 순수한 기운만이 그들을 끌어들일 수 있는데다가, 생각과 대화를 나누기 위한 창구를 생각한다면, 정수리에 기운을 쌓는 게 가장 합당하다고도 했다.

이 같은 지식들 대부분이 그저 어딘가에서 주워들은 것들이 아니라, 에체르에게 직접 강의를 받은 내용들이었는데, 이는 크라이드만과의 치열한 격전 사이사이마다 틈틈이 이뤄진 가르침들이었다.

그런 만큼 상당히 신뢰성 있는 내용이며, 수준 높은 공부들이기도 했다.

특히, 영력에 관해서는 결코 의심하지 않았다.

'아무렴!'

무려 엘프들의 첫 번째 수호자가 전한 이야기인 만큼, 믿지 않을 수가 없었다.

'신성모독이지!'

그 순간 어째서인지 에체르의 공격적 가슴이 떠오른 건, 어쩔 수 없는 본능이었다.

'…신성모독이지!'

어찌 되었건, 이 같은 흐름의 근원지로 인해 처음 든 의문은 이거였다.

"각성감각이 영력?"

그도 그럴게 정수리 부근에서 그 기운의 흐름을 느꼈기 때문이었다. 어찌 보면 당연한 의문이었다.

하지만 혼자서는 아무리 생각을 해도 답이 나오질 않았기에, 결국 에체르에게 찾아가 물어야만 했다.

"놀랍군요. 혹시, 사자검이 깨어났나요?"

그녀의 물음에 에던은 쓰게 웃으며 고개를 저었다.

아주 잠시였지만, 사자검이 움직이는 걸 느꼈고, 그와 동시에 힘의 흐름이 일부나마 읽힌 게 전부였다.

그러나 이는 실로 찰나였고, 여전히 사자검은 고철덩이 그 이상의 변화는 보여주질 않고 있었다. 이를 통해서 내린 결론이 또 황당했다.

"그냥… 잠투정을 좀 한 것 같기는 한데."

이야기하고 보니 왠지 비참했다. 하지만 마땅히 드는 생각이 없기에, 그 같은 대답을 내어놓아야만 했다.

'잠꼬대나 잠투정이나.'

다를 게 무어냐고 외치고 싶었지만, 더 고민해봤자 서글퍼지는 까닭에, 이 부분에 대해서는 너무 깊이 파고들지는 않을 생각이었다.

"잠투정이라…."

에체르는 그리 중얼거리다 가볍게 웃어 보인 뒤, 에던의 의문에 대답 답을 내어주었다.

"이곳 정수리 부근에서 그 기운의 흐름이 느껴졌다고 해서, 무조건 영력으로 생각하시면 안 됩니다."

그러면서 예를 든 게 바로 성국의 신관들이었다.

"저들의 신전을 방문해 보면, 머리 위로 밝은 빛 무리를 새겨놓은 그림들을 여럿 찾아볼 수 있습니다."

이는 다양한 의미를 내포하고 있었는데,

"그 중 하나를 들춰보자면, 그들이 신의 계시를 받아들이는 위치가 바로 그곳에 있음을 은유적으로 표현한 것이기도 합니다."

말인 즉,

"성력의 원천이 되는 장소가 바로 정수리라는 것이지요."

그들 엘프를 비롯한 정령사들이 정령과 소통하듯, 신관

역시도 그들이 믿는 신과 소통하기 위한 창구로써 정수리의 통로를 활용하는 것이다.

마신도 어찌되었건 신은 신이었다. 이를 생각한다면 나오는 결론은 결국 하나뿐이었다.

"그럼… 설마, 성력이라는 건가요?"

하지만 에체르는 그저 고개를 저을 뿐이었다.

"글쎄요. 그건, 저 역시 알 수가 없습니다."

단지, 성력과는 또 다를 것이란 추측만이 전부였다.

에던의 육신은 시간이 지날수록 강건해지고 있었다. 그저 소통만을 위한 창구로써 활용되는 기운과는 또 달랐다.

정령사나 신관도 영력을 통해 성장을 하나, 그들의 육신 자체가 강건한 건 아니었다.

'마치….'

전신에 걸쳐서 그 기운이 뻗어있는 느낌이랄까?

크라이드만과의 결전 내내, 곁에서 지켜보고 관찰한 결과가 그리 말해주고 있었다.

머리로 받아들이고 육신이 이를 소화한다.

언뜻 성기사들을 연상시키지만, 그들과는 또 다른 느낌이었다.

알려지진 않았으나 성기사 역시 오러홀을 비롯하여 그들 나름의 연공법이 존재했다.

문득, 생각나는 게 있던지, 에체르의 눈가에 이채가 스쳤다.

'…몽크?'

확실히 그들에게 좀 더 가깝다는 느낌이 들었다. 지독한 고행 끝에, 말 그대로 육체적인 개조를 해버리는 그들의 공부와 얼핏 닮아있다는 느낌이었다.

그들은 오러홀을 따로 개발하지 않는다.

'순수하게 신의 의지만으로 육신을 개발하는 고행.'

제 몸을 부수고 박살내고 또 으스러트린 뒤, 신의 의지로 회복 및 개조하는 과정을 반복하는 것이다.

그 과정에서 오러홀이라 할 만한 개념이 형성되기는 하나, 성기사들처럼 오러홀에 기반을 둔 채 성장하는 건 아니었다.

단순할 정도로 지독한 고행의 결과라고 해야 할까?

그들 몽크의 육신에는 신의 의지가 촘촘히 새겨져 있었다. 뼈마디 하나하나까지 성력이 깃들어있다고 봐도 과언이 아닌 것이다.

강제적으로 변화를 이뤄낸 것이기에, 일반적인 신관이나 정령사와는 다르다고 볼 수 있었다.

또한, 정령사의 대표주자라 할 수 있는 엘프들의 경우에는 그저 종족적인 특성일 뿐이지, 영력을 통해 육신이 개발된 건 아니었다.

이 같은 시각에서 생각해 본다면, 에던은 여러모로 몽크를 연상시키는 부분들이 있었다.

'그의 생각처럼 성력인걸까?'

하지만 오랜 세월 쌓아온 경험과 수호자의 한계 너머에 이른 그녀의 특별한 감각들이 이를 부정하고 있었다. 그것과는 다른 무언가가 있을 거라 외쳐댔다.

'오히려 그 반대되는….'

거기에서 불현 듯 떠오르는 단어가 있었다.

'…마기?'

등줄기를 타고 오르는 전율을 느꼈다.

'맙소사!'

분명, 그럴싸한 가정이라는 예감이 들었다.

'하지만…마기에 취한 인간이 멀쩡할 리가 없는데?'

의문이 끝도 없이 이어졌다.

크라이드만과의 격전 중에 드문드문 느껴지는 에던의 독특한 기운이 있었지만, 분명 그녀가 아는 마기와는 달랐다.

'…혹시, 성녀와 신관의 차이가 아닐까?'

같은 성력을 발휘하지만, 그들이 내비치는 신의 의지는 극명한 차이점을 보여주고는 했다.

"끄응… 성경책이라도 하나 구입해야 되나."

뜬금없는 갈등에 빠져있는 에던의 모습이 보였다.

그 모습이 마기에 지배되거나 미쳐버린 것과는 전혀 달랐다.

'하아… 모르겠어.'

그녀가 아는 지식으로는 이렇다 할 결론을 내리기가 어렵다는 걸 인정해야만 했다.

어렵사리 추측해서 내린 결론은 결국 하나였다.

[순도!]

어쩌면 가장 순수한 마기는 저와 같지 않을까?

이곳 침묵의 숲 한편에 남아있는 마왕의 잔재 역시도 순도 면에서는 부족함이 있던 걸지도 모른다.

만약, 그녀의 가설이 맞다면?

'마신의 사자!'

새삼스럽지만 그 단어가 너무도 적절하게 여겨졌다.

❖ ✣ ❖

새해가 밝고 그 이후로 한 번의 계절이 더 변화를 맞이할 시기가 지났을 즈음, 에던은 처음으로 식후 구타, 일명 '식후타' 가 발생하지 않았다는 사실을 깨달았다.

이전과 달리 너무도 느긋한 모습으로 식후의 여운을 감상하고 있는 소년, 크라이드만의 모습에서 이전과는 다른 무언가를 느꼈다.

평소와 달리 그 눈빛이나 표정 그리고 태도에서 묘한 무게감이 전해져왔다.

'설마….'

에던이 조심스레 한 마디를 입에 담았다.

"…로드?"

그 순간 소년의 고개가 그를 향해 돌아갔다. 그간의 착실한 교육 덕분일까? 조건반사적으로 에던의 몸이 움츠러드는데, 다행스럽게도 주먹이나 발길질은 날아오지 않았다.

"오랜만이군."

소년은 그 말과 함께 히쭉 웃어보였다. 에던은 그제야 안도하며 확신했다.

드디어 크라이드만이 깨어난 것이다.

'이… 씨바….'

감격에 겨워, 평소처럼 욕지거리가 불쑥 튀어나올 뻔 봤지만, 가까스로 이를 삼켜낼 수 있었다.

대신 눈물을 게워내며 그를 바라보기만 할 뿐이었다. 제발 이 시련에 끝을 고해주기를 바라며, 크라이드만을 향해 간절한 눈빛을 내던졌다.

"그동안 고생했네."

과연, 드디어 볕들 날이 오는 것일까?

"조금만 더 고생해주게."

에던의 표정이 구겨졌다.

"이런, 씨바-악!"

분노의 일갈이 터져 나왔다.

그리고,

여느 때와 다를 것 없는 식후타가 이어졌다.

❖ ✣ ❖

치매라고는 하나 그 와중에 발생하는 모든 기준점은 크라이드만이라는 존재 자체에 두고 있었다.

말인 즉,

'그 폭력성이 어디 가는 게 아니라는 뜻이겠지. 크흑!'

에덴은 사지를 바르르 떨며 바닥을 열심히 기었다. 조금이라도 더 '그' 에게서 멀어지기 위한 몸부림이었다.

크라이드만!

깨어난 이후에 발생한 구타는 그야말로 찰진 손맛을 자랑했다.

치매 상태에서 보여주던 구타보다 더욱 체계적이었고, 그런 만큼 더더욱 쫀득한 맛이 있었다.

단지, 너무 끈끈한 게 문제였다.

'살점이 떨어져 나가는 줄 알았네. 씨박!'

애벌레로 변태중인 에덴을 잠시 바라보던 크라이드만이 곁을 돌아보며 팔을 벌렸다. 어느새 다가온 에체르가 포옥 그를 품에 안았다.

아무래도 아직 아이의 몸이다 보니, 그녀에게 안기는 모양새가 될 수밖에 없었다.

'크흐흠! 이 감각을 생각하면….'

오직 아이의 상태에서만 느낄 수 있는 이 푹신함을 떠올린다면, 지금 이 쪼끄만 형태에 불만은 없었다. 오히려 대만족이었다.

그렇게 잠시 서로의 온기를 나누고 난 뒤, 에체르가 그를 품에서 떼어내며 물었다.

"괜찮아요?"

크라이드만이 특유의 미소를 지으며 고개를 끄덕였다.

치매 및 저주증상의 악화로 인해서일까?

언제나 눈을 뜰 때면 저릿한 두통이 머리 한 편을 쑤시는 걸 느껴야만 했다. 치료가 어려운 만큼, 시간이 흐를수록 그 감각은 더해지고 또 늘어만 갔었다.

헌데, 지금은 그 지독한 두통이 전혀 느껴지질 않았다.

"지금처럼 정신이 맑은 건, 정말 오랜만인 것 같아."

그의 이야기에 에체르가 활짝 웃으며 재차 그를 껴안았다. 그 말에 담긴 의미를 잘 아는 까닭이었다.

'나아지고 있어!'

상태가 호전되고 있는 것이다.

"뭐, 덕분에 수명도 확 줄어버린 것 같긴 한데."

크라이드만이 그리 말하며 재차 웃어보였다. 씁쓸한 내용과는 달리 그의 미소는 정말로 밝았다.

이미 그 끝을 고했어야 할 운명이었다.

마지막 사명을 완수하지 못했기에, 억지로 잡아두고 있는 명줄이 아니던가.

"아무래도 당신이 좀 더 도와줘야 할 것 같아."

드래곤이라는 종족의 특성상, 수명이 줄었다는 건 그만

큼의 마나가 소모되었다는 의미와도 같았다. 때문에 마지막 사명을 행하기에는 부족함이 있을 수도 있었다.

홀로 행할 수 있다면 좋겠으나, 아무래도 에체르의 도움을 얻어야 할 모양이었다.

그 때문에 엘프의 순리를 어기며 힘겨운 나날을 보내왔던 부인이었다. 헌데, 거기에 더해 또 다시 고생을 시키게 될 생각을 하니, 여러모로 미안한 마음만 가득했다.

"괜찮아요."

문득, 그 말과 함께 그녀가 그의 등을 토닥였다.

정말로 아이가 된 것 같은 느낌이 들었지만, 이상할 만큼 그 기분이 나쁘지가 않았고, 그 때문인지 그대로 잠시 그녀의 품 안에서 손길을 받아들이고만 있었다.

오래지 않아 다시금 그녀의 품을 벗어난 크라이드만이 저 한편에서 여전히 꿈틀거리는 에던을 바라봤다.

좀 더 정확히는 그의 손에 들린 사자검을 보고 있었는데, 여전히 녹이 덕지덕지 묻어있는 모습을 살피고는 에체르에게 물었다.

"어떤 것 같아?"

"아직까진 깨어나지 않은 것 같아요. 하지만 그의 말을 빌리자면, 잠투정을 하는 것 같다고는 하던데요."

"잠투정이라… 그렇군."

즉각 상황을 이해한 듯, 그가 고개를 끄덕이며 납득했다.

에던에게는 상세히 설명하지 않았으나, 사자검을 깨우는 아주 간단한 방법은 바로 '죽음' 이었다.

물론, 오랜 세월을 잠들어 있던 만큼, 그 죽음의 제물이 제법 성대해야 하겠지만, 중요한 건 사자검의 각성은 심판자와 마찬가지로 생사의 경계에 있다는 점이었다.

이 같은 상황을 염두에 뒀을 때, 마침 그 모든 조건에 부합하는 대상이 코앞에 있었다.

크라이드만!

무려 드래곤이라는 거대한 생명력 덩어리였다. 성대한 제물로써 그만한 존재는 또 없을 것이다.

하지만 그 제물이 제 목숨을 내어주기는커녕, 오히려 검의 주인이 될 심판자를 농락하고 있었다.

자칫, 그 성대한 제물로써 역으로 심판자가 사용될 판국이었다.

맛있는 식사를 차려놓고, 떠먹여 주기는커녕 계속 향기만 피우고 있는 만큼, 잠투정이 나올 수밖에 없을 터였다.

"그래도 덕분에 심연의 흐름 일부를 깨우친 것 같아요."

에체르는 그 말과 함께 에던과 나눴던 대화와 그가 지닌 의문점 그리고 그녀가 추측했던 부분들을 이야기해줬다.

"확실히…."

크라이드만이 손뼉을 '짜악' 치며 그녀의 이야기에 동의했다.

그 소리에 화들짝 놀란 에던이 더욱 열심히 꿈틀거리건 말건, 크라이드만은 에체르의 가설을 두고 깊은 고찰에 빠져들었다.

"…그럴 수 있겠군. 마기… 그래. 그렇군."

생각해보면 아주 간단한 부분이었다.

마신!

그리고 마기!

어찌 그 간단한 걸 떠올리지 못했단 말인가.

애초에 상상도 못했다.

'마치… 성력을 떠올리는 신성한 느낌 때문에 다들 착각한 것이겠지.'

오히려 마신 특유의 신력일거라 여겨왔다.

이미 오랜 고대시절, 그들 일족의 선조가 그 같은 결론을 내렸던 까닭에, 이후의 다른 일족들도 그처럼 여기며 믿어왔다.

때문에 에체르의 가설은 그야말로 충격이며, 동시에 새로운 시각적 깨달음이기도 했다.

'그런 거였나.'

그 순수함이 너무도 짙기에, 오히려 맑게만 느껴졌던 걸지도 모른다.

새삼스러운 얼굴로 에체르에게 시선을 보냈다.

"정말… 당신을 만난 게, 내 인생 최고의 행운인 것 같아."

갑작스런 띄워주기에 그녀가 살포시 웃음으로 화답했다.

"당신 덕분에 내 마지막 사명에 대해… 우리의 마지막에 대해서 확실히 할 수 있을 것 같아."

상당부분 막연하게 여겨졌던 사명이 처음으로 제 모습을 드러내는 것 같았다.

깨달음이 가져다 준 시각적 변화와 발견이었다.

"도움이 되었다니 다행이네요."

그들 부부는 재차 애정표현을 한 뒤, 에던을 향해 시선을 돌렸다.

"그래도… 확실히 사자검이 대단하긴 대단하군. 이 정도까지 마기를 걷어갔을 줄이야."

분명 그들의 대결은 일방적인 구타였다. 하지만 그 와중에 슬쩍슬쩍 에던의 검 끝이 크라이드만을 스쳐갈 때가 있었다.

그 횟수는 뒤로 갈수록 늘어갔고, 점차적으로 크라이드만이 스스로를 자제할 줄 알게 되면서, 에던의 칼끝도 눈에 띄게 예리해진 상황이었다.

그렇게 사자검이 그의 육신을 스쳐갈 때마다 점차적으로 정신을 갉아먹던 마기의 잔재들이 지워져갔다.

마신의 권능이 마왕의 저주보다도 우위에 있다는 걸 확인할 수 있는 결과였다.

아직 그 잔재가 상당부분 남아있기는 하나, 지금 당장은 지독한 두통이 사라진 것만으로도 충분히 만족스러웠다.

덕분에 이전과 달리 사고의 바다를 더 깊이, 더 자유롭게 누릴 수 있는 까닭이었다.

"마음 같아서는 그 뿌리까지 확실히 걷어내고 싶지만, 아무래도 그러기는 쉽지가 않을 것 같아."

사자검의 도움을 얻어 저주를 제법 걷어낸 건 분명 긍정할만한 일이었으나, 그에 대한 반작용처럼 수명 역시 상당 부분 긁혀나갔다.

남은 생명력을 계산해 본 결과, 아무래도 말끔한 상태로 돌아가는 건 무리일 듯싶었다.

'그래도 어찌어찌 사명은 완수할 수 있겠군.'

에체르의 가설과 그로 인해 얻은 깨달음 덕분이었다. 이전이었더라면 감히 확신하기가 어려웠을 터였다.

"그나저나… 정말 많이 성장했군."

크라이드만은 저 한편에서 꿈틀대는 에던을 바라보며 작게 고개를 끄덕였다.

정신을 차린 뒤, 멈춘 듯싶었던 식후타를 이어나간 이유는 에던의 갑작스런 욕설에 발끈했기 때문이 아니었다.

그간 얼마나 성장했는지 확인하기 위함이었다.

'뭐… 유난히 손맛이 좋아서, 좀 즐겨버리긴 했지만.'

몽둥이가 생각날 정도로 찰졌다.

어쨌든 그 덕분에 에던이 어느 정도로 성장했는지도 확실히 깨달을 수 있었다.

'별의 영역 그 너머인가.'

아직까지는 끄트머리에 겨우 발끝을 대고 있는 수준이었지만, 머잖아 그 너머에 당당히 입성하리라 여겨졌다.

고대의 고대까지 포함한 오랜 역사 속에서도 극히 소수의 인원만이 도달했다는 경지가 그를 기다리고 있었다.

함께 마왕을 막아섰던 심판자 스텐, 오래전 최초의 심판자라 불리던 인세의 마왕.

그들과 같은 눈높이에 설 시기가 머지않은 것이다.

'기대되는군.'

에던을 위해 준비된 시련은 아직 끝이 아니기에, 그는 좀 더 성장을 할 필요성이 있었다.

'조금만 더 고생해 주게.'

본능적으로 불길함을 느꼈을까?

저 멀리 에던의 사지가 바르르 떨리는 게 보였다.

❖ ✣ ❖

생각지도 못한 일이었다.

'설마, 레-그라자에서 새해를 맞이하게 될 줄이야.'

레일라의 예상을 한참이나 벗어난 기간이었다. 길어야 한 달, 혹은 한 계절 정도나 될 줄 알았더니, 그 같은 예상을 훌쩍 넘어서 한 해를 보낸 것이다.

나름 의미 있는 시간이라는 건 확실했다.

세계수의 가호 아래, 정령술이 새로운 영역으로 발돋

움을 했으며, 서클링을 채우던 마나의 정순함이 한층 높아졌고, 거기에 더해 트리나의 도움으로 엘프들의 공부를 익히면서, 마법적인 경지 역시도 한 걸음 더 나아가게 되었다.

아직 명확한 형상을 갖춘 건 아니었지만, 분명 그녀의 심장어림에는 일곱 번째 서클이 희미하게나마 새겨져 있었다.

고대하던 마도의 경계에 선 것이다.

드디어 그와 어깨를 나란히 할 수 있다는 기쁨도 잠시, 여전히 그가 내려오지 않고 있음에, 걱정이 늘어가는 건 어쩔 수가 없었다.

혹시 무슨 일이라도 생긴 건 아닐까?

'지금이라도 올라가 봐야 하나?'

에던의 소식을 트리나가 지속적으로 전해준 덕분에 지난 한 해를 버틸 수 있었다. 하지만 그 얼굴도 확인하지 못한 채, 너무 오랜 시간이 흘러버린 까닭일까?

그간 쌓여왔던 걱정들이 새해 첫 햇살과 함께 폭발하려 들었다.

트리나의 꾸준한 만류가 아니었더라면, 결국 세계수의 정상을 향해 도전했을지도 몰랐다.

"너무 늦으면 재미없을 거야!"

셰릴만 무서운 게 아니라는 걸, 확실히 가르쳐 줄 수도 있었다.

물론, 에던은 이미 알고 있다는 게 반전 아닌 반전이었지만, 어쨌든 그녀의 인내심도 점차적으로 그 바닥을 향해 치닫고 있을 즈음, 드디어 기다리던 그가 내려왔다.

새해가 밝고 하나의 계절을 넘어, 어느새 두 번째 계절도 막바지에 이르렀을 무렵이었다.

너무나도 반가운 소식에 자리를 박차고 뛰어나갔다.

하지만 그녀는 감동적인 해후장면을 뒤로한 채, 인상을 와락 구기에 제자리로 돌아와야만 했다.

"하아아아… 이 얼마만의 땅바닥이냐! 하아아아앙…."

미친놈마냥 흙더미 위에서 격정적으로 헤엄을 치는 에던의 광기어린 모습에, 그간 쌓여왔던 그리움들이 마치 신기루마냥 날아가 버린 것이다.

'안 들은 걸로 하자.'

그녀의 머릿속에서 그는 아직 세계수 정상에 있는 걸로 수정되었고, 결국 트리나가 직접 찾아오기 전까지 그를 찾아가지 않았다.

그때까지도 여전히 흙바닥에서 헤엄을 치고 있는 모습에, 가만히 다가가 사뿐히 즈려밟아 주었다.

뿌득…

그의 갈비뼈 부근에서 괴상한 소리가 난 것 같았지만, 무시하며 발끝에 힘을 더했다.

짜릿한 환영식이었다.

6. 별의 너머.

6. 별의 너머.

"고생했네!"

에던은 그토록 기다려왔던 크라이드만의 한마디에 드디어 끝났다는 걸 깨달았다.

감격과 감동의 순간이었다.

허나 그 시간은 길게 이어질 수 없었다. 이어진 내용이 대뜸 발목을 잡으려 든 까닭이었다.

"기왕 고생한 김에, 조금만 더 고생해 줄 수 없겠나?"

그러나 이전과는 다르게 강제성이 덜하다는 느낌에, 일말의 희망을 가질 수 있었다.

"무턱대고 부탁하기는 좀 그러니, 이참에 자네에게 의뢰를 할 생각인데. 어떤가? 마침 자네가 용병이라고 들었는데,

아주 괜찮은 의뢰가 될 걸세."

즉각 고개를 저으며 거절하고 싶었다.

'드래곤의 의뢰라고?'

그 위험도가 얼마나 높을지, 상상도 하기 싫었다. 하지만 바로 그 '드래곤의 의뢰' 라는 이유로 인해, 차마 거절의사를 표할 수가 없었다.

지난 1년 동안 몸으로 새겨온 두려움은 생각에 앞서 본능을 움직이더니, 대뜸 그의 고개를 끄덕이게 만들어 버렸다.

"고맙군."

그 말과 함께 이어진 내용이 또 의외였다.

"암전…이라고 했던가? 그들과 관련된 의뢰라네."

뜬금없는 단체명의 등장에 눈을 동그랗게 떠야만 했다.

"자네가 암전이라는 자들과 대립관계라고 들어서, 조금은 부담 없이 의뢰를 하도록 하지."

'그런 거 원래 없었잖아요.'

"왠지, 눈빛이 묘하군."

"기대감에 반짝이는 겁니다."

"흐음…."

잠시 불필요한 대화의 시간이 오간 뒤, 본격적인 의뢰내용이 언급되었다.

"현자의 돌을 찾아다 주게."

순간, 에던은 자신이 뭔가를 잘못 들었나 싶었다. 그도 그럴게 현자의 돌이라는 건, 이야기나 동화책에서나 나오는 환상의 마도재료가 아니던가.

거기까지 생각하자 새삼 눈앞의 존재를 깨닫고야 말았다.

'하긴… 드래곤도 있는데.'

뿐만 아니라 세계수에 더해 엘프도 만났으며, 저 아래 침묵의 숲에서는 사이클롭스를 비롯한 수많은 환상종들을 다양하게 경험할 수 있었다.

이제 와서 환상의 마도재료가 하나 더해진다고 이상할 건 없었다.

"그들에게 현자의 돌이 있는 겁니까?"

피할 수 없다면 맞아야 된다는 생각으로 겸허히 의외를 받아들이기로 했다.

"아마도 그럴 확률이 높겠지."

그들 암전을 의심하는 이유가 궁금했다.

"자네가 푸른 바람 일족의 마지막 생존자들을 구했다고 들었네."

브렘을 비롯한 일곱 엘프들을 말하는 것이다.

"그 아이들의 몸속에 현자의 돌과 연관된 기운이 담겨있다고 하더군."

트리나를 비롯한 엘프 장로들이 검사를 했고, 최종적으로는 에체르까지 직접 확인한 내용이었다.

"현자의 돌과 비슷한 걸 만들어서 그걸 실험에 사용한 것 같던데, 제법 그럴싸한 수준인 모양이더군."

그 정도로 모방하기 위해서는 기준이 되어줄 진품이 필요하다는 결론이었다.

물론, 진짜에 비한다면야 한참이나 부족한 건 사실이겠으나, 어설프게나마 현자의 돌과 닮은 기운을 뿌린다는 게 중요했다.

"분명히 그들이 가지고 있을 게야."

이 즈음에서 궁금해지는 게 있었다. 마법의 조종이라는 드래곤이 아니던가. 결국 현자의 돌 역시도 그 마법적인 재료의 일부일 뿐이건만, 이렇게 의뢰까지 넣어가며 찾으려는 이유가 무엇일까?

'그만큼 특별한 재료라는 건가?'

이에 대한 대답이 놀라웠다.

"뭐… 아무래도 동족의 심장이니까. 그냥 내버려 두기는 좀 그렇잖나."

'동족? 심장?'

잠시간 그 낯선 단어들의 조합에 적응하지 못하던 에던이었지만, 오래지 않아 그 조합의 결과물을 떠올리고는 경악해야만 했다.

"드래곤 하트!"

어찌나 놀랐던지 그 단어를 입 밖에 토해내고야 말았다.

"그래. 그걸세."

평소처럼 히쭉 웃으며 대답하지만, 그 눈빛에 섞여있는 한 점의 불꽃은 숨길수가 없었다.

그들 일족의 심장이 외부로 나돈다는 게 거슬린 것이리라. 물론, 이를 직접적으로 내비치지는 않았다.

아무래도 그 역시 책임이 있는 까닭이었다.

마지막 용족이자 최후의 로드로써, 그는 전 일족의 레어를 관리해야 할 의무가 있었다.

좀 더 정확히는 주인 없는 레어들을 하나하나 처분한다고 봐야 옳겠으나, 정신이 온전치 못한 만큼 중요한 것들만 따로 회수해왔다.

마왕이 세상에 뿌린 저주들을 거두고, 이를 토대로 침묵의 숲을 가꾸는 한편, 일족의 레어들을 정리하기까지.

온전치 않은 상태의 그에게는 상당히 고된 작업의 연속일 수밖에 없었다.

그 때문일까?

"아무래도 내가 상태가 이래서, 한동안 집안 관리를 제대로 못했더니. 그 사이에 도둑이 든 모양이야."

특히, 최근 천년 동안에는 이곳 침묵의 숲을 벗어나기도 어려울 만큼 상태가 최악이었다.

그나마도 에체르의 경지가 높아지고, 그녀에게 도움을 구하며 최소한의 정리는 할 수 있었지만, 엘프 홀로 감당하기에는 생각보다 일족의 레어가 많았다.

오랜 세월 꾸준히 정리를 해 왔지만, 여전히 남은 수가 상당했고, 이는 그녀 혼자서 해결할 만한 수준이 아니었다.

게다가 레어들이 자리한 위치도 그야말로 가지각색이었다.

산 속에도 자리해 있고, 바다나 깊은 호수 속에도 존재하며, 때로는 지하 깊숙한 곳까지도 터전을 잡고 있었다.

심지어는 하늘 높은 곳에도 그들 일족의 레어는 존재했다.

'하늘은 내 생각에도 좀 과했지.'

자그마한 섬 하나가 구름을 부리며 창공을 누비는데, 하나같이 오랜 세월 일족의 선조로부터 이어져 내려온 레어들인 까닭에, 그 안에 담긴 마법적 조치들이 만만치가 않았다.

'젊은 시절에는 그렇게 멋져보였는데. 처분하려니 그렇게 거슬릴 수가 없네. 쯧!

나이가 들고 온전치 못한 상태로 정리를 하려니, 절로 허리가 휠 지경이었다.

사실, 그간 몸 상태가 상태였던 만큼, 하늘 위의 레어들은 손을 댈 엄두도 내질 못하기도 했다.

그나마 에던의 도움으로 인해 상당부분 병세가 호전되었으니, 마지막 사명을 해결하는 틈틈이 처리를 할 생각이었다.

"암전에게서 심장의 '파편' 을 찾아서 가져다주게."

"…파편이요?"

슬그머니 흘려보내는 단어였건만, 에던은 이를 놓치지

않고 잡아챘다. 이에 크라이드만이 쓰게 웃으며 입을 열었다.

“사실… 일족의 심장은 전부 처리가 끝난 상태라네.”

마왕과의 마지막 일전에 대부분 소멸되었고, 남아있던 것도 시체와 함께 회수했기 때문이다.

그럼에도 불구하고 용의 심장이 바깥세상으로 흘러간 이유는 사실 좀 독특했다.

“알다시피 자네 인간들이 현자의 돌이라고 할 만큼, 우리 일족의 심장이 좀 특별하잖나.”

이 부분은 그들 일족도 공감하는 점이었다.

때문에 그들은 주요한 실험을 할 때면, 틈틈이 자신의 심장을 떼어다가 실험을 하고는 했는데, 몇몇 광적으로 실험에 집착하는 드래곤들은 생명력과 조율자의 역할에 문제가 없을 정도만 남긴 채, 수시로 심장을 뜯어서 관리하는 이들도 있을 정도였다.

말인 즉, 레어에 남아있는 드래곤 하트라는 건, 결국 그들이 직접 생산해낸 거대한 찌꺼기의 결정체라는 의미였다.

그렇다는 건, 결국 암전에 있는 현자의 돌은 온전한 심장이 아니라는 뜻이었고, 이런 이유로 인해 크라이드만이 직접적으로 분노를 표출하지 않은 것이기도 했다.

“쉽지 않은 의뢰라는 건 아네.”

때문에 의뢰비 역시 특별한 걸 내어줘야 한다는 것도

알았다. 피할 수 없어 몰매를 맞는다고 여겼건만, 그 사이로 약초도 발라주려는 모양이었다.

'드래곤의 의뢰비라….'

에던이 기대하는 얼굴로 귀를 기울였다.

"내 레어를 주지. 어떤가?"

"쿨럭!"

헛기침이 튀었다. 일순, 환청인가 싶었다.

"마지막 로드의 레어라면, 그 값으로 부족하진 않겠지."

어이지는 내용으로 봐서는 제대로 들은 모양이었다. 그렇다면 여기서 생각해야 할 의문은 두 가지였다.

[새로운 형태의 치매가 진행 중이다?]

이게 첫 번째,

[대박이다!]

이게 두 번째였다.

당연하게도 모든 상황이나 느낌 그리고 감각들은 후자에 닿아있었다.

"맡겨만 주십시오!"

활짝 웃으며 의뢰주의 손을 잡았다.

어찌나 기뻤던지 지상에 내려오는 내내 입가의 웃음을 감출수가 없었고, 대지에 발을 디딘 이후에는 그 기쁨을 표출하고자, 흙장난으로 반나절이나 시간을 낭비했을 정도였다.

덕분에 레일라의 발길질에 갈비뼈가 으스러질 뻔했던 후폭풍이 있었지만, 어쨌든 그간의 고된 여정을 한방에 보상받는 것 같은 상황으로 인해, 그 모든 게 마냥 즐겁기만 할 따름이었다.

❖ ✣ ❖

바깥으로 출발하기 위한 준비는 그리 오래 걸리지 않았다.

침묵의 숲을 가로지르기 위한 세계수의 잎사귀를 모으는 시간 외에는 크게 지체될만한 일이 없던 까닭이었다.

이곳 레-그라자로 안내해줬던 트리나가 바깥으로의 안내 역시 맡아주었다.

"감사했습니다."

"그간 즐거웠어요!"

"언니, 아저씨. 또 놀러 오세요!"

브렘을 비롯한 푸른 바람 일족의 아이들이 일제히 몰려와 에던과 레일라에게 인사를 건네 왔고, 그간 레일라와 친분을 쌓아왔던 엘프들 역시도 한편에서 그녀와 인사말을 나눴다.

그나마도 레일라의 성격상 그리 많은 이들과 친분을 쌓은 건 아닌 듯, 이 역시 오랜 시간이 필요치는 않았다.

준비를 마치는 사이 인사를 마무리한 에던과 레일라는

트리나의 인도아래 레-그라자의 품을 벗어났다.

바깥으로 나서는 순간, 에던과 레일라는 깜짝 놀라야만 했다. 지난 1년 사이에 많은 변화가 있었던 모양인지, 안전지대로 여겨졌던 부근에서 몬스터들의 기척을 느낀 것이다.

어떻게 된 일인지 의문을 느끼기도 잠시, 이내 안전지대의 중심을 떠올리고는 고개를 끄덕여야만 했다.

[크라이드만!]

그가 지난 한 해 동안 에던과 함께 세계수의 정상에서 생활했던 까닭에, 이곳 안전지대에 대한 영향력이 일부 흐트러진 것이다.

아직까지는 슬금슬금 발을 들이며 간을 보는 정도였지만, 시간이 더 흐른다면 이곳 안전지대도 결국 몬스터들의 터전으로 변해버릴 확률이 높았다.

그 때문일까?

일행은 일찌감치 정화의 불길을 지펴야만 했다.

세계수의 존재감이 피어난 까닭인지, 사방에서 다양한 기척들이 느껴지는 했지만, 불길의 향이 미치는 범위 안으로 발을 들이는 몬스터들은 없었다.

하지만 그럼에도 불구하고 트리나를 비롯한 엘프들은 경계를 늦추지 않았다.

세계수의 흔적을 느끼고 있으면서도 먹이를 찾아서 혹은 별미를 노리며, 이곳 불길의 영역 안으로 들어서는 몬스터들이 존재하는 까닭이었다.

대개 젊어서 혈기가 왕성한 몬스터들이 그 같은 행동을 하고는 했는데, 언급했듯이 혈기가 넘치는 까닭에 더더욱 위협적일 수밖에 없었다. 자제할 줄을 모르는 까닭이었다.

아니나 다를까, 우려했던 사태가 발생하려는지, 저 멀리서부터 하나의 기척이 거리를 좁혀오는 게 느껴졌다.

'사이클롭스!'

정체를 확인한 일행들의 눈가에 이채가 스쳤다.

일행들의 표정은 이곳 숲의 최상위 포식자의 출현에 놀랐다는 느낌보다, 조금은 독특한 몬스터의 생김새에 놀랐다고 하는 게 옳아 보였다.

일행의 앞에 등장한 사이클롭스는 한 쪽 얼굴이 뭉개져 있었는데, 그들은 일제히 그 이유와 더불어 놈의 정체도 알아볼 수 있었다.

"저거, 저번에 그놈… 살아있었네."

1년 전 레-그라자로 향할 때, 크라이드만의 발차기에 저 멀리 날아갔던 바로 그 사이클롭스였다.

"저 하늘의 별이 된 줄 알았더니. 아직 땅에 붙어있었냐."

에던은 그리 중얼거리며 주변을 살폈다.

"허… 저놈도 제정신은 아니네."

비록 그 영역이 모호해지기는 했지만, 그들 일행이 걷고 있는 공간은 안전지대로 불리던 장소였다.

한 차례 아픈 경험을 하고서도 또 다시 이곳에 발을 들일 줄이야.

사이클롭스의 혈기에 감탄을 해야 할지 한숨을 쉬어야 할지, 실로 모호한 상황이 아닐 수 없었다.

고개를 절레절레 젓는 에던과 달리, 트리나를 비롯한 엘프들은 대형을 갖추며 착실히 전투준비를 하고 있었다.

비록 한 차례 비참한 몰골을 보였다고는 하나, 사이클롭스는 이곳 침묵의 숲 내에서도 최상위에 꼽히는 몬스터들 중 하나였다.

자칫, 피해를 감수해야 할지도 모를 상황인 것이다.

"거기까지!"

그 순간 에던이 앞으로 나서며 사이클롭스에게 손을 펼쳤다. 마치 더 이상 다가오지 말라는 듯, 막아서는 것 같은 자세를 잡고 있었다.

"제가 처리하죠."

그리고는 트리나를 비롯한 일행들에게 물러나라는 손짓을 더해주었다.

레일라가 호기심 어린 표정으로 에던을 바라봤다. 세계수의 정상에서 과연 무슨 일이 있었던 것이지, 지금 이 순간 확인할 수 있다는 생각에서였다.

'수련을 하고 있다고는 들었는데.'

좀 더 정확히는 시련이었지만, 어찌 되었건 무언가 발전이 있었다는 건 분명해 보였다.

트리나를 비롯한 그녀의 호위들 역시도 기대어린 눈빛으로 에던을 응시했다.

특히, 트리나의 경우에는 에던이 크라이드만과 수련을 하며 치열한 시간을 보냈다는 걸 알기에, 더더욱 눈을 빛내는 것일지도 몰랐다.

일행들이 에던의 손짓에 따라 물러나는 모습에, 사이클롭스가 하나밖에 없는 눈동자를 붉게 번뜩이며 흥분어린 괴성을 토해냈다.

그를 앞에 두고서 여유를 부린다고 여긴 것이다.

"우워어어어어-!"

마치 소리를 이용한 공격이라도 되는 듯, 귀청이 찢어질 것 같은 괴성이었다.

"쯧! 시끄럽게 굴기는…."

에던이 그 말과 함께 자세를 잡는가 싶더니, 돌연 신형을 튕겼다.

그야말로 눈 깜짝할 사이에 그 거대한 사이클롭스의 얼굴 높이까지 튀어 오른 그가, 뭉개져버린 얼굴 반대편을 바라보며 외쳤다.

"나머지 얼굴도 작살을 내주마!"

그와 동시에 호쾌한 발차기가 쏘아졌다.

빠악!

시원스런 타격성이 울려 퍼지고,

"끄아아악-!"

에던의 신형이 추락했다.

"내… 내 발, 이런 쓰-발!"

차기를 했던 발목이 작살난 듯, 기형으로 꺾여있었다.

사이클롭스!

오우거나 트롤 정도는 산채로 씹어 먹는다고 알려진 환상종으로써, 그 외피 역시도 두 몬스터보다 더 두껍고 강건했다.

그게 뜻하는 건 강철보다 단단하다는 의미였다. 이는 상체 윗부분, 얼굴이라 해서 다를 건 없었다.

에던은 바로 그 강철보다도 단단한 외피에 전력으로 차기를 한 것이다.

"끄아아악! 내 발!"

어찌 보면 당연한 결과일지도 몰랐다.

쿠우우웅…

하지만 그 한편으로, 의외의 결과도 함께 따라오고 있었다.

'사이클롭스가….'

'…쓰러졌어?'

그 거대한 동체가 휘청거리는 듯싶더니 돌연 무릎을 꿇는 것이 아닌가. 에던의 발차기가 효과를 낸 것이다.

하지만 손을 뻗어 땅을 짚으며 상체를 바로잡는 모습에서, 오래지 않아 그 여운이 끝날 것이라는 짐작을 하게 만들었다.

'이런, 멍청….'

레일라가 버럭 성을 내려다가 다급히 화를 삼켰다. 그도 그럴게 한 번의 타격을 위해 발 한쪽을 작살냈으니, 욕을 바가지로 먹어도 이상하지 않을 터였다.

헌데, 이게 웬일?

"아고고고… 내 다리. 내 발!"

연신 비명을 지르는가 싶던 에던이 어느 순간 멀쩡히 서 있는 것이 아닌가. 고통스런 얼굴로 절뚝거리고 있기는 하나, 분명 두 다리로 땅을 딛고 있었다.

한마디 해 주려던 레일라였으나, 그 말도 안 되는 광경에 머릿속을 맴돌던 욕지거리들이 죄다 날아가 버렸다.

'다리… 부러졌었는데?'

자신이 잘못 본 것일까?

슬쩍 주변을 살피자, 트리나를 비롯한 다른 엘프들 역시도 그녀처럼 놀란 모양인 듯, 하나같이 눈을 동그랗게 뜬 채 서로서로를 돌아보고 있었다.

'그렇다는 건….'

제대로 봤다는 것이다.

분명, 발목이 부러졌었다. 그것도 아주 소름끼칠 정도로 기형적인 방향으로 꺾였었다. 소리도 제대로 났었다.

그렇다면 지금 저 광경은 어찌 설명해야 할까?

놀라운 건 거기서 끝이 아니었다. 사이클롭스가 그 거대한 체구를 바로세울 즈음, 절뚝거리던 에던도 제대로 걷기 시작한 것이다.

믿을 수 없는, 믿기 어려운 광경이었다.

“크르르르….”

사이클롭스가 하나밖에 없는 눈 위로 사납게 핏대를 세우며 에던을 노려봤다.

잔뜩 분노한 모습이었지만, 그렇다고 하여 당장 달려들지는 않았다. 자신의 무릎에나 겨우 닿을 법한 이 작은 짐승이 결코 만만치 않은 상대라는 걸 이제는 알기 때문이었다.

이미 한 해 전에 저보다도 작은 괴상한 짐승에게 한방 제대로 맞질 않았던가.

덩치로 판단해서는 안 된다는 것을 이제는 안다.

“침 흘리지 마라. 자꾸 그렇게 노려보면서 침 흘리면, 내 기분이 몹시 쫄리잖니.”

에던이 그 말과 함께 먼저 거리를 좁혀갔다. 앞서의 경험 때문일까?

일단 맨몸으로 달려드는 건 자제하기로 했다. 그 때문인지 어느새 그의 손에는 사자검이 들려있었다.

여전히 녹이 덕지덕지 묻어있는 고철이었지만, 그 재질이 환상의 금속임을 알기에 부러질 걸 걱정할 필요는 없었다.

“크아아아아–!”

갑작스런 그의 돌진을 경계한 듯, 사이클롭스가 성난 외침과 함께 팔을 휘둘러왔다.

마치 어린아이들이 장난처럼 하는 풍차 돌리기를 연상시켰지만, 결코 우스꽝스럽거나 하진 않았다.

그 큰 덩치와 말도 안 되게 날렵한 속도가 더해지자, 그 장난스런 팔 돌리기는 어느새 공성무기 수준의 위험성을 내비치고 있었다.

"후읍!"

에던이 짧게 숨을 들이키며 눈을 빛냈다. 내부를 휘도는 기운이 느껴졌다.

그는 지난 1년여의 수행 혹은 고행 또는 시련 속에서, 깨달았다. 깨우쳤다. 그렇게 각성했다.

[놀랍군. 사자검의 도움 없이 심연의 흐름을 완성시키다니.]

크라이드만은 그를 향해 이처럼 말하며, 연신 감탄사를 터트렸었다. 그도 그럴게 간간히 보여주는 사자검의 잠투정 같은 움직임만으로 심연의 흐름을 읽어냈기 때문이었다.

살기위한 몸부림이었다.

대련이라는 명목으로 이어지는 구타가 무려 1년 남짓 이어진 만큼, 어떻게든 벗어나기 위한 발악이 전에 없는 집중력을 일으키며 심연의 흐름으로 이어진 것이다.

[가장 순수한 기운만이 모여 있다고는 하나, 그래도 자네

몸속에 있는 건 위험한 것이니, 항시 주의에 주의를 기울이도록 하게나.]

레-그라자의 정상을 떠나올 때, 크라이드만은 그 말은 쉴 새 없이 반복하면서, 그로 하여금 언제나 스스로에게 경계하라며, 경고 또 경고했었다.

[마기!]

내부를 휘도는 이 흐름의 정체가 바로 그것이기 때문이었다.

고대로부터 그 기운에 취해버린 이들의 말로는 처참했다고 한다. 어찌 보면 크라이드만의 걱정도 당연한 것일 터였다.

물론, 에던의 생각은 조금 달랐다.

'마기면 뭐 어때. 몸에 좋다고 하면 오크 물건도 씹어 잡수는 놈들이 널려있는데.'

발목이 부러졌음에도 단기간에 이를 회복시킬 수 있던 게 바로 마기의 효능이었다. 심연의 흐름을 이해하기 시작한 이후로는 이처럼 회복력을 한계 너머까지 높이는 게 가능해졌다.

[자네 육신은 몽크와 비슷하다네.]

그들이 전신가득 신의 의지를 새겨 넣었듯, 에던은 마기로써 이를 촘촘히 채워놓은 것이다.

[쉽게 설명하자면, 각종 신화나 전설에 언급되는 마족들의 신체를 떠올리면 될 걸세.]

지금껏 그의 남다른 회복력이 어디로부터 기원했는지 의문이었건만, 이번 기회를 통해 그 같은 부분을 상당부분 해소할 수 있었다.

파파파팡!

사이클롭스의 거친 팔 돌리기를 손과 발로 가볍게 두드리듯 타격했다. 그 순간 에던의 신형이 그 반동을 타고 허공중에 이리저리 흔들리면서 움직였다.

절묘하다고 해야 할까?

마치 나비가 날갯짓을 하며 나풀거리듯, 그의 신형은 이리저리 춤을 추듯이 그렇게 사이클롭스의 품 안으로 안착했다.

"우워어어어어-!"

벌레를 쫓듯 그렇게 몸부림을 치며 팔을 허우적거려 보지만, 에던은 한번 안착한 공간에서 쉬이 떨어져 나갈 생각이 없던 모양인지, 등산을 하듯 이리저리 짚고 또 딛고 그렇게 물고 늘어지며 끈질기게 사이클롭스의 육신에 달라붙었다.

"등짝 좀 보자!"

그 말과 함께 꾸역꾸역 그 거대한 덩치를 타고 넘는가 싶더니, 기어이 사이클롭스의 등 뒤로 돌아가고 있었다.

갑자기 벌레 한 마리가 몸에 달라붙어 떨어지질 않는 기분이라고 해야 할까?

물론, 그 덩치가 벌레와 비교할 정도는 아니었지만, 그

끈덕지고도 날렵한 움직임은 그 이상인 듯, 사이클롭스는 거의 미쳐가기 일보 직전의 상황까지 이르러 있었다.

"크아아아아아!"

바닥을 구르고 바위에 몸을 내던지며, 어떻게든 에던을 떨쳐내 보려 몸부림을 치지만, 마치 문어의 빨판이 달려있기라도 한 듯, 도통 떨어지려 하질 않았다.

더욱 미치게 하는 건, 그 와중에 느껴지는 통증들이었다. 그냥 몸을 타고 움직이고 있는 게 아니라, 그 사이사이 검으로 쑤시고 그어대며 거대한 몸체를 캔버스로 삼은 채, 핏빛 상흔들을 그려넣고 있었다.

아무리 그 덩치가 거대하다고는 하나, 에던이 정말로 벌레 만하게 보일 정도로 차이가 나는 건 아닌 만큼, 이처럼 날붙이를 최대한 활용해가며 움직일 수밖에 없었다.

물론, 그 목적이 등산을 하듯 사이클롭스을 타고 넘기 위함은 아니었다.

각성감각, 이제는 '마경' 이라 명명한 그 감각을 일깨우자, 점차적으로 드러나는 죽음의 궤적을 선명히 하기 위함이었다.

그 덩치 때문일까?

아니면 환상종이 지닌 특별함 때문일까?

사이클롭스에게 새겨진 죽음의 궤적은 선명하지 않았다. 무수히 많은 칼질들은 이를 선명히 하기 위한 밑그림이라 할 수 있었다.

'살던 대로 살아야지!'

괜스레 크라이드만을 따라한다고 까불다 발목이 작살났던 경험 덕분에, 새삼 자신의 깜냥을 알았다고나 할까?

그리 오래지 않아 그 궤적의 끄트머리에 선명한 죽음의 그림자가 피어나는 걸 느꼈다.

푸욱!

그곳을 향해 나비처럼 날아서 모기처럼 꽂았다.

"크아아아아아…."

사이클롭스의 입장에서 본다면, 겨우 손가락 한 마디만 한 쇠붙이였다. 그것도 볼품없는 우스꽝스런 고철덩어리일 뿐이었다.

하지만 그 자그마한 쇠붙이가 품 안을 파고들었을 때, 아찔한 현기증과 함께 정신이 아득해지는 걸 느꼈다.

또 다시 무릎을 꿇고, 허리를 굽히며, 머리를 박았다.

그렇게 숲의 포식자는 허무하게 그 끝을 고해야만 했다.

감탄사가 절로 나오는 광경이었다.

"와…."

참을 수 없었던지, 엘프들은 일제히 입을 쩍 벌리며 탄성을 터트렸다. 종족적인 특성 덕분에 남다른 날렵함을 지닌 그들로써도 에던이 보여준 것 같은 날랜 동작들을 따라할 자신은 없었다.

더욱 놀라운 건, 그들보다 더하지도 덜하지도 않은 속도로, 꾸준히 사이클롭스의 육신을 노닐며 농락하던 몸놀림이었다.

그야말로 감각적이라는 말 밖에 떠오르질 않았다. 정면 승부를 피했다고 해서 비겁하다거나 하는 소리를 할 생각은 없었다.

상대는 이곳 침묵의 숲에서도 최상위에 속하는 포식자인 사이클롭스였다.

그들 엘프들도 수십의 정예들이 합을 맞춰야만 겨우 잡을 수 있는 상대로써, 자칫 손발이 어긋나는 상황이 발생하면, 그 길로 전멸을 각오해야 할 만큼 위협적인 상대가 아니던가.

때문에 정화의 불길을 통해 최대한 피하는 걸 우선시하는 몬스터이기도 했다.

그들 일족을 대표하는 수호자들 역시도 혼자서는 맞상대를 피하는 상대였고, 그게 가능한 존재라면 오로지 첫 번째 수호자인 에체르 뿐이었다.

물론, 그녀라면 정면으로 사이클롭스를 쓰러트렸을 거라 자신했다. 일족의 역사 속에서도 손꼽히는 수호자인 까닭이었다.

어찌 되었건 지금 중요한 건, 과정이 아닌 결과였다.

그 때문일까?

[하늘을 걷는 자!]

별의 영역 그 너머에서 무수히 많은 별빛을 발아래 두고 걷는다던, 신화적이며 또 전설적이기도 한 경지가 그들의 머릿속을 관통하듯 지나갔다.

그들 일족의 오랜 역사 속에서도 극히 소수의 인원만이 발을 들였고, 현재는 에체르가 올라 있다고 알려진 절대의 영역이었다.

안타깝게도 인간들의 세상에서는 이미 오래전에 잊혀진 전설상의 경지이며 명칭이기도 했다.

그저 역사적 혹은 학문적인 접근을 통해, 별의 영역 그 너머에도 무언가가 있을 거라 짐작정도만 하고 있는 일종의 환상과도 같았다.

바로 그 영역에 에던이 발을 들였을지도 모른다는 생각이 그들의 머릿속을 스쳐갔다.

그리고 이 같은 이유로 인해, 레일라가 받은 충격은 엘프들의 그것을 한참 뛰어넘어 있었다.

가까스로 일곱 번째 서클을 새겨 넣으며, 드디어 그와 어깨를 나란히 할 수 있겠다고 생각한 순간이기에, 그 충격이 곱절로 올 수밖에 없었다.

'어떻게….'

이해 불가의 상황이기도 했다. 그가 별의 영역에 오른 것도 그리 오래지 않았건만, 벌써 그 너머에 발을 들이려 하고 있다니.

드래곤 로드와 함께했던 지난 시간이 결코 가볍지 않았

다는 건 알겠지만, 그게 설마 이 정도로 어마어마한 것일 줄은 짐작도 못했다.

'심판자… 심연의 주인….'

어째서인지 그 두 단어가 연신 머릿속을 맴돌았다.

'…신의 사자라.'

고대로부터 성녀에 대해서는 섣부른 잣대로 평가를 내려서는 안 된다는 이야기가 전해져 내려왔다.

'그도… 그런 걸까?'

레일라는 가만히 에던을 응시했다.

그 전설적인 영역을 개척한 존재답지 않게, 사이클롭스의 몸에 제대로 박혀버린 고철검을 뽑아내려 애를 쓰는 모습이, 실로 우스꽝스럽게만 보였다.

여러모로 이해불가인 건 확실할 듯싶었다.

❖ ✣ ❖

역시나라고 할까?

과연, 암전은 만만치가 않은 단체였다.

'시간벌이 정도는 금세 읽어버린다 이거지.'

나름 이런저런 계획들을 짜고 시행하면서, 저들의 눈과 귀를 속이려 노력해 봤지만, 결국 그들에게 들켜버리고야 말았다.

[사신의 부재.]

그 순간 저들의 반격이 시작되었다.

[망자.]

그동안 제대로 활용하지 못했던 저들의 새로운 병기가 본격적으로 그 모습을 드러내면서, 레드문을 비롯하여 루딘 역시도 적잖은 피해를 봐야만 했다.

물론, 그렇다고 해서 당하기만 한 건 아니었다.

오히려 전체적인 상황을 놓고 분석해 본다면, 암전이 입은 피해가 더 컸을 터였다.

하지만 망자의 본질은 단기결전용 전력이었다.

장기적인 육성과정을 통해서 완성되는 전사가 아닌, 말 그대로 짧은 기간 손쉽게 만들어내는 희생물인 것이다.

분명, 그 재료적인 면에서 자금적인 압박감이 존재하겠으나, 저들은 다름 아닌 암전이었다.

충분히 감당할 수 있는 영역일 터였다.

뿐만 아니라 저들 암전과 연계하고 있을 왕국이나 세력들을 생각한다면, 자금적인 부분은 결국 제외대상이라고 봐도 무방했다.

망자의 능력이 제대로 발휘된다면, 오히려 없는 돈도 만들어서 줄 수밖에 없을 것이다.

이 부분을 고려할 필요가 없다면, 장기적인 측면으로 봤을 때도 레드문과 루딘의 손해가 더 막심할 수밖에 없었다.

단기결전용으로 탄생되었을 망자이건만, 재료만 충분

하다면 얼마든 장기적인 대처가 가능하다는 부분에서, 당장의 시국만을 놓고 결론을 짓기가 어려운 것이다.

'대체 언제쯤이나 돌아오는 건데.'

셰릴은 여전히 소식이 없는 에던으로 인해, 그야말로 골머리가 아플 지경이었다.

특히, 지금 이대로라면 그의 복귀 이후에도 암전에서 망자를 거둬들이지 않을 확률도 높았다.

이미 판을 벌려버린 이상, 명확한 결과물을 내어놓기 전에는 마무리를 짓기가 어려운 까닭이었다.

그러다 보면 자연히 생각지도 못한 변수들이 발생할 수도 있었고, 자칫 상황이 역전되어 흐름이 저들에게로 완전히 넘어가는 최악의 사태로 이어질지도 몰랐다.

"빨리 좀 돌아오라고!"

이 같은 그녀의 성난 외침을 듣기라도 한 걸까?

[사신, 복귀.]

그림자들에게서 놀라운 소식이 날아들었다.

"드디어…."

더욱 놀라운 건, 그 뒤에 적혀있었다.

[플레임 스피어, 사신, 격돌.]

왜 갑자기 그 둘이 맞붙는단 말인가. 이해할 수 없는 내용이었지만, 진짜는 그 뒷내용이었다.

[사신, 승리.]

대륙을 대표하는 7인의 초인 중 한명인 플레임 스피어

였다. 그 위치가 7인의 초인 중에서도 상위에 속한다는 걸 생각한다면, 더더욱 그의 패배가 놀라울 수밖에 없었다.

'대체… 어떻게 된 거야?'

마른가지를 통해, 작게나마 에던의 소식을 듣기는 했다. 하지만 지금 이 상황은 그 한정적인 정보만으로는 파악하기 어려운 영역에 자리해 있었다.

"직접 확인해야겠어."

그녀가 즉각 자리를 박차고 일어났다.

◈ ✣ ◈

드락 에크릴!

대륙적으로는 플레임 스피어라는 명칭으로 더 유명한 7인의 초인들 중 한명으로써, 남 대륙을 대표하는 창술의 명가 에크릴 가문의 주인이기도 했다.

굳이 비유를 한다면, 동 대륙의 명가인 드라필만과 동일한 위치에 있다고 볼 수 있었다.

이 같은 이유로 인해 가문뿐만 아니라, 그 본인 역시도 남 대륙을 대표하는 존재로 불리고는 했다.

실질적으로 그 실력 역시도 남 대륙 최강이라 할만 했다.

그 때문일까?

갑작스런 드락의 출현은 여러모로 의외일 수밖에 없었다.

[다른 방향으로 안내해 드리겠습니다.]

침묵의 숲을 나올 때, 트리나는 에던과 레일라에게 발생할지 모르는 만약의 사태를 염려하며, 들어왔던 장소가 아닌 다른 방향, 지역으로 그들의 출구를 잡고자 한 것이다.

하지만 거기에서 에던이 고개를 저었다. 그 이유를 묻자, 내어놓은 답이 또 독특했다.

[왠지… 반가운 손님이 있을 것 같으니까요.]

기이한 대답이었지만, 그 의미를 파악하는 건 어렵지 않았다.

셰릴과 레일라는 마른가지를 통해 짧게나마 연락을 주고받는 중이었고, 어느 정도는 외부 상황 역시도 전해지고 있었다.

이를 통해 침묵의 숲으로 향했다는 사실이 들켰을 확률이 높다는 결론까지 전해 들었다.

레일라에게 그 같은 이야기를 들었을 때, 어쩌면 숲 바깥으로 암전의 세력이 기다리고 있을지도 모른다는 생각을 하게 되었다.

그렇잖아도 1년 남짓한 시간의 공백이 있었기에, 기왕이면 빠르게 저들 암전에게 등장을 알리고 싶었다.

기회를 노리다가 비수를 찌른다면 치명적인 타격을 입힐 수도 있을 것이다. 하지만 그 기회가 언제 어느 순간에 만들어질지도 미지수였고, 당장에 상황이 복잡하게 돌아가고 있다는 소식도 들었다.

'일단 저지르고 보는 거지.'

암전의 대응을 확인하고자, 에덴은 왔던 방향 그대로 숲을 나섰다. 그리고 마주한 존재가 바로 남 대륙을 대표하는 강자 드락 에크릴이었다.

"헥토산 왕국이 관련 있는 건가?"

가차 없이 드락을 패대기친 에던이 그를 내려다보며 중얼거렸다.

물론, 간단한 전투는 아니었다. 제법 치열했고 에던 역시도 곳곳에 핏물을 적셔야만 했다.

플레임 스피어!

그 창끝의 움직임이 마치 불길이 일렁이듯 화려하다고 하여 붙여진 칭호였는데, 그 이름처럼 현란하기 짝이 없는 드락의 창술로 인해, 결국 이리저리 상처를 입은 것이다.

몇몇 깊은 상처들도 있었지만, 마경을 열어 각성감각을 활성화 시킨 덕분인지, 치명적인 건 없었고 그나마도 금세 회복을 하면서, 이제는 옷가지에만 그 흔적이 남아있을 뿐이었다.

당연하게도 드락은 기절한 상태였다.

"헥토산 왕궁이라고 단정 짓는 건 피해."

슬쩍 끼어드는 레일라의 한마디에 에던이 고개를 끄덕이며 동의했다.

분명, 드락이 남 대륙을 대표하는 강자이며, 헥토산 왕궁의 자랑이라 불린다지만, 그 한명의 존재로 헥토산 왕국 전체를 의심할 수는 없었다.

수뇌부 혹은 드락 개인적인 연관성을 염두에 둬야 하는 것이다.

이를 확인하기 위해서는 일단 드락이 깨어나는 걸 기다려야만 했는데, 문제는 그 이후에 발생했다.

"인정할 수 없다!"

정신을 차리는가 싶더니, 대뜸 그처럼 외치며 달려드는 것이 아닌가.

그 때문일까?

에던은 몇 벌 없던 옷이 전부 누더기가 되고서야 드락과 차분한 대화를 나눌 수 있었다.

❖ ✣ ❖

맘 같아서는 삼일 밤낮을 두들길 생각이었다. 하지만 상대의 나이를 고려하며 적당히 맘을 돌렸다.

"인정하십니까?"

그리고 차분히 물었다. 이미 승부는 끝났다. 무려 세 번의 결전이었고, 세 번의 기절이었다.

무려 세 번의 자비를 베푼 것이다.

"인정하네…."

드락은 그 말과 함께 창을 내려놓았다. 노구에 무리를 한 까닭일까?

지친 육신이 혹은 정신이 더는 창을 들기가 어렵게 만든 것이다. 그저 그렇게 털썩 주저앉듯 흙바닥에 엉덩이를 걸치며, 에던을 올려다 볼 뿐이었다.

"자네는 누군가?"

그와 동시에 이처럼 물어야만 했다. 70평생을 살아오며 이처럼 완벽한 패배를 겪어본 건 처음이었다.

물론, 평생 승리만 해 온 것은 아니었다. 하지만 지금처럼 일방적인 패배는 결코 경험해 본 적이 없었다.

어쩌면 그 때문에 더더욱 미친 듯 달려들었던 것일지도 몰랐다. 아무래도 자존심이란 녀석에 잠시 취했던 모양이었다.

겨우 취기가 가시고 나자, 눈앞의 청년에 대한 호기심이 일었다. 그래서 물었다.

문득, 질문을 받은 당사자의 눈이 살짝 흔들리는 게 보였다. 이유인 즉, 드락의 물음에서 그가 자신을 모르고 있다는 느낌을 받은 까닭이었다.

에던의 눈가에 한 줄기 의문이 피어났다.

"사신, 운트. 들어보셨을 거라 생각합니다."

짧게 자신을 소개하는데, 그 순간 드락의 동공이 확장되는 걸 보며, 에던은 눈앞의 노인이 암전과 무관할지 모른다는 생각을 한층 굳혔다.

때문에 묻지 않을 수가 없었다.

"저를 누구라고 생각하셨습니까?"

"으음…."

선뜻 대답을 하지 못한 채 시선을 피하는 모습에서, 왠지 황당한 대답이 나올 거란 예감이 들었다.

"배… 뱀파이어라고… 크흠!"

예감이 제대로 들어맞는 순간이었다.

이야기인 즉 이랬다.

헥토산 왕국을 대표하는 플레임 스피어지만, 사용하는 무기처럼 그는 방패가 아닌 창의 역할을 언제나 고집했다.

그런 이유로 주기적으로 왕국 전역을 순찰하는 게 그의 일상이었는데, 그 와중에 이곳 침묵의 숲과 인접해 있는 '드리자일 백작령' 에서 독특한 사건을 접했다는 것이다.

수많은 처녀들이 사라진 것인데, 이와 관련된 정보로 뱀파이어에 대한 이야기가 언급되었다. 실제 그들을 봤다는 정보 역시도 존재했다.

그리고 이어진 내용이 침묵의 숲과 연관되어있었다.

저 숲의 마물이 간혹 인가로 내려와 말썽을 부린다는 것인데, 실제로 오크를 비롯한 각종 고블린과 각은 중소형의 몬스터들이 세력싸움에 밀려 외부로 쫓겨나거나 도망치는 경우가 있기는 했다.

뱀파이어와 숲의 연관성이 제법 잘 들어맞는다고 여겼다.

역사적으로도 유사한 사건이 있다는 게 특히 그 생각을 굳히게끔 하는 계기가 되었다.

물론, 인접해 있다고는 하나, 드리자일 백작령과 숲의 거리는 적어도 한 개 영지는 넘나들 정도의 간격이었다.

숲의 위험성으로 인해 선뜻 그곳에 터를 잡는 영주나 귀족들이 없는 까닭이었다. 때문에 숲 주변으로 자그마한 마을들이 점점이 박혀있는 것이 아니던가.

초월자의 특성상, 그 노화의 진행이 느리다고는 하나, 드락의 경우에는 그 연세가 만만치 않은 만큼, 이미 머리가 백발이 다 되었고, 주름도 제법 잡혀있어서, 누가 봐도 일선에서 물러나야 할 외형이었으나, 그는 여전히 청춘이었다.

또한 플레임 스피어라는 별명처럼 지금도 뜨겁게 불타는 중이기도 했다.

때문에 주저 없이 그 사건에 발을 들였고, 그 흔적을 쫓아서 이곳까지 걸음을 한 것이다.

"생각해보면 굳이 이곳까지 올 필요는 없었던 것 같기는 한데… 흔적이라 할 법한 것들이 이곳으로 이어져 있더군."

하지만 선뜻 숲으로 발을 들이지는 못했다. 그 역시 숲이 위험성은 잘 아는 까닭이었다.

"젊을 적에 몇 번 들어갔었지. 커험!"

플레임 스피어라는 명성을 얻기 전, 지금보다도 더 열정적이던 진짜 청춘 시절이었다. 덕분에 죽을 고비도 여럿 넘겼지만, 그 경험 덕분에 지금의 그가 있다고 자부했다.

어찌 되었건 옛 경험으로 인해 선뜻 발을 들이지 못한 채, 흔적의 마지막 지점에서 잠시 휴식을 취하고 있었다.

"얼마나 되셨는데요?"

슬쩍 호기심이 든 에던이 그리 묻자, 대답이 또 황당했다.

"한… 3개월 됐나?"

'그건 휴식이 아니지 않나?'

의문이 들었지만 굳이 거기까지 묻지는 않았다. 일단은 이야기에 귀를 기울일 생각이었다.

하지만 그의 의문을 읽은 것인지, 드락이 먼저 그 부분에 대한 답을 내어줬다.

"뱀파이어라기에 호기심도 좀 있어서… 크흠!"

확실히 그럴 법도 하다 여겼다. 엘프나 드워프처럼 저들 뱀파이어 역시도 이야기에나 등장할 정도로 그 활동이 줄어든 까닭이었다.

에던에게 달려든 것 역시 그런 이유에서였다.

"자네를 본 순간, 뭐라고 해야 할까…."

이런 소리를 스스로하려니 좀 민망했지만, 마땅한 단어가 떠오르질 않았기에, 그냥 내뱉었다.

"…쫄리더군."

아마도 이 시점부터 자존심이 일어나며, 거기에 취해갔던 것 같았다. 그리고 세 번의 패배로 취기가 가실 때까지, 그렇게 정신없이 달려들게 된 것이다.

"나를 이 정도로 긴장시킬 상대라면, 아무래도…."

뱀파이어 밖에 없다 여겼다.

알려지기로 그들 뱀파이어는 '밤의 귀족'이라 불리는데, 그 강함은 마족의 일원이라 전해질 정도로 막강하여, 별의 영역에 오른 초월자들이나 되어야 그들을 잡는 게 가능하다고 전해져왔다.

드락이 움직여야만 했던 이유도 거기에 있었다.

마침 에던의 등장 시기도 절묘하게 어둠이 내려앉던 시점인지라, 이런 그의 생각에 힘을 실어줬다.

기세를 피웠고, 거기에 호응하듯 에던도 기운을 일으켰다. 암전이 기다리고 있을 거라 추측하던 찰나에, 상상도 못한 강자가 등장했으니, 제대로 대어를 낚았다는 생각에 주저 없이 마경을 열었다.

도망갈 틈을 안 주려는 생각이었다.

그와 동시에 깨어난 죽음의 기운이 더욱 드락을 긴장시켰다. 특히, 마경이 내비치는 그 오싹한 감각이 더더욱 상대를 뱀파이어로 여기게 만들었다.

그렇게 둘 사이에 격전의 흐름이 생겨났으며, 자연히 그들의 격돌로 이어진 것이다.

이 부분에서 에던은 새삼 깨달았다.

'아… 이래서 대화가 중요한 거구나!'

괜히 멀쩡한 옷만 버렸다는 생각에, 왠지 입맛이 썼다.

❖ ✣ ❖

곁에서 조용히 드락의 이야기를 듣고 있던 레일라는 하나의 단어에 집중했다.

'뱀파이어.'

과연, 이걸 우연이라고 할 수 있을까?

'…아니겠지.'

동시에 그녀가 지니고 있는 작은 기억과 그 사이에 끼어 있는 희미한 정보 하나를 끄집어냈다.

그것은 루드말이 한참 대륙을 종횡하던 청춘 시절에 몸으로 겪은 경험이기도 했다.

[암전을 추격하다가 잠깐 맞붙었지.]

짧은 격전이었기에 확신하기는 어렵지만, 느낌이 인간은 아닌 것 같았다며, 어쩌면 밤의 귀족일지도 모른다면서, 조금은 우스갯소리로 어린 그녀에게 들려줬던 이야기였다.

아직 그녀가 드라필만에 적응하지 못했던 어린 시절, 루드말은 가주라는 바쁜 직위에 있으면서도 그녀를 위해 시간을 내어, 틈틈이 젊은 나날의 이야기를 전하며, 어린 그녀의 마음을 풀어주던 시기의 이야기 혹은 정보였다.

대부분이 부친이 영웅이고 적이 악당이라는 형식으로 이어지는 내용이었지만, 나름 말재주가 있던 까닭인지, 한편의 그럴싸한 소설들이 완성되고는 했었다.

이 즈음에 부친이 조용히 소설을 한편 세상에 내놨다가 거꾸러졌던 건, 가문의 숨겨진 비밀이요 치부이리라.

여기서 중요한 건, 뱀파이어와 암전의 관계였다.

'뱀파이어의 흔적을 이곳으로 끌어놓고, 플레임 스피어를 묶어 놨다?'

그 기간이 3개월이었다는 부분에서, 드락이 발견했다는 흔적들이 제법 심상치 않은 것들이었을 거라고 확신했다.

흔적들의 진위여부에 상관없이 일단 드락이 이용당했을 확률은 높아보였다.

에던이 그리 느꼈듯, 그녀 역시도 드락에게서 암전과의 연관성을 볼 수 없었던 것이다. 이 같은 부분을 에던에게 언급하자, 자연스럽게 이어지는 의문이 있었다.

"그러면… 딱히 나를 상대하게 만들려던 의도는 아닌 건가?"

그리 물어오는 에던의 의문에 레일라가 고개를 끄덕였다.

"솔직히 우리가 언제 어디로 숲을 나올 줄 알고 여기에다 터를 잡게 하겠어."

물론, 정말로 암전이 이곳으로 끌어들였다면, 이 같은 상황도 일정부분 의도한 게 있겠지만, 진짜 목적은 다른 부분에 있다고 여겼다.

"다른 부분?"

"플레임 스피어가 없는 헥토산 왕국이 필요했겠지."

아무래도 위치가 위치인 만큼, 드락과 그의 가문 사이에 연락책이 존재하기는 할 것이다. 하지만 본인이 왕국 내에 자리해 있는 것과 없는 건 분명한 차이가 있었다.

"그래서 하시고자 하는 말씀은?"

"일단, 당장 목적지가 없다면, 헥토산 왕국 쪽으로 방향을 잡자는 거지."

그녀의 이야기에 잠시 생각에 빠져있던 에던이 재차 물었다.

"굳이 거기로 가야 할까?"

"개인적으로 조사하고 싶은 것도 있어서."

"조사?"

"뱀파이어."

의외의 대답에 또 다시 생각에 잠긴 에던이 이내 고개를 끄덕였다. 굳이 그녀의 개인적인 이유가 아니더라도, 당장 가까운 영지가 드리자일 백작령인 까닭이었다.

제대로 된 정보를 얻기 위해서라도, 일단 규모가 되는 영지에 들릴 필요성이 있었다.

어째서 뱀파이어를 조사하려는 걸까? 이 부분에 대해서는 찬찬히 듣기로 했다.

목적지가 정해졌으니, 이젠 안내자를 잡을 차례였다.

"영감님~!"

에던이 살살 손을 비비며 드락에게로 걸어갔다.

'기왕 낚은 대어니까.'

제대로 발라먹을 생각이었다.

◈ ✣ ◈

웅… 웅… 웅…

수정구의 울음소리에 고기를 썰던 칼질이 멈추고, 두 눈이 번쩍 뜨였다.

"으음…."

생각지도 못한 상황이었지만, 일정 부분은 염두에 두고 있던 사건이 발생했음을 알았다. 수정구가 울린 건 의외였지만, 그만큼 상황이 좋지 않다는 의미로도 파악할 수 있었다.

'…당장에 보고를 올려야겠군.'

급히 자리를 정리한 뒤, 가게의 문을 닫았다.

혹시나 하는 마음에 수정구를 직접적으로 확인했고, 의심의 여지가 없는 '상황발생' 임을 알았다.

'초월자들 간의 격전이다!'

워낙, 그 감지영역이 특별한 까닭에, 그들 초인들을 감시한다는 건 정보원들에게는 저승 문턱에 발을 들이는 것과 같았다.

때문에 만들어진 게 바로 이 수정구였다.

일정 크기 이상의 힘의 격돌을 측정하는 것으로써, 오로지 한정된 범위 안에서의 '감지' 를 위한 도구였다.

'정말로 이게 쓰일 줄이야.'

바로 그 한정적 범위로 인해, 실질적으로 측정구가 실전에 사용되는 경우가 드물기도 했다.

혹시나 하는, 만에 하나의 사태를 대비해 챙겨온 것이건만, 정말로 측정기가 제 역할을 할 줄은 몰랐기에, 여러모로 놀랄 수밖에 없었다.

말인 즉,

'사신과 플레임 스피어가 붙었다!'

일단 드락을 감시하는 역할을 맡고 있었기에, 당장에 측정구가 울릴 상황이라면 '사신' 일 확률이 가장 높았다.

'슬슬… 이곳도 문 닫을 때가 됐군.'

한동안 고기를 썰던 칼들을 반듯이 정리한 그가 침착하게 보고서를 적어 나갔다.

목적지는 암전의 원로회였다.

❈ ✣ ❈

드리자일 백작령!

헥토산 왕국과 중앙대륙 그리고 침묵의 숲 사이의 경계선을 지키는 영지로써, 남 대륙으로 넘어가는 관문이라고도 알려진 영지였다.

지리적인 특별함 때문일까?

그들이 지닌 강건함 역시 남달랐다. 숲의 몬스터들이

인근 마을이나 주변 일대를 어지럽힐 때면, 대부분 드리자일 백작령에서 병력을 앞세워 토벌하고는 하는데, 이 같은 부분들이 그들 강건함의 주체가 되고는 했다.

영지와는 상당한 거리가 있었지만, 일찌감치 막아내지 않으면 결국 영지의 피해로 이어질 수 있음에, 외부까지 나서서 막는 것이었는데, 그 때문일까?

침묵의 숲 주변으로 점점이 세워져있는 마을 곳곳마다 백작령의 경비대로 보이는 이들을 틈틈이 발견할 수 있었다.

"이렇게까지 병력을 퍼트려 놓은 걸 보면, 세력이 상당한 모양이네요."

에던의 의문에 드락이 고개를 끄덕이며 답해줬다.

"개인 세력으로 놓고 봤을 때, 왕국에서도 한 손에 꼽히는 게 드리자일 백작령이지."

그렇게 답하는 드락의 얼굴 한편에 묘한 자부심이 어려 있었는데, 그 이유는 오래지 않아 들을 수 있었다.

"내가 그래도 사위 하나는 잘 뒀어. 허헛…."

드리자일 백작과의 관계가 충분히 짐작됐다.

드락은 안내자로써 그들에게 헥토산 왕국의 이런저런 이야기를 들려주며, 친절한 태도를 아끼지 않았는데, 이는 중간중간 에던과 치러지는 대련에 목적이 있었다.

에던도 처음에는 거부할까도 싶었으나, 한동안 헥토산 왕국에 머물 생각인데다가, 레일라가 그에게 이런저런 도움을 얻어야 한다고 언질을 준 까닭에, 결국 대련제의를 받아들이기로 했다.

거기에는 마경을 여는 감각들을 정비하기 위한 이유도 있었다.

최초 그들의 격전이 그러했듯, 대련 역시도 언제나 드락의 패배로 끝을 맺고는 했는데, 이 같은 경험은 매번 드락에게 젊은 시절을 떠올리게 만들었다.

마치 스승에게 지도를 받는 기분을 느끼게 하는 까닭이었다.

"허헛… 어쩌다 암전이 자네 같은 사람에게 날을 세웠는지 모르겠군. 커헐…."

이미 에던과 레일라의 목적이 어디에 있는지 잘 알고 있었다. 그들의 대화를 엿듣고자 해서 들은 건 아니었지만, 굳이 감추려 하지 않았던 까닭에, 자연히 그들이 대적자에 대해서 알게 될 수밖에 없었다.

덕분에 그가 뱀파이어란 존재를 통해 이용당했을지도 모른다는 것도 알게 되었지만, 오히려 행운이라 생각하고 있었다.

에던과의 만남이 그 덕분이지 않던가.

'이 나이를 먹고서 도전자가 될 줄이야. 커헐….'

나쁘지 않은 기분이었다. 언제나 그렇듯, 여전히 그는 청춘이었고, 항상 뜨겁게 불타오르는 혈기를 자랑하는 까닭이었다.

그런 흐름으로 대련과 대화를 나누는 사이, 어느새 1차 목적지인 드리자일 백작령이 그들의 눈앞에 모습을 드러내고 있었다.

❖ ✣ ❖

백작령 안으로 들어선 뒤, 일단 에던과 레일라는 갈라져서 행동하기로 했다.

레일라는 최초의 흥밋거리였던 뱀파이어에 대한 조사를 위해 드락과 따로 움직이기로 한 것이다.

애초에 이곳까지 오는 여정에서도, 뱀파이어의 흔적을 역으로 되짚으며 왔던 까닭에, 드락은 흔쾌히 안내를 맡아 주었다.

홀로 남게 된 에던은 몇 차례 백작령을 두리번거리다, 무언가를 발견한 듯 눈을 반짝이더니, 슬그머니 어둔 골목길 사이로 몸을 숨겼다.

그렇게 얼마나 걸었을까?

빛의 줄기가 유난히 옅다고 느껴지는 지점을 지나칠 즈음, 돌연 에던을 향해 떨어지는 기형적인 빛줄기가 있었다.

직선이 아닌 곡선으로 휘어지는 빛줄기였다.

'검격!'

에던의 신형이 슬쩍 뒤로 물러났다.

사악…

섬뜩한 예기가 코앞을 스쳐가는 걸 느꼈다. 이를 느끼는 찰나, 이미 새로운 위협이 아래에서부터 솟구치고 있었다.

파파파팍…

좁은 골목길의 특성상 일단 뒤로 걸음을 빼내면서 피하는 걸 중심에 뒀다. 하지만 오래지 않아 걸음을 멈춰야만 했다.

등 뒤에서도 느껴지는 섬뜩한 감각이 그의 발목을 잡은 것이다.

직접적인 공격은 아니었다. 감각적으로 일종의 함정 같은 것들이 설치되어 있음을 깨달았다.

뒷걸음질이 아닌 전진을 선택해야 할 때였다. 어느새 열린 마경이 그의 감각을 활성화 시키며, 전방의 어둠을 꿰뚫어보게 만들었다.

대낮임에도 불구하고 주변 건물이 일으키는 그늘과 어둠의 잔재로 인해, 절묘한 빛의 사각지대가 전면으로 펼쳐져 있었다.

하지만 마경으로 느끼는 감각은 저 어둠 속에서 밀려드는 그림자를 정확히 잡아냈다.

그 순간 또 다시 섬광이 번뜩였다. 아니, 뇌전이 쳤다.

그야말로 벼락이 쏟아지는 것 마냥, 한 줄기가 아닌 수십 줄기의 섬광이 어지러이 흩날리며 쏟아져 내렸다.

'후읍!'

짤막하니 숨을 고른 에던이 그 사이로 몸을 던졌다.

피… 피피피핏…

스쳐가는 검격 속에서 피가 튀며, 새로 구입한 옷가지가 또 다시 넝마가 되어가는 게 느껴졌다. 마치 드락이 펼치는 창술을 다시 경험하는 것 같다고나 할까?

화려함은 덜하지만 날카로움은 더한 느낌이었다. 하지만 그 같은 현란함에 현혹되지 않으며, 오롯이 목표물만을 향해 손을 뻗었다.

'잡았다!'

이제 남은 건 멋지게 일격을 내던지는 것이었으나, 에던은 정확히 거기에서 진격을 멈췄다.

그에게 멱살을 잡힌 암습자의 정체를 아는 까닭이었다.

"흐응… 이제는 정말 못 당하겠네."

거짓말처럼 검격이 멎는가 싶더니, 익숙한 음성과 함께 습격자가 어둠 속에서 슬그머니 걸어 나왔다. 어느새 에던의 손길은 풀려 있었다.

'셰릴….'

빛 아래에서 확인한 그녀의 정체에 에던이 쓰게 웃었다. 이미 첫 대면에 짐작하고 있었다.

레드문의 정보를 확인하고자 거리를 헤매며, 저들의 표식을 찾다가 골목길로 접어들었다. 그리고 마치 그를 안내하듯 새겨진 표식들을 발견했고, 거기에서 한 차례 의심을 가졌다.

그 의심이 확신으로 변한 건, 어둠이 짙어질 무렵이었다.

과연, 밤의 여왕이라고 해야 할까?

아슬아슬하게 그녀의 공격이 시작되려는 찰나, 그 존재를 확인할 수 있었다.

그를 이 정도까지 속일 수 있는 건, 적어도 별의 영역에 이른 초월자밖에 없었고, 그 중에서도 이 정도로 은신이 완벽하다면, 단 한명 뿐이리라.

확신과 동시에 공격이 이어졌다.

[시험!]

단번에 느낌이 왔다.

그가 숲에서 얻은 것에 대한 확인이리라. 일단은 맞서기보다 피하고자 했으나, 등 뒤에서 느껴지는 감각에 그녀가 회피를 허락하지 않음을 알았고, 시험을 받아들인 것이다.

"합격?"

슬쩍 그리 묻자, 셰릴이 고개를 끄덕이며 그의 멱살을 잡아왔다.

그리고 입가로 밀려드는 야릇한 여인의 향기가 입안을 휘저으며 목구멍을 달궜다.

과즙을 베어 물기라도 한 듯, 순식간에 입안이 축축하니 젖어들었다.

"이건, 합격 선물."

그녀가 그렇게 말하며 떨어졌다.

빠악!

달콤함에 취할 틈도 없이, 충격이 밀려들었다.

"이건, 늦은 벌!"

명치에 정확한 일격,

"끄…어…헉…."

알면서도 왠지 피할 수가 없었다.

생사의 경계가 눈앞에 아른거렸다.

7. 사신, 귀환!

7. 사신, 귀환!

이미 그와는 정면으로 승부를 내기 어렵다는 걸 알고 있었다.

별의 영역에 발을 들인 순서에 상관없이, 그는 정면승부를 비롯한 수많은 난전의 달인이라 할 수 있었다. 같은 위치에 나란히 선 이상, 그와 정면승부로 답을 내려 한다는 건 좋은 생각이 아니었다.

때문에 그녀의 무대로 그를 끌어들였다.

뿐만 아니라 도주를 막기 위한 안배도 철저히 했다. 실보다도 가는 은사를 그의 퇴로에 잔뜩 깔아놓은 것이다. 그가 무대에 오르는 순간 철저히 배역을 연기하게 할 장치였다.

그리고 승부를 봤다.

'하….'

결과는 패배였다.

'설마설마 했는데….'

남 대륙 최강자라는 플레임 스피어와의 격전 소식을 통해 작게나마 예상은 하고 있던 결과였다. 그래서인지 충격은 생각보다 적었고, 덕분에 그의 성장에 미소를 지을 수 있었다.

그 웃음이 순수하게 기쁨으로만 가득한 건 아니었지만, 그래도 거짓되진 않았다는 건 확실했다.

'그래도 조금 괘씸하네….'

별의 영역에 들어선지 얼마나 되었다고, 벌써 그 끄트머리까지 올라가려 한단 말인가.

'약오르게… 쳇!'

작은 질투의 감정은 그녀가 밤의 여왕이라 불리는 존재이기 때문이리라.

그럼에도 웃을 수 있는 건,

'나도 여자라는 거지. 흥!'

상대가 '님'이기에 이렇게나마 웃을 수 있는 것이리라. 또한, 그 때문에 더욱 약이 오르는 것일지도 몰랐다.

❖ ✣ ❖

셰릴의 합류는 정보적인 측면에서 확실한 변화를 가져올

수 있었다.

레드문의 중심이 함께하는 만큼, 이는 당연한 수순이었다.

"뱀파이어라…."

하지만 그런 그녀도 레일라가 꺼내든 정보는 의외였던지, 한 차례 동공을 키워야만 했다.

그들 레드문의 정보에도 뱀파이어와 관련된 정보가 없었던 까닭이었다. 루드말이 개인적으로 접한 정보였던 까닭에, 그들로써도 알기가 어려운 부분이었다.

레드문의 정보력이 둘째가라면 서러운 수준이라고는 하나, 그들이 모든 걸 알고 있는 건 아니었기에, 이처럼 개인적인 정보는 그들의 수집영역 바깥에 있을 수밖에 없었다.

"확실히… 암전은 여러모로 구린 구석이 많으니까."

충분히 가능성이 있다는 게 그녀의 결론이었다.

그런 이유로 레일라의 조사에 도움을 주겠다면서, 레드문이 지니고 있는 뱀파이어 관련 자료를 그녀에게 몰아주었다.

레드문의 주인이 동의했다는 것만으로 불확실했던 정보는 높은 가치를 얻었다.

뿐만 아니라 드락의 공백으로 발생한 헥토산 왕국의 변화 역시도 상세하게 파악할 수 있었는데, 생각보다 사건이 컸던 것인지, 레드문의 요원들도 상당부분 집중하고 있는 내용이라고 했다.

"세대교체라…크흠!"

그녀가 전한 내용은 의외의 것이었다.

드락이 없는 틈을 타서 에크릴 가문의 실권자를 바꾸는 계획 혹은 음모가 이어지고 있단 정보였는데, 당연하게도 그 주체는 드락의 식솔들이었다.

눈살을 절로 찌푸리게 만드는 소식이었다. 선뜻 믿기가 어려웠던 것일까? 드락도 처음에는 레드문의 정보를 의심했다.

"설마, 내가 내 집안에서 벌어지는 사건도 모를 거라고 생각하나."

그에게도 나름의 연락책이 있었고, 이를 통해서 가문의 소식은 항시 전해 받아왔다. 하지만 그 속에서 세대교체의 흐름은 한 번도 언급된 적이 없었다.

이에 대해 셰릴은 짧게 답해주었다.

"연락책이 영감님의 사람이라고 확신 하십니까?"

말문이 막힐 수밖에 없었다. 셰릴은 그런 드락을 쏘아붙이듯 이야기를 이었다.

"영감님이 헥토산 왕국을 위해 항시 열정적으로 움직이고 있다는 건 누구나 잘 압니다. 알아요. 하지만 그에 반해서 가문에 붙어 계시는 시간은 얼마나 된다고 생각합니까?"

더더욱 할 말을 없게 만드는 내용이었다. 그녀의 이야기처럼 드락은 매 시간의 대부분을 외부활동에 쏟아 붓고 있었고, 그런 만큼 가문에 소홀한 부분이 있을 수밖에 없었다.

"영감님도 올해로 벌써 71세라고 들었는데…여전히 가문의 주인이시죠."

그의 장남이 어느새 50세를 넘겼고, 막내도 벌써 40대가 코앞이었다. 손자들도 대부분 20대를 넘겼고, 거기에 더해 증손주까지 하나 둘 태어나고 있는 시점이었다.

"누구나 영감님이 헥토산 왕국의 수호자라는데 부정하지 않을 겁니다. 하지만 과연, 가문에서는 어떻게 생각할까요?"

생각지도 못한 지적이었던 걸까?

드락은 그저 조용히 그녀의 이야기를 듣고만 있었고, 그렇게 침묵을 고수할 뿐이었다. 하지만 셰릴은 아직 끝낼 생각이 없었다.

"자제분들의 분쟁이라고 물러나실 생각은 마세요."

식솔간의 다툼도 문제였지만, 이 상황이나 사건 자체가 어쩌면 암전과 연관되어 있을지도 모른다는 것이다.

마지막이라도 가문의 주인다운 모습을 제대로 보여줘야 할 때였다.

"그런가…."

길지 않은 시간이었건만, 그 짧은 사이에 드락의 얼굴은 크게 세월을 타고 있었다.

아무래도 가문의 변화가 충격적으로 들릴 수밖에 없었다.

특히, 그 같은 내용을 가문의 주인인 그가 몰랐다는 게 더욱 충격적이었을 것이다.

"그런 의미로 저희가 도와드릴 일들이 많은 것 같네요."

셰릴이 그 말과 함께 에던을 바라봤다.

"돌아온 김에 제대로 복귀전 좀 치러야지."

"…뭐?"

대륙 어느 왕국을 가더라도 레드문을 찾을 수 있듯, 암전 역시도 어디서나 찾을 수 있었다.

말인 즉,

"여기에도 암전은 있다는 소리지."

그 정도는 충분히 예상 가능한 부분이었다. 눈살을 찌푸리는 에던을 향해, 셰릴이 웃으며 본론을 건넸다.

"제대로 시비 한 번 털어줘."

당연하게도 다른 곳에는 눈길을 돌릴 수 없는 수준이라야 했다.

❖ ✣ ❖

실질적인 전력은 겨우 넷이었다.

에던과 셰릴 그리고 레일라와 드락까지.

그 개개인을 놓고 판단해 본다면, 결코 가볍지 않은 전력이었다.

초월자가 무려 넷!

완전한 건 아니지만 일곱 번째 서클을 형성하며 마도의 경지에 오른 레일라도 초월자로 치기에 충분했다.

엘프들을 통해 한층 발전한 정령술까지 생각한다면, 초월자란 위치에 부족함이 없을 터였다.

게다가 에던의 경우에는 드락을 압도할 정도의 실력자로써, 별의 영역 그 너머를 바라보고 있을 정도이기도 했다.

겨우 넷이 아닌 무려 넷!

그들이 암전을 상대로 움직이는 것이다.

물론, 레일라가 뱀파이어라는 불확실한 정보의 편린을 쫓아가는 까닭에, 당장 이렇다 할 도움이 되지는 않을 터였으나, 언제든 전력으로써 움직일 수 있다는 게 중요했다.

이 같은 점에서 본다면, 사실 드락의 경우에는 그저 가문으로 돌아가는 것뿐이었으나, 그의 행동에 암전의 이목의 쏠릴 수밖에 없다는 걸 떠올린다면, 존재 그 자체만으로도 암전의 시선을 분산시키는 효과가 있을 터였다.

개별적이며 개인적인 목적으로 움직이는 레일라보다 오히려 전략적인 도움이 되는 것이다.

"그런 의미에서 우리가 잘 해야지."

셰릴은 그 말과 함께 전방을 가리켰다. 드리자일 백작령에서 활동 중인 암전의 거처가 코앞이었다.

항상 그들이 그러하듯, 일반 상가를 비롯한 일상의 한 부분에 파고들어, 은밀하게 거리의 한편에 얼룩을 새겨 넣고 있었다.

제 1 암전은 아니지만, 헥토산 왕국 내에서도 손에 꼽히는 세력인 드리자일 백자령에 터를 잡은 만큼, 결코 만만치 않은 규모일 거라는 건 알 수 있었다.

"일단 여기부터 털어보자고."

셰릴이 그 말과 함께 에던의 등을 떠밀었다.

"모기처럼 쪽쪽 빨아 봐."

"끄응…."

이 날을 기점으로 헥토산 왕국 암전들의 피가 마르기 시작했다.

❖ ✣ ❖

마가 꼈다는 게 이런 걸까?

브락셀은 왜 하필 이곳인가 싶었다.

'끄응… 서 대륙으로 했어야 했나.'

중앙 대륙에서 쫓겨나다시피 하며, 남 대륙으로 넘어왔다. 제 터전을 잃어버린 까닭에, 그의 지위도 상당부분 떨어질 수밖에 없었지만, 일단 살아남았다는 것에 만족하고 있었다.

게다가 원로회의 일원이라는 건 여전하기에, 최악은 아니라고 여겼다.

남 대륙에서 새로운 기반을 다진다는 생각으로 찬찬히 계획을 꾸려나갔다.

하지만 이게 웬일?

'사신이라니… 젠장!'

골머리가 절로 아파왔다.

'살아있었을 줄이야.'

침묵의 숲에 들어갔다는 점과 1년 남짓의 공백 기간으로 인해 일말의 기대를 걸어봤건만, 아무래도 엘프들의 손님으로써 초대되었던 만큼, 그들의 통로를 이용하여 안전하게 방문을 마친 모양이었다.

'남 대륙이 아니라 서 대륙이 정답이었을 줄이야.'

물론, 그의 선택보다는 상부의 입김이 크게 작용한 이동이었지만, 어쨌든 그의 의견도 일부 반영되었다는 점에서 절망감이 남다를 수밖에 없었다.

'복귀전을 아주 화려하게 치르는구나.'

정신이 어지러울 정도로 날아드는 보고서에 동공이 풀릴 지경이었다.

그 최초는 드리자일 백작령에서 부터였다.

이후, 헥토산 왕국의 곳곳을 돌아가며 암전의 지부들을 해체하기 시작하는데, 스스로를 감출 생각도 않는 탓에, 그가 사신이라는 것도 어렵지 않게 알아낼 수 있었다.

'…절묘하군.'

슬슬, 망자의 존재감이 알려지기 시작하며, 각국의 정상들이 시선을 모으려는 찰나, 시기적절하게 사신이 돌아온 것이다.

망자로 인해 다시금 기반을 다지기 시작하던 브락셀의 입장에서는 하늘이 무너지는 것 같은 순간이었다.

당연하게도 이를 본격적으로 활용하던 암전의 입장에서도 골치 아픈 상황일 터였다.

새롭게 들어온 보고서를 확인한 결과, 벌써 일곱 군데의 암전이 초토화가 되었음을 알 수 있었다.

이대로라면 헥토산 왕국 암전의 뿌리까지 상할 확률이 높아보였다.

하지만 선뜻 그에게 칼을 뽑아들기도 어려웠다. 중앙대륙의 경험이 암전을 움츠러들게 만드는 것이다.

'골치 아프게 됐군.'

다음의 여덟 번째 희생지가 어디가 될지 짐작이 가는 까닭에 더욱 골머리가 아팠다.

저들의 이동 경로는 정확히 헥토산 왕국 수도로 향해 있었다.

[제 1암전!]

뿌리를 뽑으러 가고 있는 것이다.

암전으로써도 더는 움츠리기가 어려운 상황이었다.

❖ ✣ ❖

조언에 따라 화려하게 불을 질렀다.

아무래도 무대가 무대인만큼, 그 불길이 세상에 드러나

지는 않았지만, 열기만큼은 바깥으로 전해질 수밖에 없었다.

그 때문인지 헥토산 왕국의 분위기도 하루가 다르게 달궈지며, 텁텁한 공기가 그들의 일상 속으로 스며들기 시작했다.

"슬슬, 환기를 시켜줄 때가 됐지."

셰릴은 그 말과 함께 최종 목적지로 발을 들였다.

[리트아벤 브락센.]

헥토산 왕국의 수도이자, 이곳 암전의 제 1전주가 머무는 공간이었다.

대개 암전의 1전주들은 각국의 중심적인 장소에 터를 잡고는 했는데, 헥토산 왕국의 경우에는 드락의 충성 덕분에, 왕실의 힘이 유난히 강성한 곳이었다.

암전의 1전주가 이곳에 터를 잡은 건, 어찌 보면 당연한 수순이었다.

"영감님은 상황이 어때?"

에던이 셰릴의 뒤를 따르며 슬쩍 그리 물었다.

"뭐, 나쁘지는 않을 거야."

암전을 강하게 압박하며 그들의 거점을 해체시킨 덕분일까?

"당장 에크릴 공작가에 전념하기가 어려워졌으니, 영감님도 일단 급한 불을 끌 시간은 얻었겠지."

그렇다고 해서 여유가 생겼다는 의미는 아니었다. 드락의 재능을 고스란히 물려받은 것인지, 그의 후계자들은 하나같이 뛰어난 실력자들이었다.

드락의 존재가 특별하기는 하나, 가문에 불성실한 가주보다는 전념할 수 있는 가주가 필요하다 판단에, 식솔들 대부분이 세력을 나눠가며 대립 중에 있었다.

“상황이 이렇게까지 될 때까지 영감님은 뭘 하고 있던 건데?”

“뭐… 암전 녀석들이 작정하고 눈과 귀를 가리면, 솔직히 초인이라도 별 수 없을 걸.”

레드문에게도 얼마든 가능한 일이기에, 암전 역시도 어렵지 않을 터였다.

이런 이유들로 인해 초월자라 불리는 이들도 각자 세력을 꾸리고, 나름의 방벽을 세우는 것이었다.

“드락 영감님처럼 외부활동이 잦으면, 크게 어려울 것도 없지.”

중간 연락책만 잘 매수해 놓으면 상황 끝이었다.

에크릴 가문의 세대교체는 왕국 전역에 큰 영향력을 발휘할 수밖에 없었다.

특히, 드락이 왕실에 충성을 해 왔던 만큼, 세대교체를 통해 그들 가문을 귀족파로 끌어들이려는 움직임이 활발한 까닭에, 권력의 중심도 바뀔 수 있는 상황이었다.

“세대교체와 권력의 이동 사이에 슬쩍 한 발 걸치는 거, 암전 놈들 특기지.”

그 같은 방식으로 각국의 정상들과 연결고리를 만들어 놓고 있는 것이다.

"이쯤 되면 영감님 이름값만 가지고 상황을 해결하기는 어려울 걸."

권력의 지원, 왕실의 도움이 절실할 터였다.

"그러니까 네가 더 활개를 쳐 줘야 된다는 거지."

행여나 있을지 모를 암전의 방해공작을 차단하기 위해서라도, 에던은 암전의 해체 작업에 더욱 열중해야만 했다.

"저놈들이 움츠러들기만 해도 우리 승리지."

셰릴은 그리 말하며 에던의 등을 떠밀었다.

보름 남짓,

한 개 왕국의 암전 세력이 초토화 되는데 걸린 시간이었다.

[사신의 귀환!]

그 화려한 복귀식에 이면 세상이 후끈 달아올랐다.

❖ ✣ ❖

가문의 삼남으로 태어난 까닭인지, 그는 후계순위가 낮았다. 하지만 오히려 그 때문에 더욱 가문의 일보다 스스로의 단련에 전념할 수 있기도 했다.

[드락 에크릴!]

그는 철저하게 기사로써 자신만의 삶을 살았다.

후계순위가 낮다는 걸 핑계로, 거침없이 가문을 뛰쳐나왔고, 그렇게 청춘의 일부를 자유기사로써 떠돌았다. 각종 경험들을 겪으며 끊임없이 수련과 단련을 거듭했다.

침묵의 숲에 도전했던 것도 이 시기였다.

열정적으로 청춘을 불살랐다. 그렇게 자신만의 시간 속에서 점차적으로 가문의 존재가 뇌리 한 구석으로 모습을 감출 무렵, 갑작스레 사건은 발생했다.

전쟁 그리고 죽음이었다.

위의 두 형들에게 사고가 생긴 것이다. 장남과 차남의 비보와 함께 그의 위치가 후계 1순위로 올라버렸다.

남동생이 둘 있었으나, 그 중 한명은 몸이 아닌 머리를 쓰는 학자였고, 막내의 경우에는 흔히 말하는 늦둥이로써, 당장 가문을 책임지기가 어려웠다.

시간이 조금만 더 허락되었더라면, 충분히 가르쳐서 후계자로 키울 수 있었을지도 몰랐다.

하지만 전쟁에서 두 형들 외에도 가주 역시 상당한 부상을 입은 까닭에, 허락된 시간이 길지 않았다.

저 멀리 대륙 반대편에 있던 그에게 갑작스런 소환장이 날아들었고, 뜬금없는 후계직이 부여되었으며, 눈 깜짝할 사이에 가주의 자리까지 올라야만 했다.

가문의 주인으로써 갖춰야 할 가르침을 받았으나, 그럼에도 어린 시절부터 청춘까지, 그 모든 시간을 불사르며 쌓아올린 본질이 바뀌기는 어려웠던 것일까?

그는 습관처럼 바깥을 향해 걸음을 옮기고는 했다.

다행이라면 끊임없는 단련의 결과가 꽃을 피우며, 별의 영역이 그에게 발자국을 허락했다는 점이었다.

덕분에 그저 존재하는 것만으로도 가문의 힘이 되었고, 가문은 영광을 이어나갈 수 있었다.

'그마저도 없었으면… 일찌감치 가주자리에서 쫓겨났겠군.'

드락은 옛 기억들을 되새기며 쓰게 웃었다.

'누굴 탓하랴….'

결국에는 그의 잘못이라 여겼다.

장남 트레쉬와 차남 하게트 그리고 삼남 바일.

그렇게 셋이 이번 분쟁의 중심에 있었다. 하지만 그들 외에도 다른 식솔들 역시 분쟁에 한 다리씩을 걸친 상태였다.

세릴을 통해 드리자일 백작가도 이와 관계가 있을 확률이 높다는 이야기를 들었고, 가문 내의 식솔뿐만 아니라 외부의 식솔도 사건에 연루되어 있음을 알 수 있었다.

'하아….'

상황을 해결하기 위해서 움직이면서도, 의욕이 끓기 보다는 그저 한숨만 나올 뿐이었다. 언제나 청춘이라 외쳐대며 뜨겁게 살아오고 있었지만, 이 순간만큼은 열정이 식어버린 듯, 노쇠한 모습으로 어깨를 늘어트릴 수밖에 없었다.

다행스럽게도 분쟁의 불길은 잡을 수 있었다.

에던과 레일라 그리고 레드문의 도움이 컸다. 물론, 결정타는 왕실에서 보낸 지원이었지만, 암전을 제압하지 못했더라면 거기까지 이를 수 없었다는 것 정도는 그도 잘 알았다.

'세대교체라….'

질러버렸다고나 할까?

어찌 되었건 상황은 해결되었고, 분쟁이 불씨 역시도 잡았다. 하지만 이번 사건을 통해 머물기보다 물러나기로 결심을 굳혔다.

"그래서… 저희를 따라오신다는 겁니까?"

에던의 물음에 드락이 슬쩍 웃어보였다.

"잘 부탁하네. 커헐!"

"끄응…."

가문 내에 분쟁을 일으켰던 세 아들을 밀어냈다. 그렇다면 후계자는 누구로 할 것인가?

이 부분에서 그가 내린 결정이 또 의외였다.

과거, 어린 나이 때문에 후계자로 선택되지 못했던, 그의 막내 동생인 '벨트만'을 내세운 것이다.

'나이가 많긴 하지만….'

워낙 늦둥이었던 까닭에, 그의 장남과도 크게 나이차이가 나질 않았다.

뿐만 아니라 어릴 적 그와 마찬가지로, 벨트만 역시 가주의 후계라는 자리에서 멀었던 까닭인지, 스스로를 단련하여 길을 여는 선택지에 발을 들였고, 그로 인해 개인적인 능력 역시도 탁월했다.

가문을 대표하는 3대 기사단 중 하나인, 비에트랑의 부단장 직에 오른 것이 그 노력의 결실이었다.

굳이 벨트만에게 후계직을 내리고자 했던 건, 그가 이번 분쟁을 잠재우기 위해 노력을 아끼지 않았음을 아는 까닭이었다.

한 가지 문제가 있다면, 벨트만에게는 딸아이들 밖에 없다는 점이었다. 다음 대를 이을 후계가 없는 것이다.

어쩌면 이 부분은 그의 세 아들에게 마지막 희망으로 남아, 차후 분쟁의 씨앗이 될 수도 있겠으나, 벨트만에게 단단히 언질을 준 데다가, 각자 지위를 낮춰두기도 한 까닭에, 적어도 세 아들에게는 그 기회의 문턱은 한없이 높고 고달프기만 할 터였다.

"아직 제대로 정리도 안 된 것 같던데, 가주라는 분이 이렇게 밖으로 나돌아도 되는 겁니까?"

재차 이어진 에던의 물음에 드락이 어깨를 으쓱이며 답했다.

"오히려 내가 없는 게 나을 걸세."

새 가주를 받아들이기 위한 준비기간으로써, 후계자인 벨트만 홀로 가문을 지도하는 게 더 낫다는 결론이었다.

그가 가문에 있다가는 어중간한 분위기가 그대로 유지될지도 모르는 까닭에, 일부러 자리를 피한 것이다.

차라리 그럴 바에는 정식으로 가주자리를 물려주는 게 낫지 않겠냐는 질문도 받았지만, 분쟁의 잔재가 남아있는 이 시기에 새 가주를 바로 받아들이는 건 쉽지 않다고 여겼다.

때문에 일단은 그가 가주자리를 지킴으로써, 벨트만이 후계자의 권한으로 플레임 스피어의 이름을 이용할 수 있도록 할 생각이었다.

"내 이야기는 그만 하고, 자네들은 어디로 갈 생각인가?"

슬쩍 화제를 전환하는 드락의 물음에 에던이 셰릴에게로 시선을 돌렸다. 그간 여정을 그녀의 계획대로 움직여왔던 까닭인지, 자연스레 그녀에게로 의견을 넘긴 것이다.

"일단은 소식을 기다려야지요."

"소식?"

셰릴의 이야기에 드락이 의아한 얼굴로 바라봤다.

"듣자하니 뱀파이어 때문에 3개월이나 허비하셨다고 하시던데, 기왕 시작한 거 끝은 봐야지요."

"끝이라면, 설마…?"

"뱀파이어 한 번 찾아보려고요."

"허…."

"아줌마한테 소식이 오면 바로 움직일 생각이에요."

그녀가 말한 아줌마란 레일라를 뜻하는 것이었는데, 그녀의 음성에서 무언가 느낀 게 있던지, 드락이 이를 확인코자 슬쩍 물었다.

"뭔가, 발견한 게 있는 건가?"

"아무래도 마법 방면으로는 그 아줌마가 전문이니까요."

그 규모에 어울리게 레드문에도 뛰어난 마법사들이 있었으나, 마도의 영역에 이른 레일라와는 비교할 수가 없었다.

그 영역이나 수준 자체가 다른 것이다.

뱀파이어들은 그 개개인이 뛰어난 마법사이기도 했는데, 그들이 사용하는 마법이 일반적인 마법과는 그 궤가 다른 까닭에, 그 추격이 쉽지 않았다.

엘프들의 원소마법처럼, 뱀파이어의 경우에는 그들의 특성인 피를 통해서 사용하는 '혈마법'을 사용하는데, 아무래도 체계가 다른 마법과 그 흔적을 읽어내는 건, 레드문에 속한 마법사들에게는 불가능의 영역이었다.

'최소한 6서클 정도는 돼야 하는데….'

안타깝게도 그만한 실력자는 레드문에 존재하지 않았다. 마법 '학자'로써는 그 수준의 실력자들이 있기는 했지만, 여기서 필요한 건 명확한 서클과 직접적인 능력이었다.

때문에 뱀파이어의 추격에 관해서는 레일라에게 전적으로 맡겨두기로 한 것이다.

실제로 레일라는 드락을 묶어두었던 흔적들 속에서 혈마법의 잔재를 발견해냈고, 이를 하나하나 분석하며 추격을 개시한 상태였다.

이로 인해 암전과 뱀파이어가 연결되어 있을지 모른다는 추측에 한층 확신이 더해지기도 했다.

"마냥 소식만 기다리자니, 좀 심심하군."

드락이 그처럼 말하며 쓰게 웃어보였다. 말뜻과 달리 미소에 그의 심정이 묻어나오고 있었는데, 왕국에서 벗어나기 위한 게 에던 일행에 합류한 이유 중 하나인 까닭이었다.

물론, 에던에 대한 호기심이 결정적인 이유이긴 했지만, 어쨌든 그 같은 이유로 이곳에 머무는 게 달가울 리가 없었다. 그 같은 드락의 감정을 읽은 듯, 셰릴이 고개를 끄덕이며 재차 입을 열었다.

"뭐… 일단은 남쪽으로 이동하면서 소식을 기다리면 될 것 같네요."

레일라가 향하고 있는 방향이 그쪽이기에, 일단 따라잡을 생각으로 움직이면 될 듯싶었다.

사실, 그녀의 계획은 이곳에서 잠시 휴식을 취하는 한편, 비어버린 암전의 자리들을 채우며, 헥토산 왕국에 레드문의 그림자를 진하게 깔아놓는 것이었으나, 드락을 생각해서라도 우선 움직이기도 결정했다.

암전이 제 힘을 발휘하지 못하면서, 결국 에크릴 공작가의 세대교체는 실패로 돌아갔다.

비록 새로운 가주 후계로써 벨트만을 내세우고 있으나, 이는 분쟁이 아닌 드락이 선언한 세대교체였다.

피로써 이뤄낸 결과가 아닌 만큼, 이후에도 가문에 대한 그의 발언권은 남다를 게 분명했다.

이처럼 그의 위치가 여전하다면, 이곳 헥토산 왕국에서의 영향력 역시도 변함이 없을 터였다. 그리고 이 때문에 드락의 합류를 흔쾌히 받아들인 것이었다.

'영감을 끼워 넣으면, 암전 놈들도 쉽게 움직이지는 못하겠지.'

이는 단순히 초인 한명의 힘이 더해지는 게 아닌, 헥토산 왕국의 지원으로 이어지는 결과를 낳을 것이고, 더 나아가 남 대륙의 대표가 함께한다는 효과까지 기대할 수 있기에, 드락의 합류는 그야말로 환영할만한 일이었다.

앞으로의 여정을 생각한다면, 드락 같은 존재는 많으면 많을수록 좋았다. 초인으로써의 능력이 아닌, 그의 위치가 주는 특별함이 필요한 것이다.

'에휴… 달링은 이런 내 고충을 알려나 몰라.'

셰릴이 슬쩍 에던을 바라봤다. 갑작스런 시선에 당황한 듯, 에던이 어색하니 뒷머리를 긁적이는데, 그 어리버리한 모습이 어째서인지 귀엽게만 느껴지는 건, 역시나 눈에 콩깍지가 꼈기 때문이리라.

이 부분에서 드락의 합류가 살짝 아쉽게 여겨지기도 했다.

'둘이서 오붓한 여행이 될 수 있었을 텐데….'

한 줌 미련 속에, 괜히 입맛만 다실뿐이었다.

❖ ✣ ❖

밤의 귀족!

뱀파이어를 주로 칭하는 용어였다.

사람들은 그들을 마물 혹은 마족의 일원이라고 보고는 하는데, 그처럼 여기는 이유 중 하나는 바로 그들의 마법에 있었다.

피를 매개체로 펼쳐지는 혈마법은 저들의 존재를 붉은 안개로 만들기도 하고, 때로는 박쥐로 변형도 시켜주며, 피를 통한 전염으로 어둠의 노예를 탄생시키기도 하는데, 그 같은 독특한 마법은 저 마계의 마족들의 기이함과 닮아 있는 까닭에, 뱀파이어를 마족의 일원으로 분류하는 것이었다.

그리고 이 같은 기이함으로 인해 암전은 그들과 손을 잡았다.

피를 매개로 한다는 건, 자연히 그 육신에 대한 통제력이 남다르다는 의미일 수도 있음에, 망자의 개발에 그들의 능력이 크게 도움이 될 거라 여긴 것이다.

특히, 피 자체에 담긴 본연의 생명력에 대한 연구가 여러모로 도움이 되었다.

이 같은 연구의 성과 중 일부로써, 저들의 혈마법과 혈마력이 그 안에 담긴 생명의 원천과 닿아있음도 알아낼 수 있었다.

어찌 되었건 망자의 실험 외에도 다양한 거래들을 통해, 암전과 뱀파이어는 긍정적인 관계를 맺고, 또 이어나가는 중이었다.

그리고 이 때문에 뱀파이어 측은 이번 거래가 매우 불만스러울 수밖에 없었다.

“일부러 흔적을 남기라고 하다니. 쯧!”

저들과의 좋은 관계에 대해 다시금 생각하게 만드는 의뢰며 거래라는 생각이 들 정도였다.

마물 혹은 마족으로 여겨지는 만큼, 그들 뱀파이어에 대한 사람들의 인식은 결코 좋지 못했다. 때문에 최대한 그 활동을 자제하고 모습을 드러내는 것도 피해왔다.

그나마 마도의 영역에 오르지 않고서는 그들의 혈마법과 그 흔적을 쉬이 읽어낼 만한 존재가 없기에, 불만을 내비치면서도 결국 거래에 응한 것이다.

어쩌면, 설마, 하는 마음이었다.

하지만 그 ‘설마’가 꼬장을 부리려는 듯, 흔적을 추격하는 그림자가 있었다.

“이런, 옘장!”

벌건 대낮임에도 불구하고, 관 뚜껑열리는 소리와 함께, 수많은 뱀파이어가 관짝을 박차고 일어나야만 했다.

광합성하기 좋은, 어느 가을날의 일이었다.

8. 극단의 대지.

8. 극단의 대지.

마법이란 어찌 보면 세상의 흐름, 이치를 거스르는 것일지도 모른다.

물속에서 불을 피우고, 날개도 없이 하늘을 날며, 한 여름에 눈송이를 떨어트리기까지 하는 건, 확실히 이치에 어긋나는 풍경일 것이다.

당연하게도 이질적 흐름의 결정체인 마법은 발현 이후에도 그 잔재가 아지랑이처럼 남아 흔들리고는 했다.

물론, 시간이 지나면 본연의 흐름 속으로 회귀하듯, 그 흔적들이 사라지게 된다.

이는 연기가 흩어지는 것과 같고, 그 단단하다는 암석이 세월의 흐름 속에 점차적으로 풍화되며 분해되는 것과도 같았다.

드래곤이 부리는 마법이 아니라면, 그 기간도 더욱 짧았다. 그런 만큼 3개월이라는 시간을 건너서 흔적을 찾는다는 건, 결코 쉬운 일이 아니었다.

하지만 유난히 더 변칙적인 혈마법과 그만큼 이질적인 혈마력의 독특함으로 인해, 그 긴 시간 속에서도 희미하게나마 흔적을 읽어내는 게 가능했다.

'피 냄새…….'

분명, 마법의 흔적이건만 거기에서는 혈향이 살랑거리고 있었다.

'혈마력!'

레일라는 그걸 중심으로 추격하는 한편, 셰릴이 전해준 정보들을 분석하며 예상 경로들을 추측했다.

과거로부터 뱀파이어와 관련된 사건사고는 여럿 있어왔지만, 그들을 발견해내지 못한 까닭에, 그저 누군가 꾸며낸 범죄라는 결론이 내려졌던, 그런 미해결 사건들을 주로 살폈다.

이 정보를 토대로 그 사건 지점들을 골라냈고, 이를 통해서 저들의 주요 무대가 어디인지, 그리고 어디서부터 그 발자취가 시작 되었는가 등등을 추리했다.

물론, 저들이 정체를 숨긴 것처럼, 그 발자취를 드러낼 리가 없다는 것 정도는 충분히 짐작할 수 있었다.

하지만 오히려 그 같은 부분들을 염두에 두고 있다면,

그 역시 하나의 정보가 되는 것이다. 게다가 그녀에게는 3개월 전 뱀파이어가 남긴 혈마법의 흔적들이 있지 않던가.

이를 쫓는 한편, 옛 정보를 분석하며 움직인다면, 충분히 가능성이 있다고 여겼다.

그렇게 얼마나 이동했을까?

문득, 그녀는 헥토산 왕국을 벗어났음을 알았다. 에던과 셰릴을 기다릴까도 싶었지만, 한층 희미해진 혈마력이 그녀의 걸음을 재촉했다.

갈등 끝에 움직이기로 결정을 내렸다. 레드문을 통해 간단한 소식만 전한 뒤, 다시금 추격에 들어갔다.

'남쪽….'

흔적이 가리키는 방향으로 끊임없이 걷고 또 걸었다. 그리고 어느 순간을 기점으로 흔적이 사라졌음을 느꼈다. 하지만 그럼에도 불구하고 그녀는 추격을 멈추지 않았다.

기점이 찾아들던 순간, 이미 그녀는 저들 뱀파이어의 거처에 대한 단서를 얻은 까닭이었다.

[극단의 대지!]

또는 '극한의 대지'라고도 불리는 남 대륙 끄트머리에 존재하는 대륙의 또 다른 금지들 중 하나였다.

어마어마한 추위로 인해 사람들의 발길을 거부하는 대지였는데, 마법사를 비롯해서 뛰어난 실력의 기사들도 그곳에서는 채 며칠을 못 버티고 도망쳐 나올 정도라고 알려져 있었다.

뿐만 아니라 그곳 극단의 대지에서만 서식하는 특수 몬스터들의 위협 역시도 무시할 수 없는 까닭에, 극단의 대지 깊숙한 곳까지 발을 들이는 건 무리라는 결론이 내려진지 오래였다.

침묵의 숲과 마찬가지로 극단의 대지 역시도 여러 왕국들이 점령을 위한 시도가 있었지만, 한계를 넘어서는 추위에 밀려, 결국에는 쫓겨나듯 그곳을 벗어나야만 했다.

물론, 그곳에서 산다는 게 불가능한 건 아니었다.

'그 대가가 너무 과해서 문제지.'

마도의 영역에 이른 마법결계와 드워프들의 장인정신이 곁들어진 독특한 축성기술이 아니고선, 그곳에서 사람이 살 만한 터전을 꾸리기가 어렵다는 결론이었다.

당장 마도사에게 결계를 부탁하기도 어려운 상황에 드워프의 도움까지 구해야 하며, 거기에 더해 그 마법들이 유지될 수 있는 마정석들까지 필요하다는 걸 생각하다면, 차라리 극단의 대지를 포기하는 게 더 낫기에, 주저 없이 발을 뺀 것이다.

레일라는 바로 그 극단의 대지를 향해 걸음을 옮기고 있었다.

파파파파파파…

마치 마법이라도 휘몰아치는 듯, 사나운 폭풍우가 전면을 치고 들어오는 게 느껴졌다.

마법적인 보호조치를 취해야만 전진할 수 있을 정도로

격한 바람이었다. 뿐만 아니라 밀려드는 한기로 인해, 끊임없이 내부에서 마나를 돌리는 한편, 마법적인 열기도 일으켜야만 했다.

'확실히… 사람이 살 만한 장소는 아니네.'

대륙적인 흐름과 맞물리듯, 이곳 역시도 가을이라 할 만한 시기였으나, 그 한기는 북 대륙 이상으로 시리고 또 차가웠다.

겨울이 되면 또 얼마나 추울지 생각하자, 특수 몬스터들 정도가 아니고서는 생명체가 살 수 없을 거라 여겨졌다.

그리고 이 같은 부분이 더욱 레일라의 촉을 자극했다. 이곳에 뱀파이어가 있을 확률이 높다는 예감이 왔다.

주저 없이 그곳을 향해 걸음을 옮겼다.

파파파파파팍…

안으로 들어가면 들어갈수록 한층 날카로운 칼바람이 몰아치며 마법의 장막을 두드렸지만, 그녀는 물러나지 않았다.

때 아닌 혈향을 맡은 까닭이었다.

'극단의 대지에서 피 냄새라….'

비록 희미한데다가 사나운 칼바람에 갈가리 찢겨지며, 쉴 새 없이 흩어지는 까닭에, 그 희미한 향의 잔재만이 드문드문 밀려왔지만, 분명 그건 혈마력을 품고 있었다.

'찾았다!'

문득, 갑작스레 그 향이 한층 짙어진다고 여겨질 즈음,

불길한 예감과 함께 걸음을 멈췄다.

'이 너머는… 느낌이 안 좋네.'

확신을 얻은 이상 무리를 하기보다, 일단은 에던과 레일라를 기다리는 게 나을 것 같다는 결론을 내렸다.

그렇게 결정하고 발길을 되돌릴 때,

그들이 나타났다.

'뱀파이어….'

흔적 정도가 아닌 그들 본체가 모습을 드러낸 것이다.

'…열다섯이라.'

양 손으로도 헤아리기 어려운 숫자였다.

'위기… 이려나.'

태양이 정 중앙에 걸린 시간이라는 게 그나마 위안이었다.

❖ ✣ ❖

세톤 왕국.

대륙의 남쪽 가장 끄트머리에서 금지들 중 하나인 극단의 대지와 인접하고 있는 왕국이었다.

에던 일행은 출발 전의 느긋하던 모습과 달리, 바삐 걸음을 재촉하며 단시간에 세톤 왕국의 최남단까지 도착했는데, 이는 중간에 날아든 레일라의 소식 때문이었다.

[극단의 대지. 조사.]

짤막한 내용이었지만 그 의미는 충분히 파악할 수 있었다. 당연하게도 금지에 돌입하겠다는 그녀의 발언으로 인해, 바삐 속도를 더한 것이다.

극단의 대지가 지닌 특성으로 인해, 레드문의 그림자들은 레일라를 뒤따르지 못한 채, 이곳 세톤 왕국에서 걸음을 멈춰야만 했다.

결국 레일라의 소식이 끊긴 것이나 다름없는 상황이 되어버린 것이다. 그나마 다행이라면 그녀가 따로 남겨놓은 방책이 있다는 점이었다.

마도의 영역과 더불어 정령술도 상급의 경지를 엿보고 있는 덕분인지, 그녀는 독특한 마법을 정보원들에게 남겨놓았다.

"이걸 돌리면 된다는 거지."

그것은 자그마한 원형의 판 위로 무수히 많은 문양들이 새겨져 있고, 그 중앙에 가느다란 침이 달려있었다.

침을 잡고 빙글빙글 돌렸다가 놓자, 돌연 판 위로 빛이 일어나는가 싶더니, 침이 한 방향으로 기울어지기 시작했다.

"호…."

세릴이 작게 탄성을 내질렀다. 빛과 함께 희미한 정령의 향을 읽은 까닭이었는데, 놀랍게도 그 안에서 레일라의 기운을 느낀 것이다.

이는 그녀가 지닌 정령력을 일부 담아놓은 마도구로써,

중앙의 침은 그 영력의 주인이 있는 방향을 가리키는 것이라며, 만약의 사태를 대비해서 레일라가 남겨놓은 안배였다.

"이걸 쫓아가면 되는 건가?"

드락의 물음에 셰릴이 고개를 끄덕이며 남쪽으로 시선을 던졌다. 침이 가리키는 곳이었는데, 정확히 극단의 대지가 있는 방향이었다.

이미 그림자들이 준비해놓은 물품이 있는 까닭에, 준비 시간은 오래 걸리지 않았다.

❖ ✣ ❖

극단의 대지로 들어온 뒤로부터는 예상했던 그대로 상황이 흘러갔다.

"춥다… 으… 흐드드… 딱… 따닥… 딱…."

에던은 온몸으로 추위를 표현하며 한껏 몸을 웅크렸다. 전신을 바르르 떨게 만드는 아찔한 추위 앞에서는 곰처럼 두툼한 솜옷도 마법처리가 된 망토도 무의미했다.

마법 처리가 되었다고는 하나, 결국 마도의 영역에 닿아 있는 건 아니기에, 결국 그들 개개인의 순수한 능력으로 버텨야만 하는 것이다.

그나마 각자가 별의 영역에 닿아있기에 여정을 이어나갈 수 있었다.

추위를 뚫고 꾸역꾸역 여정을 이어나가길 한참, 극단의 대지가 그저 춥기만 한 지역이 아니라는 걸 증명하듯, 특수 몬스터들이 그들의 앞을 막아섰다.

"크아아아아아…."

얼핏 봐도 오우거 정도는 되어 보이는 체구에 온 몸이 새하얀 털로 뒤덮여있는 거대한 괴물이었는데, 언뜻 고릴라처럼도 보이는 외형을 통해 그 정체를 유추할 수 있었다.

"예트리카!"

세릴이 그 정체를 크게 외치며 검을 뽑았다. 오우거와 비슷한 수준의 몬스터였으나, 이곳 극단의 대지의 환경으로 인해, 일행들의 육신이 크게 굳어있음에, 결코 가볍게 여길 수 없는 특수종이었다.

그리고 이들 예트리카를 시작으로 본격적인 금지의 공포가 그들을 위협하기 시작했다.

이곳 극단의 대지에는 생각보다 다양한 몬스터들이 살아가고 있었는데, 예트리카처럼 어찌어찌 외부에 알려진 특수종 외에도 전혀 알려진 바가 없는 괴물들도 상당했다.

물론, 그 환경의 한계로 인해 전체적인 규모나 숫자가 많은 건 아니었지만, 분명한 건 생각보다 많은 생명체가 살아가고 있다는 점이었는데, 에던은 바로 이 부분에서 한 가지 의문을 내비쳐야만 했다.

'생명체?'

분명, 최초에 그들을 위협해왔던 예트리카를 비롯하여, 몇몇 특수종들은 충분히 생명체라 할 만한 느낌이 있었다.

하지만 그 사이사이 달려들던 몇몇 괴물들은 생명체란 단어를 어색하게 만드는 기운을 풍기고는 했다.

극단적인 추위 때문에 그 역시 감각 일부가 굳어져 있는 까닭에, 몇 차례 더 전투를 치르고 난 이후에야 의문의 답을 찾아낼 수 있었다.

"암전이라고?"

그가 내어놓은 답을 들은 세릴이 깜짝 놀라서는 그리 외쳤다. 드락 역시도 놀란 얼굴로 주름을 일으키는 중이었다.

"아무래도 망자들과 비슷한 느낌이 들어."

에던은 그리 말하며 특수종 사이사이 끼어있던 이질적 존재들에 대해 설명했다.

"단지, 특이한 게… 살아있다고 하기 보단, 마치 언데드처럼 느껴진다는 점이 기이하단 말이지."

일반적으로 언데드가 죽음의 기운을 망토처럼 두르고 있다면, 망자들의 경우에는 그 명칭과 달리, 그 생명력을 극한까지 끌어다가 사용하는 게 특징이었다. 그 안에는 죽음이 넘쳐흐르지만 겉으로는 생기가 폭발하고 있다는 것이다.

"그렇다는 건… 결국, 암전 놈들이 이 근방에 손을 댔다는 건데…."

세릴이 슬쩍 끼어들며 입을 열었다.

"아줌마의 추측대로 뱀파이어가 이곳에 있다면…얼추 그림이 그려지네."

암전이 저 몬스터들을 대상으로 실험을 했을 확률이 높다는 것이다.

"그런 의미로 하나만 물을게."

셰릴이 그리 말하며 슬쩍 시선을 돌려 한 방향을 응시했다. 다양한 특수종들이 한가득 밀려들고 있는 게 보였다.

얼핏 봐도 그 숫자가 세 자릿수는 충분히 될 것 같았다.

"저것들도 암전 놈들하고 연관이 있는 거겠지?"

그녀의 물음에 에던이 쓰게 웃었다. 굳이 답할 필요가 있을까 싶은 것이다.

이곳 극단의 대지에 들어온 뒤, 다양한 특수종들을 경험했지만, 환경적 특성으로 인해 그 수가 많지는 않았었다.

헌데, 갑작스레 세 자릿수의 특수종이 몰려들었다. 그의 표정만으로도 충분한 대답이 되었던지, 셰릴이 고개를 끄덕이며 몸을 풀었다.

긴장감이 전신을 가득 휩쓸었다.

바깥이었더라면 결코 어렵지 않았을 것이다. 특수종들 대부분이 오우거나 트롤에 비견될 정도라고는 하나, 그녀는 별의 영역에 오른 초월자였기 때문이다.

하지만 이곳 환경에 육신이 일부 경직되고 제약이 걸리면서, 상황을 한층 어렵게 만들고 있었다.

드락 그리고 에덴이 함께하는 중이었지만, 몰려든 특수종의 숫자를 보고 있자니, 왠지 어렵겠다는 생각이 먼저 들었다.

순간, 긴장하고 있는 그녀의 어깨 위로 한줌 온기가 밀려들었다. 어느새 다가온 에덴이 손을 올린 것이다.

"날이 추워서 그런가. 너무 굳었네."

그러더니 대뜸 그녀를 뒤로 밀었다.

"몸 좀 녹이면서 쉬고 있어."

에덴은 드락에게도 비슷한 이야기를 건넸다.

"뼈마디도 시리실텐데, 뒤에서 좀 쉬고 계세요."

짧지 않은 여정이었으나, 기이할 만큼 자주 마주치는 특수종들로 인해, 일행들은 이미 상당부분 지쳐있는 상황이었다.

'이상할 정도로 자주 마주친단 말이지….'

그 때문에 제대로 된 휴식을 취하기가 어려웠고, 그로 인해 여정의 피로 역시도 적잖게 쌓여 있었다.

겉으로 드러내지만 않았지, 세릴과 드락 두 사람은 이미 한계에 봉착한 상태였다. 이 같은 사실을 알기에 에덴은 그 둘을 뒤로 밀어낸 것이다.

훌쩍 보폭을 늘린 에덴이 전면의 특수종들을 유심히 바라봤다.

비록, 언데드와 더 가깝게 여겨졌지만, 저들이 망자와 닮아있다는 건 분명해 보였다. 그리고 이 같은 부분이 에덴의 부담감을 상당부분 덜어줬다.

암전이 망자를 선뜻 내어놓지 못했던 이유가 무엇이던가. 침묵의 숲 안에서 데스 나이트가 일행들에게 길을 열어줬던 이유는 또 무엇이던가.

'삶과 죽음을 관장하니.'

고로 심판자라 하더라.

'어둠의 가장 깊은 곳에 거하니.'

심연의 주인이라고 부를지어다.

스릉…

아직 몽둥이의 개념을 크게 벗어나지 못한 사자검이 뽑혀 나왔다.

웅… 웅… 웅…

흐릿하니 검의 잠꼬대소리가 귓가를 스쳤다.

"그래. 너도 슬슬 기상할 때가 됐지."

전방에 밀려드는 숫자를 생각한다면, 이 녹슨 검에게도 충분한 자극이 될 거라 여겨졌다. 여정 내내 꾸준히 피를 먹였고, 이제는 크게 판까지 열 참이었다.

"이번에도 안 일어나면 앞으로 '사자곰'이라고 부를 거니까. 잘 판단하는 게 좋을 거다."

거기까지 이야기하던 에던이 짧게 숨을 삼켰다. 어느새 특수종들의 물결이 코앞까지 들이닥친 까닭이었다. 각자가 오우거 못지않게 거대한 덩치 때문일까?

'이건, 뭐… 해일이라도 밀려드는 기분이네.'

짜릿한 전투의 시간이었다.

❖ ✣ ❖

뱀파이어!

[늙지 않으며, 죽지 않는다.]

그들 일족을 칭할 때 주로 대표되는 내용이었다. 하지만 이는 반 정도만 들어맞는 정답이었다.

일단, 그 첫째로 늙지 않는다는 점.

"우리도 세월을 완전히 피할 수는 없지."

그 육신은 세상의 흐름을 거부한다. 하지만 그 정신이 흐름을 벗어나지 못했다.

오랜 시간이 흐르면 조금씩 그 정신이 깎여나가는데, 그 흔적의 일부가 육신으로 표현되며, 점차적으로 그들에게도 주름이 생기고 노화가 발생한다.

"드래곤도 결국 흐름을 벗어나지 못하는데, 우리라고 별 수 있나."

물론, 근본적으로 순응과 불응의 차이가 있었지만, 중요한 건 그들도 늙는다는 점이었다.

하지만 정신적으로 높은 영역을 구축한 이들은 무한에 가까운 수명을 보장한다는 것도 사실이었다.

그들 일족에게 전설처럼 전해지는 최초의 뱀파이어라거나, 마계에서 권력을 쌓아 지위를 얻은 고위 귀족 혹은 최상급 마족들을 흡혈한 뱀파이어들이 그러했다.

하지만 그 같은 경우가 아니고서는 대개 반만년의 수명을 버티는 것도 대단한 것이었다.

그리고 두 번째로 죽지 않는다는 점.

앞서, 첫 번째의 경우에서 이미 이 두 번째의 경우를 부정하고 있었지만, 다른 방식으로도 그들은 죽음에 이를 수 있었다.

뛰어난 성직자의 성력에 담금질을 당하거나, 그도 아니면 밝은 태양빛에 몸을 내어놨을 때였다.

고대로부터 내려오는 수많은 전설 및 설화 속에서, 그들 일족은 태양빛에 몸을 드러내는 건, 마치 성력의 물결 속에 벌거벗고 뛰어드는 것과 다를 게 없다고 전해져오는데, 실제 그 정도까지는 아니지만, 태양빛이 그들에게 상당히 치명적인 건 사실이었다.

작위를 얻지 못한 하급의 뱀파이어들의 경우에는 태양빛에 노출되는 순간, 지옥의 화염을 일으키며 타들어가고, 작위를 얻은 뱀파이어들도 태양빛에 노출되면, 점차적으로 화상징후를 일으키다가 종래에는 지옥 불에 최후를 맞는다.

고위 귀족이 되더라도 피해를 입는 건 다를 게 없었다. 단지, 그 시간에 여유가 더 있다는 점 정도가 차이라고 할 수 있을 것이다.

그런 이유로 태양빛은 치명적이었다.

하지만 그들은 주저 없이 태양빛 아래에 몸을 던졌고, 갑작스런 방문자를 목표로 움직였다.

극단의 대지!

이곳 남 대륙의 끝자락에 마련한 그들의 터전을 지키기 위해서라도, 방문자를 그냥 내버려 둘 수는 없었다.

그들의 터전 깊숙이 발을 들였다는 건, 상대의 실력이 최소한 별에 닿아있다는 것이다.

'별의 영역이 아니어야 할 텐데.'

그 같은 생각으로 벌건 대낮에 관 뚜껑을 열고 나왔다. 그리고 볼 수 있었다.

"으음…."

상대는 초월자였다. 더욱 놀라운 건 그 정체였다.

"마도사다!"

욕설이 절로 튀어나오려는 걸, 귀족의 품위를 지킨다고 혀를 깨물며 겨우겨우 삼켜냈다.

상대의 정체를 확인하는 순간, 불청객을 처리하고자 움직였던 일족들의 긴장감이 전해졌다.

'하필… 마도에 든 자라니.'

기사보다도 더욱 상대하기가 어려운 게 마법사였다. 그들이 내비치는 혈마력의 흐름을 읽어낼 뿐만 아니라, 이를 방어하며 한편으로는 그들의 혈마법을 농락할 수도 있는 존재가 바로 마도에 오른 존재들이었다.

'상성이 안 좋은 게지. 쯧!'

물론, 고위의 작위를 받았다면 충분히 상대할 수 있을 것이다. 하지만 안타깝게도 더는 그만한 수준의 뱀파이어가 '이곳 세상' 에는 없었다.

'끄응… 죄다 마계로 넘어가버렸으니.'

얼마 안 남은 뱀파이어들을 박박 긁어모아서 이곳에 터를 잡은 지도 어느덧 세 번의 천년이 지났다.

약, 일백년 전 즈음만 해도 고위급의 귀족이 있었지만, 안타깝게도 정신력이 고갈 된 것인지, 대뜸 금식에 돌입하고는 1년 뒤 어느 날, 푸석한 먼지가 되어 관 속에서 발견되었다.

때문에 저 같은 강자, 그것도 마도사의 출현은 달갑지가 않을 수밖에 없었다.

"전력을 다하라!"

명과 함께 혈마력이 쏟아졌다.

하지만,

"…놓쳐버렸나."

결국 상성이 맞지 않았음일까?

그들은 불청객을 잡아들일 수 없었고, 남 대륙의 끝자락에 자리한 금지, 극단의 대륙 심장부에 비상이 걸렸다.

"가디언을 움직여라!"

모종의 집단과의 거래를 통해, 그들 터전 곳곳에 흩뿌려놨던 '가디언' 들이 본격적인 활동을 개시하는 순간이었다.

일족들의 터전 외에도 극단의 대지 외곽까지 가디언들이 움직였다. 이에 자극받은 특수종들도 활동을 시작했고, 순식간에 극단의 대지 전역에 긴장감이 맴돌기 시작했다.

그리고,

"저건 또 뭐야?"

새로운 불청객들의 등장과 함께, 상황은 또 한 번 복잡하게 꼬여들고 있었다.

❖ ✣ ❖

베었다.

베고 또 베었다.

세 자릿수는 충분히 넘어가는 거대한 특수종들의 파도 속으로 뛰어들며, 거침없이 검을 휘둘렀다.

파문이 일고 파도가 역류하며 죽음이 소용돌이쳤다.

특수종이라는 건, 말 그대로 특별한 몬스터들을 의미하는 것이고, 그 안에는 '강함' 역시도 포함되어 있었다.

때문일까?

에던은 생각보다 버겁다는 걸 느꼈다.

최초에는 망자들을 상대하건 것과 다를 게 없다는 느낌을 받았다. 하지만 이상하게도 시간이 흐를수록 손발이 무겁게 느껴지고, 검 끝의 묵직함이 더해지는 것 같았다.

"후우우웁…."

망자와 닮은 부분이 있기에, 죽음의 궤적을 보기가 한결 수월하다지만, 저 거대한 덩치들 때문인지, 망자들과 달리 베고 난 이후도 문제가 되었다.

그 덩치가 고꾸라지는 것 자체만으로도 충분한 부담이 되는 까닭이었다. 몬스터라는 말이 어울릴 만큼 저돌적인 공격을 하다가 그 생을 다하기에, 후폭풍이라 할 만한 것들이 끊임없이 이어지는 것이다.

지칠 수밖에 없었다.

"후우… 후우… 카아아악…."

숨소리가 거칠어지고 목이 따갑게 느껴졌다. 얼마만큼의 궤적을 그렸더라?

'…백은 넘었나?'

충분히 그 정도는 된 것 같았다. 그럼에도 불구하고 물결은 멈추지 않고 있었다. 잠시 잠깐 혼자서 나선 것에 대해서 후회가 밀려들었지만, 이내 고개를 저었다.

상황이 어찌 되었건 선택은 그가 한 것이다.

'젠장… 이럴 리가 없는데.'

게다가 자신이 있어서 나서지 않았던가.

헌데, 왜 이리 고된 것일까?

크라이드만과의 격전을 생각했을 때, 이처럼 힘든 건 이해가 안 되는 일이었다.

하루? 아니다 삼일 밤낮을 두드려 맞아도 버틸만한 체력과

맷집이 생겼다고 자부했다.

그간 여정이 여간 힘든 게 아니었지만, 그래도 아직 그에게는 버틸만한 여력이 있었다. 그럼에도 불구하고 너무도 빨리 체력적 한계가 찾아들었다.

이유를 찾아야만 했다.

'…음?'

그리고 오래지 않아 그의 눈썰미에 걸리는 게 있었다.

'녹이….'

사자검에 덕지덕지 붙어있던 세월의 잔재들이 어느새 상당부분 떨어져나간 것이 아닌가.

'이거, 설마…?'

원인을 찾던 사이에도 그의 몸은 본능적으로 특수종들의 공격을 피한 뒤, 궤적을 쫓아서 검을 휘두르고 있었다.

그리고 검 끝에서 죽음이 피어나는 순간, 그는 보았다.

"네놈이구나!"

버럭 성난 얼굴로 에던이 소리쳤다. 하나의 죽음이 피어나는 순간, 사자검의 얼룩이 한층 옅어지고, 그의 어깨가 묵직해지며 손목이 아릿해졌다.

누가 봐도 범인, 아니 범검, 범칼,

'…범병? …이런, 병…!'

생각이 너무 깊어 이상한 방향으로 꼬이고 있었음을 뒤늦게 깨달으며, 급히 정신줄을 다잡았다.

급작스런 체력 소모도 이 현상에 한 몫 했을 터였다.

'죽음을… 먹는 건가?'

그런 생각이 들었다. 한 번의 궤적을 그릴 때마다 검의 얼룩이 사라진다. 동시에 그의 체력도 빨려나가는 느낌을 들었다.

마경의 감각을 통해 이를 점검하니, 희미하게 사자검으로 이어지는 흐름이 있었다. 아마도 그곳으로 힘이 빨려나가는 것 같았다.

깨어나고 있단 예감이 들었다.

'그래도 사자곰이라고 불리긴 싫었던 모양이네.'

눈을 뜨는 건 환영할만한 일이었다. 하지만 설마 이런 부작용이 있을 줄이야.

상황을 이해하고 나자, 선뜻 궤적을 타기가 걱정됐다. 분명 녹이 제거되고 있기는 하지만, 아직도 얼룩은 제법 진했고, 그렇다는 건 지금 이 상황보다 더욱 힘겨운 시간들이 기다리고 있다는 의미와도 같았다.

슬쩍 세릴과 드락을 돌아봤다. 외형적으로는 크게 이상이 없어 보였다. 하지만 마경을 연 그의 눈에는 보였다.

평소와 달리 그들 주변의 선명한 궤적에서, 저들이 한계에 다다랐음을 알 수 있었다. 잠시 휴식을 취하고 있다지만, 그 정도로는 선명함이 달라지진 않았다.

'끄응… 어쩔 수 없나.'

이를 악 물며 검을 쥔 손의 악력을 더했다.

다시금 베었다.
베고 또 베었다.
그리고,
'음?'
일순한 손이, 팔이, 모든 감각이 날아가 버리는 것 같은 느낌과 함께, 아찔한 현기증이 밀려왔다.
콰콰콰콰콰콰…
동시에 이해할 수 없는 현상이, 광경이, 굉음이 그의 시야와 청각 가득 펼쳐졌다.
"…뭐야? 어디 갔어?"
어리둥절한 얼굴로 주변을 돌아봤다.
이해할 수 없었다.
사방 가득 넘실거리던 거대한 그림자들이 사라지고, 갑작스럽게 설원의 풍경이 눈에 들어왔다.
이해할 수 없었다.
그 설원 한쪽으로 가득 흩날리는 붉은 안개는 또 무엇일까?
이해할 수 없었다.
갑작스런 침묵에 잠들어버린 풍경 속에서,
웅… 웅… 웅…
손끝을 타고 오르는 힘찬 울음소리만이 그의 현실을 깨우고 있었다.

❖ ✣ ❖

소름이 끼쳤다.

전율이 일었다.

피가 식어가는 느낌과 함께, 일순 현실을 부정해봤다. 하지만 그것은 진실이었고, 수십 차례 눈을 비벼도 풍경은 바뀌지 않았다.

'어쩌면… 환상 마법이 아닐까?'

그런 생각을 해 봤지만, 혈마력에 걸리는 게 없었다. 그렇다면 결국 눈에 보이는 것들이 하나의 '결과' 라는 소리였다.

"말도 안 돼!"

결국 소리쳤다. 그 혼자만의 외침이 아니었다. 함께 감시하던 동료들도 동시에 그처럼 외치고 있었다.

당연한 일이었다.

그들 일족이 외부 집단과 거래를 하며 탄생시킨 특별한 가디언들이었다.

강건하기로는 기존 특수종을 훨씬 상회하는 놈들이 수백이었다.

헌데, 그 절반가량이 단 한 번의 칼질에 사라졌다.

그것은 마치 마법 같았다.

'…마법은 아니야.'

납득하기 싫었지만, 저건 그저 평범한 칼질이었다. 하지만 일백에 달하는 가디언들이 한 줌 먼지가 되어버렸다.

사방 가득 흩날리는 저 핏빛 안개들이 그 흔적들이리라.

"괴…물……."

떠오르는 건 오로지 그 단어 하나뿐이었다.

본능이 외쳤다.

[튀어!]

일제히 등을 돌렸고, 쏘아진 화살마냥 맹렬한 속도로 그곳을 벗어났다. 그들에게는 뒤를 돌아볼 여유 같은 건 없었다.

❖ ✣ ❖

"허…."

드락은 그저 헛웃음만 터트렸다.

"으음…."

셰릴은 그저 신음할 뿐이었다.

어쩔 수 없었다. 그들이 초월자라 불린다고는 하나, 그들도 분명한 한계라는 게 있었다.

그리고 지금 그 한계영역 바깥의 풍경을 마주했다.

놀랄 수밖에 없었고, 경악하는 건 당연했으며, 반응에도 한계를 드러낼 수밖에 없었다.

갑작스레 훤히 그 모습을 드러낸 설원의 풍경과 그 한편에서 아지랑이처럼 흩날리는 핏빛 안개, 그것은 마치 환상처럼 그들의 시야를 어지럽히다 저 하얀 눈송이에 씻겨나가듯 사라졌다.

두 사람은 약속이나 한 듯 서로를 돌아봤다.

“허….”

“으음….”

하지만 마땅히 무어라 말을 꺼내지는 못했다. 충격은 여전히 그들의 몸과 정신 그리고 영혼을 흔들어놓고 있었다.

❖ ✣ ❖

뒤늦게 눈을 떴다.

아니, 정신을 차렸다. 그리고 깨달았다.

‘…그런 거였나.’

어렴풋이 느낌이 왔다.

[사자검!]

손에 쥔 이 특별한 신물의 정체가 무엇인지, 능력이 무엇인지, 그것에 대해 짐작할 수 있었다.

‘죽음을 먹는 건가.’

또한 죽음을 뿌린다.

세 자릿수의 죽음을 삼키고, 이를 한 번에 흩뿌려 그만큼의 죽음을 토했다.

사방 가득 널려있던 특수종들이 단 한 번의 칼질에 먼지가 되어버린 게 그 증거였다. 무언가가 ‘쑤욱’ 빠져나가는 것 같더니, 그대로 그 많은 괴수들을 지워버린 것이다.

부들… 부들…

검을 쥔 손이 바르르 떨렸다.

체력적으로 힘에 겨워서?

아니다.

두려웠다.

[심연의 주인!]

그 의미가 새삼 실감이 되는 까닭에,

전율을 느꼈다.

웅… 웅… 웅… 웅……

그를 달래듯, 또는 비웃듯,

진득한 죽음이 손 안에서 울음을 토해내고 있었다.

〈7권에 계속〉